重拾倦爱

/莫菲勒　著/

江苏凤凰文艺出版社
JIANGSU PHOENIX LITERATURE AND ART PUBLISHING, LTD

目录 CONTENTS

CHAPTER 1

重遇

逃避是一种正当防卫的心理。有不敢面对的事，不敢面对的人，不想面对的结果，想躲掉，觉得一切安全了，保护了自己或许还想保护别人。这种想法也许有些混淆视听，可能事实是只想保护自己却切实地伤害了别人。

我无从考证结果，因为最初逃走的时候是抱着要逃彻底的想法，在又回到故土的时候连当初抱了何种想法似乎都有些记不清了，可是我为什么又回来了，为了生计？对，这是一个很正规、正常又正确的理由，就是为了生计为了混口饭吃，所以我又回来了！

我不过是陪着我的法国老板来出一趟公差，我还会走的，很快就走。我离开这里太久了，如今在这个城市里我一个亲人都没有了，这里一切的一切看起来都变得那么陌生。我想我已经适应不了这里的生活和略微污浊的空气，还有那来来回回急匆匆行走着的人们，以及那些川流不息的车辆。

我需要一个好的自然环境，需要健康，我要保证我自己每天一睁眼还能看到早晨初升的太阳，我的妈妈还在法国焦急地等待我快些回去，我们要相依为命，我要陪伴她度过一段快乐的晚年时光。在和我的法国老板去酒店的路上，我的内心想着这些，一遍一遍地告诫着自己，我想得实在是有些多了！

硕大的红木谈判长桌，敲起来是很厚重的实木声音，精致的黑色纯皮座椅让我坐进去感觉自己也像位商业巨亨。我想这公司的老板也许不是什么商业巨亨，但是我不得不说他的这个谈判会议室装修得足够奢华了，还好不是浮夸，不然我的法国老板会把他的两个嘴角撇在后脑勺重叠到一起，然后阴阳怪气地说："你们中国人很有钱吗？"

他总是一副阴阳怪气的嘴脸，从我第一次去应聘工作就见识过了。我走进他的办公室应聘他的助理，他的眉头皱得像是一团用过的手纸，嘴撇得像我刚刚提到过的那样，然后就说了句："你们中国人不是很有钱吗？"

起初我想我并没有抱有什么不善良的想法，我把这句话想象成一种赞美："是有一批先富起来的人。"我觉得我的回答巧妙，不卑不亢的。

"哦，亲爱的，那你一定不在其中，不然你怎么会穿着上个世纪Dolce&Gabbana设计的亚麻套装站在我的办公室里，我猜想你这是在二手衣店里买的吧？"

"老玻璃"——他说完那句话的时候，这是我内心冒出的第一个名词。我很确信我的判断。在他用微翘的兰花指指了我一下之后，我确信他是个全方位老受！我没有任何鄙视他的意思，就像他对我说，你们中国人不是都很有钱吗？我们想表达的感情是一样的，心理也是一样的。

我容忍了一个五十多岁长着花白头发的法国老GAY对我穿着品味的挑剔指责，而他接受了如今的一部分中国人确实很有钱的事实，我们达成了某种协议，他雇用了我而我被他雇用了。因为他急需和那一部分先富起来的中国人做生意，把这个在他口头里是法国奢侈品二线领头羊而实际上顶多算是个三线中流砥柱的自创品牌，推广到那个新兴的势头不可阻挡的消费大国去。

他需要一个既懂中文又懂法语的人做秘书，而他开的工资我想一时半会儿也只有我能接受。我觉得我的条件很好，我在法国寻找工作的时候时常做这样的自我心理建设，我的法语大部分法国人都能听得懂，而我的中文只有一小部分中国人不明白。我有一个奢侈品管理专业的硕士学位，我很自豪，我用了几乎八年的时间把它读下来，而大部分的人只用两年。毕业的时候我像所有的年轻人一样大力甩着我的方形硕士帽，努力地跳了一尺高喊着“我毕业了”。我跟我的母亲说如果我现在死了，就把这张带着方形硕士帽的照片当作我的遗像，以向所有来给我鞠躬的人证明我曾是个文化人！

会议室的门被打开了，在我的老板噘着他涂满唇蜜的嘴巴，用他微翘的兰花指指着我要说“你们中国人到底有没有时间观念”的时候，它就那么适时地被打开了，这让我松了一口气。当然看到走进来的三个中国男人之后，我刚刚松掉的这口气又被提了起来。

“谢影。”三秒钟的定格时间，其中的两个男人几乎异口同声地喊出了我的名字，另外一个人没喊只是微眯了一下他狭长的眼睛。

“什么时候回来的？”站在左侧戴着黑框眼镜，面容白皙的男人洋溢着开心的微笑，我感受到了他略微欢快又激动的心情。

“昨天下午刚到。”

“走的时候不说，回来的时候也不说，你丫真够行的！不过感觉你没怎么变嘛，就是瘦了好多！”站在右侧的男人也有些激动地开口了。我能感受到他掩饰不住的喜悦。是的，此时我的内心也很澎湃，我在尽我最大的努力克制自己，比如把我在发抖的手指藏在桌子下面，让我抖动的嘴角保持住上扬的微笑。我需要装得很淡定，我……做到了吗？

我一直觉得我的法国老板是个耿直的法国老GAY，浑身保持着设计师的艺术气息，在他觉得你做得特别不对的时候，会毫无保留地羞辱你，以体现他是个道德、情操、观念都凌驾在你之上的人。他藐视金钱，鄙视一切富有铜臭气味的东西，而他告诉你，他之所以期望自己的公司能有更好的发展，是希望他能让自己高贵的灵魂被全世界的人民感受到。

当然了，他所有高贵的灵魂里不包括美色。是的，这个豪华的谈判会议室里此刻充满了多种复杂的情绪，比如久别重逢故人相遇的激动欢乐还有欣喜，我假装淡定地死撑，以及我那拥有高贵灵魂的老板对于对面坐着的那个平静到如镜面湖水般男人的一见钟情，我几乎都能听见我老板加速的心跳声，也许不是他的而是我的。

"顾明，疯影回来了，你说句话。"坐在一旁戴着黑框眼镜的男人沉不住气地推了那个坐在中间的平静男人。

"我们是来谈生意的，开始吧！"顾明的脸上挂了点微笑，只是微扬嘴角。这个微笑他送给了我和我的法国老板，我听见了坐在身旁的老GAY的呼吸声都加重了。这不怪我的老板，顾明的微笑太过魅惑，配上他狭长的眼睛微微上扬的眼尾角，直挺的鼻梁微薄的嘴唇，如果我根本不认识他我也一定会认为他此刻是在勾搭我。我现在有点同情我的老板了，公司的人说他半年前被男朋友甩了，心情很是沮丧，逮谁骂谁，他太久没男人了，他太需要被男人压了！

“你们认识吗？很熟悉吗？”我的法国老板很急切，他需要知道我到底跟他们都说了些什么。

“并不是太熟悉，很小的时候我们是邻居，住在一个楼里。”我用我半流利的法语跟老板解释着，我想我不能跟他说我跟对面那三个男人很熟，特别是中间那个，以我老板喜怒无常的脾性，他要是突然安排我拉皮条，我可干不了。

我老板的神情里有一点点失望，顾明此刻笑容全无，他示意黑框眼镜男把那份很厚的合同以及代理企划书递了过来，上面写着明腾磊商贸有限公司。我的内心泛起一阵酸楚，想着自己如果留在中国，这公司的名字上也应该有我的名字吧。脑子里突然回想起我们俩在傍晚时分走在大学校园的路中间，手牵着手边走边晃动着，勾画着未来一起创业的美好蓝图，比如他会跟我说将来有钱了，我把学校后面那条街上你喜欢吃的小吃摊都买下来，让你随便吃！

顾明还时常会高喊：“走在宽敞的大道上，哥拉着你幸福地奔小康。”要不然就喊：“我跟我老婆走中间，嫉妒的人全给我闪两边。”

那个时候的我们就大剌剌地走在路中间，无视一切汽车的鸣笛和自行车的铃声以及人们用嘴喊着靠边的话，通常也会有人从我们身边绕过去按下车窗或者转过头来叫骂一句。

我们俩会相视而笑然后几乎异口同声地说：“他嫉妒！”后来流行的一句话“二缺青年欢乐多”大概就是指那时候的我们！

“Chloe！”我的法国老板声音很大地在喊着我的法国名字，我突然回过神来，“在想什么？我已经喊你三遍了。”

“哦。”恍如初醒。

我的老板把他自己精心设计的公司宣传画册和一份代理他品牌

的公司能为他做到的事情，厚厚的一大摞拿给我，他示意我递过去。嗯，我就是来干这个的，他是老板，我是秘书！

我把那摞厚厚的东西推到了顾明的面前，为他讲解着："这是我们做的企划，关于代理我们产品的一些意见和要求，这本画册是公司产品的简介。"

顾明接过那摞东西拿着那本产品画册随手翻了翻，面无表情地扔在了桌子上，翻开的那页是个绝美外籍男模，胸肌腹肌美不胜收，皮肤光滑得发亮，棕色的头发、棕色的眼睛和下巴上隐隐的胡茬儿，他赤裸着身体一条腿踩在一个复古的凳子上，用一只手挡着私处，另一只手的手肘拄在膝盖上，上身斜挎着一条皮带。

整本画册的创意全是我老板的idea，比如此刻亮在顾明面前的那张照片，老板为我解释着，就算男人一丝不挂他还是需要一条裤腰带。

我心里琢磨估计是他需要这条裤腰带，他多么希望那裸体男人把腰带解下来啪啪啪地抽他。我看这张图时的感受，是很想从腰间抽出把枪来朝他喊"我要消灭你"，也许这就是一个设计大师和一个贫民的差距。

此时此刻我的老板非要把这本画册也递出去，也许是想对顾明做某种暗示。

"我要吸烟！"顾明的声音传了过来，声音不大语气很坚决，一点都不像是在征求别人的意见，倒像是在通知别人一声。不过他的眼睛却一直看着我，哦，我想我应该把这个翻译给我的老板。

"顾先生想吸烟可以吗？"

"当然！"我的老板带着笑点了点头，是的，他很开明，他在来中国之前还朝一个躲在一楼女厕里吸烟的员工大吼大叫，说她燃烧了地球污染了灵魂，以至于他坐在五楼的办公室里闻到的烟味已经让他多年不犯的哮喘要开始发作了，其实那女员工只是从一楼上来不小心从他的身旁经过而已。

顾明还没等我老板说当然的时候，就已经把烟拿出来了，还有那只多年不见的铜色复古打火机。那是我送给顾明的二十岁生日礼物，是在学校后面的小店里买的，是件二手品，我猜是个赃物，不然这个牌子的打火机老板不会只卖我八十块钱，但是八十块钱对于那个时候的我来说已经很多了。

顾明很早就吸烟了，多早？记不清了！我是反对他吸烟的，反对了许多许多许多年，一直到我离开这里的时候。可是那个时候我为什么要送他打火机？只是看见了觉得像是个好东西，我又能承受得起而他刚好又用得到，所以就买了。那是一个好投资，后来那款打火机绝版了，它的价钱翻了十倍！

顾明吸烟的姿势很优雅，细长的手指微微夹着香烟，很随意地放在桌子上。这让我很困惑，优雅这个词不属于他，从来都不属于，他这个人很邪气，从骨子里往外地邪，用坐在他旁边的哥们丁磊的话说——顾明就是一个全世界最浑蛋的玩意，整天干着全世界最浑蛋的事情。

我想我懂他，我真的懂，我懂他许多许多的事情和那些怪异的行为，因为我也是个浑蛋玩意，曾经在很长一段时间里我们在无数人的眼里是绝配，而我们彼此也这么认为。

“是不是觉得终于有脸可以回来了？”顾明的声音很戏谑，脸上还挂了点魅惑的微笑，但是他并没有看我，只是垂着眼，一只手夹着香烟，另一只手翻着另一本计划案。我一时没有回答，有些发愣地看着他，只是觉得那个无比熟悉的男人，那个极致邪气的灵魂此刻又回来了！

CHAPTER 2

解雇

我还没想好我要以何种角度来回答这个问题，也许他是在讽刺我或者是在挖苦我，从我儿时的记忆里我们就是牵绊在一起、相互依靠又无休无止争斗着的两个灵魂，我甚至曾经想过我们也许是一个灵魂，只不过被放在男女不同的躯壳之中。我们活着就是为了彼此争斗，然后在争斗中前行，然后在遇到外敌的时候我们又会合二为一，毕竟我们是一个灵魂。

我是不是觉得有脸了才回来的？这个问题我不想回答，我觉得此刻顾明有一种高高在上的架势，自己似乎全然被他踩在脚下。我们从来没出现过这种一边倒的形势，我们都是在交替前行，把对方打压到无翻身之力不是我们的初衷，试想谁会努力地打压着另一半的自己呢？除非他已经不把我看作是另一半的他了。

八年，八年里我做到了什么？活着回来，一个硕士学位，和一口半流利的法语。八年里他做到了什么？开了自己的商贸公司，穿着剪裁考究的阿玛尼西装，戴着低调而奢华的江诗丹顿手表和我的老板平起平坐地谈生意。

我的老板还眨着他法国老GAY的大眼睛，期盼又焦急地等待着我为他做翻译。我抬着眼皮想了一下带着柔和的微笑看着他："顾先生说，他很想知道您是怎么拥有如此完美的一张脸，而又在这个时候把它带到中国来的？"

我的老板很开心，他听到我的翻译之后哈哈地笑出了声，顾明也在笑，没有出声只是表情更加戏谑了。

我算了一下，我的老板开心了没有五秒钟，然后他的脸就开始变色，从欧洲棕变成了青葱绿还在缓慢地向中国红转变着。顾明正在一边吸着烟，一边往老板热爱的完美男模的照片上弹烟灰，他连眼皮都不抬，还在翻看着另一本计划书。真的，有时候我也认为他挺欠抽的，比如此刻那谈判桌上就摆着烟灰缸，离他的手不到十厘米远，他只需要转动手腕就能把烟灰弹在烟灰缸里，可是他偏不！我想我懂他，他大概觉得那男模太冷了想替他加件衣服，但是我的老板不懂！

"他连起码的尊重都不懂吗？"我的老板是真的怒了，因为他似乎已经明确地意识到顾明是不喜欢男人的。

我心里也觉得他这么做有些不合适，我想我得出口制止他："顾明你不要抽烟了！"我皱着眉头看着他，他终于把他慵懒的眼皮抬了起来："好！"他把燃着的烟头按在了那画册男模的脸上，然后把烟屁股扔在了画册上。

他抬着眼睛看着我的老板，依然是满脸邪气的笑容："事实上，我突然发现我对你的公司兴趣不大，你们的整体风格定位都不符合中国市场，你提出的代理条件我也觉得过于苛刻，其实我觉得你的公司不具备这个价值！"顾明说这个话的时候，在场的所有人都惊呆了，所有人里面当然也包括我，因为他在说法语而且很流利。

"你丫这说的是法语吧？我听着就像，你什么时候偷偷摸摸会法语的？”戴黑框眼镜的男人惊讶地问。

顾明并没有马上回答他，他继续看着我的老板说：“您雇的这位翻译可不怎么样，以后还是要擦亮眼睛用人，她在欺骗您不懂中文，还有这是她叫我不要抽的。”顾明说完话用手点了点那画册，那意思像是我叫他把烟屁股按在我老板心爱男模的脸上的。

我老板的脸从红色开始向紫色转变，他抓着衣领子跌坐在皮沙发上，看着我一直喊着药。我慌忙从他的手袋里把他的哮喘药拿出来。我的老板说他二十年没发作过哮喘基本算是好了，可是他刚到中国的第二天哮喘病就发作了，我在琢磨难道中国的污染真有这么严重？

“你看看你们俩干的好事啊！”戴着黑框眼镜的男人从座椅上跳了起来，他连忙过来努力安抚我的老板，然后又从外面叫了人进来把他抬到了另一个屋子让他平躺着休息。

我有些沮丧地跟了过去，我为什么要承担这个罪责，这与我何干？这都是顾明干的，都过了这么久了，似乎遇到这类事情还是要把我们捆绑在一起，似乎我们是道德没有下限的男女。

我的老板很快恢复了，他一能好好呼吸之后，就立刻从沙发上蹿了起来，朝着我大喊了一句英文：“You be fired!”我想他是真的怒了，我把一个法国人都逼得说英文了，生怕我听不出这句话是有多么霸气！

我没有反抗，平静地接受了这一切！其实我就算反抗也没用，而且如果这是顾明帮我安排的结局，那我接受！八年后我又不声不响地重新出现在他面前我还能期盼什么？

他们还算礼貌周到地把我的老板送了回去，而我表现得是那么不以为然，毫不在意地离开了他的公司。

我刚走出楼没多久，就听见有人喊我，我回过身的时候，看见苑腾带着点歉意的笑走了过来，在他遥远的身后站着顾明和丁磊。这场景和我们小时候的格局没什么变化，在我和顾明闹矛盾的时候，丁磊总是站在顾明的一方，他要照顾兄弟情义，而苑腾似乎更在意我的感受，这也是平衡，势均力敌！

“谢影，你别生顾明的气，他就是这么一个人，你还不了解他吗？”

我当然了解他，了解得通通透透的，所以我确实没生气。

“哎！其实我也是多余，咱们四个从六岁就认识了，在一个院子住，一起长大，谁不知道谁啊？我们说谁了解顾明都没有你了解，我想有时候也许是我们不太了解你，那时候你说走就走了，顾明都疯了，你刚走的时候他也确实挺难的，所以他……”苑腾犹豫了片刻，“算了，他的事叫他自己跟你说吧。我不说他，我就说我自己，你突然走了连我都傻了好几个月，那个时候他们说你出国了，连你去哪个国家都不知道，后来才知道你去美国找你妈了，可是后来你怎么又去了法国？”苑腾做了个深呼吸，“好多好多问题想问你，既然回来了咱们一起吃个饭吧，咱们不会连一起吃饭都不行了吧？”

苑腾的声音亦如我当初离开的时候一样温柔，句句都能沁人心脾，我靠过去拥抱了他，把我下巴拄在他的肩膀上：“苑腾，好想你啊！”这话说得有些煽情，但是真的是实话，我真的很想苑腾很想丁磊，还有很想很想很想很想……顾明！苑腾终究抵不过我的柔情，他愣了一会儿，也伸手轻扶了我的后背：“小影，我也很想你，咱们一起去吃个饭吧！”

我离开他的肩膀带着笑看着他：“不去了，我刚回来还在倒时差，头晕晕的，我回老房子看看，睡一觉！你们应该都不在那儿住了吧？”

“嗯，我们都不在了，顾明也买新房子了，挺不错的！你有空去看看吧。嗨，我也不是主人我替人家瞎邀请什么啊？你有空去我家看看吧，估计我爸妈再见到你也会高兴的，咱们以前的老房子基本都出租了，老邻居也没几个人了。”

“你们都过得这么好，我真高兴，我可能看不了你爸妈了，过几天我还得回法国呢。”

“你还要走？”

“是啊，在这儿一个亲人都没有了，也没什么可留恋的了。”

“这话让顾明听了会伤心的。”

我朝苑腾笑了笑：“那你别告诉他，我挺累的，我先回家睡觉了。”

苑腾是个好人，我很早就知道，我们四个人里他的家境最好，和我们这三个人相比他真是一个名副其实的“富二代”了，我们都叫他茶叶小王子。他爸在茶城包了一摊，足有三平方米，卖茶叶！

隔三岔五地苑腾就给我们发茶叶渣子，比如满天星之龙井、满天星之碧螺春、满天星之铁观音、满天星之大红袍。我们都欣然接受，白给的我们都特欣喜，然后我拿回家给我姥姥，顾明拿回家给他妈，丁磊拿回家给一家子人。

只要是他爸清缸的日子，我们就有茶叶渣子可以领，苑腾把那些渣子包在小纸包里递给站成一排的我们，每次他给我的都是最贵的，嘴里还会振振有词：“小影是四十块的渣子，疯明是三十块的渣子，傻磊是二十块的渣子。”这种习惯一直持续到我们高三，即使通货膨胀到我是四百块的渣子的时候也仍在继续着。

当然对于每次我领到的总是最贵的渣子这件事，常常遭到其他两个人的质疑，苑腾的解释是，人家是女孩子。顾明给我分析的是，他是在骂你，说你是大渣子，我们俩都没你渣！

苑腾是个厚道孩子，比他爸厚道，他爸是个名副其实的奸商，比如他爸嫌茉莉花不够香，常常往茶叶缸里喷点茉莉花味的空气清新剂什么的，所以满天星之茉莉花是没人要的，我怕一不小心把自己毒死！

在我分析自己总是得到贵渣子原因的时候，我想可能是苑腾暗恋我，我明示暗示各种示地跟顾明说苑腾可能暗恋我的时候，顾明都会说，别做梦了，人家茶叶小王子能要你个大渣子？

CHAPTER 3

恋爱

事实证明我的分析是正确的，在我十八岁的生日，我们刚刚考进大学一个月的时候，苑腾跟我表白了。那天我特别高兴，因为顾明刚刚陪我庆祝了生日，他带着我在学校后面吃了二十串羊肉串，然后喝了一瓶啤酒，他告诉我下个生日他还请我，我跟他说能再加两个鸡翅吗？他同意了！

我兴高采烈地回了宿舍，到楼下的时候发现苑腾已经在那里等了好久，路过的人总是看他，因为他怀里抱着一大束玫瑰，那是我这辈子第一次收玫瑰，一收还收了九十九朵！我开心得要疯了，不因为别的就因为花！我不确定我这辈子还会不会再收到这样多的玫瑰了，我当时想，一辈子有一次也值了。

苑腾看着我高兴的样子，跟我说他喜欢我，我们上初中的时候他就喜欢我了，现在我们都十八岁了，都长大了，他想我做他的女朋友。我当时看着他一直笑一直笑，然后我跟他说："你等等，我明天给你答案。"

苑腾走了，我抱着那九十九朵玫瑰飞奔似的跑到顾明的宿舍，我在楼下喊他，他走到楼下看着我抱着一大捧花问我干吗？我跟他说："我早跟你说过苑腾喜欢我，你还不信，他刚刚跟我表白了，让我做他的女朋友。"

顾明什么表情都没有，一副被我刚叫醒的样子："你还有事吗？我都睡着了。"说完他就转身往回走，我看着他的背影喊："顾明咱俩打打闹闹这么多年了，你是不是喜欢我，你要是喜欢我，你告诉我，我做你的女朋友。"

顾明没理我，继续往回走，我又朝他喊："你要是不说，那我就答应苑腾了！"

我清晰地记得顾明的脸，他转过头来十分不屑地笑了："那我恭喜你了，大渣子终于和茶叶小王子好了！"

我抱着花离开了，第二天我答应了苑腾当他的女朋友，我们俩像普通恋人一样谈了一个月的恋爱。我记得那是初夏的一个傍晚，苑腾约我一起去学校的电影院看电影。电影很长，散场的时候都已经快十点了，一对一对的情侣手牵手一起往外走。结果散场的时候刚好下起了雷阵雨，雨很大而且也不在人们的预料中，根本没有人带雨具，一对一对的情侣挤在电影院的门口四下张望着。我跟苑腾也挤在人群中，我觉得有一个人在用力拉我的手，我被那巨大的力量牵引着离开了人群，冲进了雨里。那个人带着我在雨里奔跑，他的背影越跑越清晰，在我确信那是顾明的时候，我一边跑一边开心地大笑着。他带着我拐到了一个僻静的屋檐下，我还没来得及开口，他就转过身低头吻了我。那是我的初吻，我猜想也是他的，就像我的脑子里无数次地想过，我第一个吻的一定是顾明。

"顾明你现在亲我，所以是想说……"

"苑腾人不错！"

“所以……”

“你配不上他，真的！”

“所以……”

“我不能看你把他就这么祸害了！”

“所以……”

“所以你来祸害我吧，我抗祸害的能力比较强！”

我看着他一直在笑，然后我靠上来紧紧地拥抱了他：“顾明，那我可祸害你一辈子了！”

“嗯，来吧！”

我跟苑腾分手了，因为我正式成了顾明的女朋友，苑腾也因此跟我们绝交了。在很多人眼里我们就是两个纯粹的浑蛋，一个挖兄弟墙脚，另一个水性杨花，或者说我利用了朋友的感情玩激将法。我跟顾明不在乎，每天日子过得跟蜜一样甜，我想我们俩绝不是在那个雨夜才认定彼此的，可能在很久很久以前就认定彼此了。我说过我们就像是拥有了同一个灵魂只是装在不同的躯壳里，可能是因为有着比较接近的家庭背景和遭遇，我们都善于自我保护，自私又小心翼翼，想爱却都怕失去，怕得到又怕得不到，我们没有过多的爱给别人，我们自己得到的爱都觉得不够，远远不够，我们是一对别扭又刻薄的男女。

丁磊觉得我们四个一起长大，在没有说出谁喜欢谁的时候，友谊是能长长久久的，可是现在这样让他觉得很不好。三个月之后，他出面把我们四个人叫到一起。那次我们四个人一起在喝酒，聊天忆往昔，起初苑腾不说话只是喝闷酒，喝到有些茫然的时候，他看着顾明说：“顾明，你是不是跟我说过，谢影猛一看特丑，仔细一看比猛一看还丑？”

“嗯，说过！”

“你是不是还跟我说过，谢影这人嘴贱脾气臭矫情，犯起浑来她要认第二没人敢认第一？”

“说过！”

“你是不是还说过，谢影一点都不温柔不可爱，打人下手还重，将来谁娶了她谁倒霉？”

“嗯，这个也说过。”

“你都把她形容成这样了，你干吗还跟我抢她？你早告诉我你喜欢她，你干吗在我面前说了她那么多坏话！”

顾明拉着我的手带着笑看着我，然后他转头跟苑腾说：“苑腾你是个好男人，你应该找个好女人配你。谢影身上这么多毛病不适合你，有一天了你讨厌她了受不了她这些臭毛病了，你会厌倦的，那时候你会离开她。可是我不会，因为我也是一身臭毛病，我也是浑蛋大渣子，看见她就像看见我自己一样，我不会厌倦我自己的，我会对自己好，因为我们俩都自私得要命。我们两个除了彼此再找别人都是害他们！”

我那时候想，这是我这辈子听到的最感动的表白了，就算是我现在死了也瞑目了。

我坐在出租车上一直在想着这一段，眼泪一直在流，还好没人看见，只有出租司机看见了，真的是还好还好！

我们不随便跟对方哭，这是我们俩共同的原则，没有商量过就是性格使然。顾明在我面前哭过两次，一次是六岁我们第一次见面的时候，还有一次是十六岁；我在他面前哭过三次，所以我对于多他的那一次一直耿耿于怀，可是一晃很多年过去了，也许我再也没机会看他哭了。

我记得妈妈带着我从天津搬回北京姥姥家的时候，是一个阳光明媚的早上。那一年我六岁，爸爸在我三岁的时候离开家独自去美国求学了，一年以后妈妈开始申请去美国陪读，两年以后申请终于下来了，妈妈把我带到了姥姥家，说先让姥姥照顾我，她跟爸爸要先去美国奋斗，等条件好了再接我过去。可是后来她一直都没回来，也没再提起要接我去美国的事。

姥姥其实很疼我，她一个人在家里充当了那么多角色很辛苦，她愿意照顾我，愿意让我妈妈去美国找我那个寒窗苦读的爸爸。我记得我在姥姥家四处溜达着，姥姥递给我一个枣子，说让我去院子玩，会多认识些小朋友，以后我会跟他们一起成长。

我兴高采烈地出了门，刚到一楼还没走出去，“哗”的一瓢凉水从天而降，带着一股腥味。我抬头往上看，三楼的楼梯扶手上站着一个跟我差不多高的小男孩，手里还拿着个搪瓷缸子，指着我笑得眼泪都出来了，他一边笑一边喊：“落汤鸡，落汤鸡！”

我想大多数女孩可能都会哭着跑回家跟家长告状去了，也不知道我那时候哪儿来的勇气，抡起胳膊挽起袖子爬到三楼站在他面前拿眼睛瞪着他，那男孩还指着我咯咯地笑：“你瞪我也是落汤鸡！”

我知道他那水是从哪儿来的，在楼道边上的桌子上放着一个圆形鱼缸，里面游着条红色的小金鱼，那水浑浑的看起来好几天没换了，我估计他是在给鱼换水。我当时一生气端起整个鱼缸把水都倒在了他的头上。他一下被我倒愣了，满脸满身都是水，于是我开始指着他大笑：“落水狗，落水狗！”

那个小男孩就是顾明，现在轮到他瞪着我了，我们俩就那么互相瞪着谁也不让谁，忽然顾明家的门开了，他妈妈走出来看着我们俩的样子，被吓了一跳，大喊着：“怎么了？怎么了？”顾明“哇”的一声哭了，扑在他妈的怀里说我欺负他。我想他这次的哭是装的，跟所有的小孩心理一样，不过他妈妈也是了解他儿子的，因为我的样子也十分狼狈。

脚下是一地的水，那条红色的小金鱼在地上扑腾着大口地喘着气，等我们意识到它快要死的时候似乎已经有些晚了。我们换了水把它重新放进去，可是没多久它还是死了。似乎我们俩的交锋总是会误伤一些无辜的事物和人。我们意识不到，我们凭着惯性去做了，有意识的时候常常已经晚了。我们俩最后把那条小鱼埋在院子里的一棵杨树下，然后站在那里学着默哀的样子。

“是你害死了它！”顾明一边低着头一边说我。

“是你！你先用水浇我的！”

顾明想了想：“好吧，是我们俩一起，那以后怎么办？我还养不养小鱼了？”

“别养了，小鱼太容易死了，我们在这儿种朵小菊花吧！”我们去野地里刨了朵小菊花种在那儿。那小野菊来年开得特别茂盛又多冒出好几丛。

我想现在的许多小孩，父母从小就教育他们要有爱心，多帮助需要帮助的人们，但从没有人如此教育我们。那些小孩承载了太多的爱，多到足够拿出来与别人分享，而我们两个都没有能感受到那么多爱，如果有，我们就会像宝贝似的藏起来，一点都不舍得多拿出来。

CHAPTER 4

回家

我回到了姥姥家的那个破旧小区，那些家属楼依然屹立真的让我感到很神奇。斑驳的墙壁，四处堆放的自行车平板车，一进去是嘈杂的声音，空气里混合着人们的味道。这个小区原来是属于纺织厂的，厂子现在搬出了北京市区，只留下这个家属区。这么多年了这个家属区的性质没变，始终住的都是社会底层的人。原来工厂效益不行的时候，全小区的人基本都下岗了，能像姥姥这样退休的人都少，大家每天凑在一起就是无休止地讨论再就业的问题。

顾明的妈妈也下岗了，她白天的时候去当钟点工，傍晚回来在路边卖毛巾和女士的大棉裤衩！少年不识愁滋味用在我们身上是再合适不过了，即使全小区的成年人都满脸愁云，我们这些小孩子还是每天开心疯玩到很晚。这小区现在住的大多是外地人，不知道顾明他们是什么时候搬走的。

我们都在的时候，我跟顾明住在一个楼里，我住二楼，他住三楼。苑腾和丁磊住在我们旁边的那个楼，苑腾住一楼，丁磊住二楼。

我这样一个女人走进小区着实是怪异的，蹬着三寸的高跟鞋，拎着个足够放尸体的大皮箱，穿着一身香奈儿套装，频频迎来小区里人们的侧目，我看着不像是要回家的，倒像是特地跑这儿抖机灵的。

能穿香奈儿还要感谢我的法国老板，自从他总是鄙视加嘲笑我在二手店买衣服之后，我去申请了信用卡。我在香奈儿店的门外徘徊了两个多小时，盘算又盘算了我的还款计划，在我确信了自己绝对能有超过一年的寿命之后。我走进那间店，买了这身价值2500欧元的衣服。我现在仍然庆幸我买了它，虽然一个小时前拜顾明所赐，我失业了，但是我想我出现在他们面前的样子至少还不至于是落魄和寒酸的。

房间内有些昏暗，也许是因为快到傍晚了，走进屋里的时候地上全是土，穿着鞋子踩下去都能踩出脚印来。我拖着大皮箱走了进来，开了下灯并没有亮。是啊，八年都没人回来过了，所有的一切都如我离开时候的样子。那些家具上的布单子是我亲手盖的，八年了居然连个小偷都没来过，布上面似乎都落够了八年的尘土量，也许小偷来过发现没什么可偷的又走了。

我站在姥姥的遗像前，看了许久，照片里姥姥的笑容很是和蔼，看着总让人觉得心里暖洋洋的，不由得自言自语道“姥姥我又回来了”，这话听起来真不孝顺，一走就是八年我还有脸回来吗？

我感觉很疲惫，走到沙发旁掀开了上面的布单子，房间里扬起了一阵灰尘，让我咳嗽了很久。我把我搭配的博柏利方格围巾扔在了茶几上，直接躺在了沙发上面。沙发上也有很多的灰尘，不过我已经不在乎了，我价值不菲的衣服已经展现出了它的价值，足够了！它剩下的价值就体现在我回到法国再找一个工作，每个月还给银行的那些数字上了。

我拿起手机给老妈打了个电话，她的声音清晰地传了过来：“怎么样？还适应吗？”

“很好！昨天下午到的，今天一直在谈生意！”

“生意谈得怎么样？”

“砸了！”

“怎么砸了？”

“大概是嫌我翻译得不好，把生意搞砸了，我的老板把我开除了。”

“别难过，别……不开心！多注意休息！别太累了！什么时候回来？”

“我有什么可难过的？没有事情可以让我难过了。明天去给姥姥扫墓，然后去订机票，订到了我再通知你吧！哦，还有，我碰到顾明了！”

“是吗？”老妈在电话里沉默了一会儿，刚刚的语气似是有些吃惊又似乎并不吃惊，“这么快就碰到了！”

“是啊，很巧，刚好我的老板在跟他谈生意！”

“那你是怎么想的？”

“打了个招呼，我现在已经回家了！”

“那你还会回法国来吗？”

“为什么不回去？我已经答应安东尼的求婚了。”

“你答应得有些莫名其妙！咱们刚搬了好一点地区的新房子，和那房东认识没两个月，他跟你求婚你就答应了？”

“爱情无国界，欧洲人就是这样，您比我在外国生活的时间还长呢，怎么这都不知道？我已经收了他的戒指了！”

“什么戒指？只是个小银圈而已。”

“他说那是古董，他奶奶传给他的。”

“这你也信？”

“为什么不信？三十岁了死过无数次了，还怀疑那么多有什么意义？”

“顾明说什么？”

“什么都没说！”

“没说什么让你留下的话？”

“没有，我们基本上没说话，他现在是公司总裁了，公司的规模不算小，我是什么啊？他能混成现在这样想想也挺好的，我当时为什么走？绕了一圈又回来干什么？就算他让我留下来我也不会留的，我能陪他多久？而且我觉得他已经不像以前那么需要我了。”

“别瞎想，我觉得他不是那么不重情义的人。”

“妈，你认识他吗？你走的时候他才几岁，你们见过几次面？”

“是没见过几次，我只是听你说的，觉得你心里还有他。”

我觉得我已经开始犯困了，我举着电话喃喃自语着：“我有他我才会这样，他的经历已经够不幸的，我干吗还要把自己当成一个不幸让他来承担？”

我在和母亲通着电话的时候就已经睡着了，隐约听见有砸门的声音，不知道已经砸了多久，我站起来眯着眼睛把门打开了。顾明面无表情地站在门外，他看了我一眼然后从门外走了进来，从我的身边走了过去，他站在姥姥的遗像前看着那张照片，我看着他的背影觉得像是一个梦。“顾明？”我小声地试探性地询问着。

他“嗯”了一声走到另一个单人沙发旁，把上面的单子掀了起来，屋内顿时又扬起了一阵土。他抬手隔空挥舞了两下，转头看见了我扔在茶几上的博柏利围巾，他抓起围巾开始擦那个单人沙发。沙发的浮土都掸拭得差不多了，顺手把围巾扔在了地上，他坐在沙发上跷着二郎腿看着我，我站在客厅中央还有些发傻，他看了我一会儿说了句：“坐啊！”

我没有坐下，又回到原来的沙发上躺了下来，闭着眼睛不说话。也许是因为我困，也许是因为没什么好说的，或者是因为有太多想说的却不知道要从何说起。

我听见了打火机撞针的声音，转过头的时候看见他坐在逆光的单人沙发上，修长的腿修长的手指，他优雅地夹着香烟，晃着微弱的火星，他的手轻轻地搭在那沾满灰尘的沙发扶手上。我又用“优雅”这个词了，但真不适合他！如果不说这个我又要说时间了，时间真是男人最好的礼物，给了他们原来没有的东西。时间对女人真是残酷，剥夺走了女人曾经拥有的许多事物！就像顾明，我曾想我一辈子都不会把他和“优雅”“有风度”之类的字眼挂在一起，可是他现在呈现出来的就是这样一副架势，虽然可能仅是表象。他可能依然是个浑蛋玩意！

“你来干吗来了？”我转过头看着他先开了口。

“好，就从这个问题开始！”顾明将嘴里的烟吐了出来，在他的脸前升起了一团白雾，我好似又坠入了梦中，“你回来干吗来了？”

“谈生意！”我半眯着眼睛侧着头看着他，像是被施加了催眠术的精神病患者，似睡非睡的样子。我眼前的顾明似乎还是跟丁磊和苑腾蹲在学校不远处，斜叼着烟，朝着那些穿着及膝裙女生吹口哨的那个人，那袅袅的烟常熏得他半眯着眼睛，样子看起来更像是个臭流氓。他们干这些事的时候通常是在等我，因为我似乎总是放学最晚的一个。我不知道我们四个放学一起回家的模式是从何时开始的，现在想起来大概是顾明想和我一起回家，而苑腾和丁磊是想和他一起回家吧。

当然他们也有蹲在学校门口不走的时候，比如他们三个打赌，他们正在吹口哨抛媚眼调戏的女生究竟是看上他们三个里的谁，而我会站在旁边问他们走不走，顾明通常都会怒瞪着我说：“一边去，看不见哥这泡妞呢。”我想大多数女生会生气，然后瞪眼跺脚，愤然离去。我干了什么？我的脑子又陷入了那段回忆里，哦，想起来了，我蹲在不远处，专挑那种个头矮小、白白净净最好还是戴副小眼镜的男生，吹口哨。我口哨吹得很响，比顾明他们吹得都响，就像一个尖锐的女高音在唱High C一样。通常我一吹口哨街对面的人都能看过来，我会挤眉弄眼地朝那些小正太说："姐姐好喜欢你哦！姐姐带你去看金鱼！"那些小男生都会带着惊悚的表情吓得快步跑掉。这种情况不会超过三个，顾明就会过来踢我，他还会指着我大骂："社会风气全被你们这些女的搞坏了，哥丢不起这个人，哥要回家了！"

"干吗要带着这种色眯眯的眼神看着我笑？是不是觉得你走了八年了，如今再见到我，我还是像以前一样的帅，可能比以前更帅了，你此刻的心里澎湃得不能自已，觉得心里从来都没放下过我。"顾明的话把我从回忆中拉了回来，他的表情很平静，不是调侃的语气，而像是在讲述一个事实。

"神经病！自恋狂！"我转过身去不看他，闭着眼睛想让自己快些睡去，可是脑子却清醒得不能再清醒。我想让我澎湃的内心平静，我不想让他看出来一不小心被他说中的事实。

CHAPTER 5
曾经

屋内的氛围很安静，我背对着他不去看他，我们两个都沉默着不说话。天已经渐渐地黑了下来，朦胧中似乎只能看见他香烟上的那一点亮光，我真的很困了，眯着眼睛问：“你妈妈怎么样了？”

“死了！”我的问题似乎还没问完，顾明的答案就已经出来了，我的内心有些难过。顾明的妈妈对我很好，小的时候我还经常去他们家吃饭，她对待我就像对待自己的小孩一样。我似乎还记得顾明的妈妈炖了红烧肉还会让顾明特意到我们家来叫我，然后她会把瘦肉都拣给我吃，把带肉皮的大肥肉都拣给顾明吃，因为我一口肥肉都不吃。阿姨会笑着说我们家小明明就喜欢吃肥肉，顾明会坐在一旁一边咧着嘴笑，一边往嘴里扒拉着饭。

“什么时候的事情？”

“你走以后三个月！”忍不住深喘了一口气，回想着姥姥去世的时候，是他陪在我身边，可顾明的妈妈也去世了，我却把他一个人留在这里独自承受。

“带我去看看她吧，我去给她鞠几个躬。”

“再说吧，你这么对她的儿子，我不确定她想见你！”

我又沉默了，过了许久我带了一点点内疚的语气："就最近吧，过几天我就要回法国了，没准以后就不再回来了。"

我看见顾明直接将那点着的烟攥了起来，那最后的一点亮光也消失了，他把攥过的烟扔在茶几上："谁说你过两天可以走了？"

"不用人说，我自己心里知道！"

"你知道什么？"

"知道我什么时候要走！"我忘了后来我们又说了些什么，因为我真的昏昏沉沉地睡着了。梦里我又梦见了死神，那个无数次站在我的床前想把我带走，带着魅惑微笑的男人，他拉着我的手让我随他而去，我总是想干脆腿一蹬就这么去吧，可是那死神的样子总是让我越看越像顾明，每每努力睁开眼的时候我就又活过来了。今天我又梦到了那个魅惑死神，他走的时候轻吻了我说："我还会来的。"

我睁开眼的时候已经是深夜了，屋内伸手不见五指，只能靠着窗口那微弱的路灯透进来的光，四处摸索着。有些条件反射似的按了电灯开关，屋里的灯居然亮了，这让我有些吃惊，带了点探奇的心理去了厨房打开水管，水也有了。一切条件都具备了才感觉出自己有些饿了。

想起包里装着方便面，很可笑。从法国回中国，担心东西吃不了，自带了在法国超市买的康师傅，这种行为逻辑自己想着都觉得奇怪。

厨房门里的墙壁上写着一排字：通下水道，修厕所，打扫房间请联系小时工苑腾，后面写了一排电话号码。

看了眼表，已经凌晨两点了。打开箱子拿出我的方便面，找出电磁炉烧上水。如今算是失业状态了，估计老板被气成那样，回程的机票是不会再为我保留了，打开包想检查一下那些重要的随身物品，比如护照、钱包、钥匙……

我想谁在半夜两点钟睡梦中被一个无聊到不能再无聊的电话吵醒

都不会有太好的脾气，苑腾如此对我算是合理的了。

“谁？什么事？”

“是我！”

苑腾似是反应了一会儿，声音更清晰了些：“小影吧？有事吗？”

“把顾明电话告诉我！”

“顾明电话？你等等啊，我给你发过去。”苑腾还没发，像是先想到了什么，“什么事这么急非得这时候给他打电话？”

“他偷我东西！”

“偷什么了？”

“别管了，你告诉我他的电话就行。”

“那你是怎么有我电话的？”

“他把你电话写我们家墙上了。”

苑腾忍不住爆了一句粗口：“你们俩可真够别扭的，想告诉你电话直接告诉不就完了吗？非留我电话干吗？”

苑腾挂了电话把顾明的手机号发了过来。我想也没想直接把电话拨了过去，电话响了许久，他才把电话接起来：“你是不是以为这里是巴黎呢？这里是北京，几点了打电话？”顾明的声音懒洋洋的，提示着他正在睡觉，而我只是有点惊讶他怎么知道是我打过去的。

“你拿我护照了？”

“没有！”

“少骗人，就是你拿的！”

“没有！”

“拿了就拿了，有什么不能承认的？”

“拿了！”

“明天你给我拿回来！”

“已经烧了！”

“你别跟我废话，我知道你没烧，你明天把护照给我拿回来。”

顾明没有回话，直接把电话挂了，过了一会儿他传了一段视频来，他躺在床上叼着支香烟，然后他用打火机把我护照点燃，接着又把那支烟点燃了。我看完那视频又把电话打了过去，刚一响，他就把电话接了起来：“信了？”

“你大爷！你烧就烧吧，反正那护照快到期了，我明天就办新的去。”

“嗯，好好捯饬捯饬再去拍照片啊，我怕法国海关嫌你丑不放你过去。”

“你是不是觉得特有劲啊？”

“其实我觉得特没劲！”

“特没劲，你还这么干？咱俩都多大了？”

“跟多大了没关系，我这人就这样。”

“顾明你要是不想我走，你直接说，你干吗非要这样？”

“我说了你就不走了？”我在电话里沉默没有回答他，过了好一阵他在电话里缓缓地说，“我在等你跟我说，你为什么非要走！”

我在沙发上睡了一夜，跟他喊了一通之后我发现很有利于我的睡眠，居然什么都没想地就睡过去了，一种久违的交流模式居然让我的精神得到了最大的放松。第二天是周六，我一觉睡到了快中午，要不是听见一声重过一声的敲门声，我想我可能还会赖在沙发上不起吧。我用膝盖想也知道谁在砸门，挣扎着爬了起来把门打开。“吃饭！”顾明拿着外卖走了进来，本想放在餐桌上，看见餐桌上都是土，不禁皱了眉头，他指了指昨天被他扔在地上的那条博柏利围巾：“把那抹布拿过来擦擦桌子。”

“你买的什么？”

“午饭，你喜欢吃的。”

“你知道我喜欢吃什么？”

“我不知道吗？”

“顾明，很多年了，我的口味变了，我以前喜欢的现在已经不喜欢了。”

顾明站在我的对面愣了一会儿，忽然走到窗前打开窗户把手里拎的外卖给扔出去了：“你不喜欢的没了，那你告诉我现在喜欢什么？”

“我现在喝粥！”

“什么粥？”

“大米粥！”

“好！”

顾明说完“好”字走进厨房里，把所有柜子的柜门都打开，一边开柜子一边皱眉头，我想那些柜子肯定都是霉味。他开完柜子走出来看着我：“你要我？一粒米都没有。”他走到衣架旁拿起我的外罩示意我穿上。

“干什么？”

“带你喝粥！”

我犹豫了几秒钟走过去把外套穿上，跟着他一起离开了小区。

顾明的车挺高级的，我想应该值不少钱，我尽量表现得若无其事，掩盖住那一点点酸涩的心理。我们这种穷人家出来的小孩，每天做的梦就是出门一抬头天上“哗哗”地往下掉人民币，我想这也许只是我的梦，顾明说他的梦比我的伟大多了，他希望他出门抬头天上“哗哗”地往下掉欧元。

我们那时候常常努力将自己从一个梦想家向实干家转变，比如那个时候我们常蹲在一起计划着抢银行，全程顾明策划，似乎听着很周密的计划被他称为“三板行动”！

第一，他建议我们三个都要理一个像他那样的板寸，这样冲进银行的时候保安就会犯晕搞不清楚我们四个谁是谁；第二，他找到了我们所能找到的最快捷的交通工具——小区里收废品的曲大爷有一辆宽边板车，他设想着把一麻袋一麻袋的钱往板车上扔，然后快乐地蹬跑是一件多么愉悦的事情；第三，他建议我们人人腰里都要别一块板砖，比如遇到暴力抵抗的时候，我们可以亮出武器毫不犹豫地拍晕他们。

这计划实现起来很是困难，比如我拒绝理板寸，曲大爷也拒绝借我们他的板车，还有苑腾和丁磊都拒绝别板砖，他们觉得用板砖当武器实在是有些过时了，他们怕刚一把砖掏出来，就挨警察一梭子。

坐在顾明豪华宽敞的轿车里却回想着小时候时常天马行空的我们，一时忍不住竟捂着嘴笑了。

“想什么？笑什么？”顾明在我身旁询问着。我转头看着他。“看什么？”他又追加了一个问题，我没有回答，只是又将头看向窗外。我想顾明的确成了实干家，不知他是如何起步又发家的，但至少他稳步前进了。顾明的梦想是比我伟大，比如他那时候常说有一天将小吃街买下来送我，因为那时候我一下课就想往那儿奔。可是其实我的梦想是找一个还说得过去的工作，然后在我们大学校园的附近买一处房子，最好能住得不高不矮，然后可以趴在窗户上，看着校园那些年轻的情侣来回想当初的我们。

CHAPTER 6

扫墓

“到了。”顾明将车停在一个二十四小时粥店的门前，我们俩一起下了车，我点了一碗白粥，他点了两碗。

我想这不是我内心的初衷，也不是我的行事风格，让顾明这个看起来像是事业有成的男士只请我喝了碗粥。如果我吃得下的话，我一定挑北京最贵的馆子，照着能把他吃穷的方式点菜，最好看见他拿眼睛斜我，然后咬牙切齿地说：“吃不了我都给你塞进去！”

他以前总拿他的丹凤眼斜我，因为无论他怎么咬牙切齿或者面目狰狞，我好像总是会点多，然后他就会一边骂我一边把那些剩下的吃的倒进自己嘴里：“我就是一个便携式垃圾桶，我在你边上就是打扫剩饭用的！”我那时候总是带着笑看着他：“总结挺到位的。”

顾明上学的时候有些瘦，但他不觉得，他说自己这叫精壮。可是我觉得，与他的身高相比，他是显得有些单薄了。他吃得少，比大多数男生少，可是他干很多事情，我甚至觉得一天二十四小时他都在琢磨事情，可能是由于他过早地担起了家庭重担的原因吧。

每次去食堂我都要两个菜，只吃半个，剩下的让顾明当垃圾打扫了。他每次都皱着眉头说我浪费，其实我没浪费，因为他都能吃了。

我很多时候都担心他吃不饱，可是他一直都说饱了。不管有没有我的剩饭，我问他饱不饱的时候，他永远都是饱的。

我想我们都是对金钱敏感的人，比如顾明对金钱运用有很详细的计划。从他16岁开始接替他妈妈，放学后傍晚时蹲在路边摆摊卖毛巾和女士的大棉裤衩子开始，他对他的每一笔收入都有一个很好的规划。到了大学，他的计划似乎更多了，比如除了他妈妈的医疗保健费用，还有他的学费和我们偶尔出去开荤的钱之外，我们恋爱时期的大多数费用都是他出的，他对此很执着，他说怕以后结了婚我把此事拿出来当成他的软肋玩命地戳。

我认为苑腾和丁磊总爱跟顾明泡在一起是因为他们一直觉得他是个有创意的人，意识流的层次也比他们俩高。他们时常会感叹一句："哦，事情还能这么干？！"

这在某些方面讲是我后来义无反顾决定跟他在一起的重要原因，似乎在他那里很多事情变得有趣而又充满希望。

生活的状态逼迫我们必须很节省，顾明把偶有富余的钱攒起来给我买小吃街用，虽然我一直跟他强调那小吃街的大多数小吃摊我并不是太喜欢。

顾明的创意时常就要发挥一下，就像他谁也没通知就从已经倒闭的针织厂里买了好几箱纯棉白色T恤，我为此愤怒过，指着他鼻子咆哮："你丫不说攒钱让我炒地皮用的吗？刚攒了八百块钱，你就买些破棉背心干吗？你这么花我哪辈子能成房地产大亨啊？"

顾明的眼睛里总是闪着狡黠的光："谢影，你的大亨之路就是从棉背心开始的！你知道这背心多少钱吗？连两块钱都不到。"顾明不知道从哪儿找的防水颜料，在那些白T恤上进行创作，然后在校园里贩售，曾引起不小的轰动，掀起了一股文化热潮。他极力用最生动的语言来揣摩男性心理，比如他创作的卖得很火的一款写着：睡吗？

我曾经看着那两字琢磨了好久，我说这不能卖！这太流氓了！他说如果你觉得流氓那你就是个真正的流氓，他说这不过是个礼貌性的问候语，我说问候语应该问“困吗”绝不应该问“睡吗”。他说这就跟小区里碰见邻居人家都问“吃了吗”而从没人一见面问“饿吗”是一个道理。

我很惊奇他的“睡吗”卖得很好，他说这太正常了，他说这就是刚刚脱离了家庭束缚的男性生理和心理碰撞出的火花！顾明创作后的T恤卖八块钱，他觉得这已经是在贱卖他的创意了，他有自己的一件T恤上面写着“砍价者死！！”配着两个硕大的惊叹号，要买的人还没张嘴，他就先把自己穿的衣服拉平整让人看见那几个字，把那些同学想砍价的思想扼杀在摇篮里。

我依稀记得有个白面的斯文眼镜男生在他的摊前面驻足了很久，看着一款写着“你的爸爸？！”的白色T恤一直蹙眉。

“哥们！你是哲学系的吧？”顾明凑上去搭讪，同学点了点头。

“能欣赏得了这款的都是哲学系的！”

“我只是在想你这件T恤想表达一种什么思想。”

“这几个字很深刻，我不知道你体会到没有，它既是一种受压迫的情绪的抒发，又是一种愤怒的表现，它还是一句问候语又是一句带有谴责论调的语句。你是哲学系的我想你应该能够感受到，你不觉得那个叹号配上问号显得特别苍劲有力吗？简直是对社会一种无形的反讽，你是哲学系的你应该能比我体会得深。”

白面男频频点头：“那我要吧！”

“这件十五！”

“你不说一律八块吗？”

“不，这件不同，这件只此一件，我保证全学校没有第二件。你应该理解一件孤品的价值，而且全学校只有你能理解到这个高度，你跟他们那些穿着‘睡吗’或者‘卖身不卖艺’的人是不一样的，说到底他们都是俗人而你不是！”

眼镜同学被顾明说得很是激动，点了点头：“好，我要！”声音里带着颤抖，仿佛遇到了知音。

顾明说他做生意是很讲信用的，“你的爸爸”全学校只此一件而没有第二件。当然全学校还有很多人穿着“你的爷爷”“你的大爷”“你的叔叔”“你的五姑父”“你的舅老爷”等等。我不知道那些人为什么那么买他的账，似乎必须买到他写的那种远看像阿拉伯文近看像印度文的背心才算买到了原版。那批白棉背心的确让他小发了一笔。

顾明吃饭很快，现在也是，很快他就把属于他的那两碗白粥喝完，然后他坐在那儿看着我吃，他不说话不做动作只是安静的时候我又开始觉得他优雅了，不不不，这是假象，我努力地自我暗示了一句。

我喝了半碗粥感觉到饱了，把碗向前推了推：“饱了！”

“只能吃这么多？那剩下的不喝了？”他眉头微蹙像是在质问。

“嗯。”

顾明把碗拿过去一仰脖把我剩的半碗粥都喝了，像是在喝一杯佳酿，一饮而尽。“走吧！”他站起身朝外走。

“干什么去？”我看着他的背影问道。

“看你姥姥，还有我妈！”

时过境迁，我们的许多事都改变了，比如他再也不会是那个蹲在路边摆摊的有志青年，而我也不是那个陪他摆摊的有志女青年了。可是有些习惯一时半会儿依然改不了，例如他见不得我剩饭总是把我剩的东西吃干净。这次不是我故意剩给他的，是我真的吃不下。

昌平墓园，我们买了新鲜的菊花。墓碑上照片里顾明妈妈的笑容依然是和蔼可亲的，她像是在对我笑，仿佛我每次去他们家蹭饭一样，她也总是这般。

“阿姨怎么去世的？”

“脑溢血又发作了一次，这次没救过来。”

我们俩站在那里静默了很久。

“妈，那个特别不要脸，没事老去咱家蹭饭，不吃撑了都推不出去的谢影回来了。她昨天特别不要脸地半夜打电话骚扰我，问我为什么烧她的护照，今天还特别不要脸地说她以前喜欢的东西现在都不喜欢了。14年前我就被这个特别不要脸的女人给骗了，她说有什么事都会告诉我，无论出什么事她都不会离开。结果呢丫什么都没说，卷着行李就跑了！窝在一个叫法国的地方不回来，更不要脸的是她还准备走，最让我不能忍受的是，她骗一个法国同性恋说她会法语！我说了这么多，您能体会她有多不要脸了吧？”

我侧着头看着顾明：“阿姨都已经去世了，我们让她好好地去不行吗？谁说我不会法语？我法语说得非常流利，我在法国取得了一个硕士学位，硕士！硕士！硕士！你有吗？你有吗？”

“没有，我有钱，好多好多钱，多得我都不知道我有多少钱。我想当硕士我可以买，其实我想买博士来着，一直在考虑买几个！或者买哪些方面的，没拿定主意！”

“你庸俗你，你太庸俗了！我在阿姨面前不想这么说你，但是我忍不住！我很痛心，真的，我们都长到这把年纪了你还这么庸俗，我真替你感到遗憾！”

顾明把手插在他的裤兜里，一直在看着我笑，笑得很开心，笑得很魅惑，笑得还有点邪！

CHAPTER 7

海边

生活似乎总是需要一个看似伟大又很遥远目标，才能显得日子过得有意义而又不平凡，至少我的远景目标证明我不是甘愿平凡的人。但能让我感受到真正快乐的也许不是我那遥不可及的远景目标，也许只是一睁眼可以在家门口的小摊上吃一屉小笼包。那种从饥饿到吃饱的感觉也能让人一样快乐，并且可能是快乐一整天。

大多数记忆里，我的快乐都源自和顾明的这种无休止的争斗。无论是在思维模式，还是语言和身体力行的某些事情中，如果我占了上风，快乐的动力就会源源不断地传过来。我们在这种状态中彼此努力着想证明自己永远比对方好。我们努力，然后有一点点进步，展示给对方看，获得微小胜利的快感；期待着对方的还击，用来激发自己的斗志，好让自己再努力向前迈进一步。在那个充满着抱怨、混杂着艰辛和困苦的环境里，许多人都很努力。他们努力是要挣出下个月的生活费，目的是为了不用像这个月过得如此紧巴巴。

我曾经的远景目标是要成为京城数一数二的大富婆，然后把顾明包养起来，让他唱就唱让他跳就跳，省得在我面前永远是一副不忿的架势。顾明听了之后总是带着坏笑地看着我："先说好了，我可是卖身不卖艺的，你想好了包不包。”

后来我从向着目标冲刺的战场上卷着铺盖跑掉了，之后我把我的远景目标定为了可以长命百岁，不知道这两个相比哪个更伟大而又难实现一些。没有了我，顾明却没停下脚步，大概我在高喊着自己是硕士的时候，心里并没有如我表现得那般得意，好吧，也许这次是我败了。

站在姥姥的墓碑前，真的可以用感慨万千来形容。相片里的姥姥仍然是看我时的温和笑容，慈祥、和蔼、可亲——所有用来形容长辈的美好词语用在她的头上似乎都很适合。她在我的生活中充当了太多的角色，比如姥姥、母亲、父亲、保姆、性格以及价值观的指导老师。从我六岁到十八岁的那些年里，我们一起相依为命。

姥姥的墓碑很干净，墓前摆放着百合，虽然已经枯掉了，但至少说明两个月里有人来看望过她。那个人不是我，我离开后我从未再踏上过这片土地，那除了我也只能是他了。

“谢谢你，替我来看望姥姥。”

“谢影，从你六岁搬到我们家楼下，你来我们家蹭过多少顿饭？我要没记错的话，从你六岁到你出国所有的棉内裤也都是我们家提供的吧？你说过谢谢吗？现在突然想说了？”

“该我做的事情你替我做了还是要说谢谢的。”

“什么事情是该与不该的呢？你……我不管，我只做我该做的事情，看望妈妈和姥姥是我该做的事情，你该做什么你自己知道。”

我坐在姥姥的墓碑前，想要撕心裂肺地大哭一场，想说自己有多想念她，想着小时候依偎在她的怀里听她讲故事，想跟她说自己很艰难可是很勇敢。所有想说的终究没有说出口。我坐在地上靠在墓碑上闭着眼睛想了很久，那些儿时的记忆总是在眼前闪过，能瞬间让人笑也能瞬间让人哭。顾明站在我面前双手插着兜不说话，他只是平静地看着我，过了许久，他把手递给了我："走吧，晚了，回家吧。"

坐在他的车里我又困了，也许是因为时差也许是因为刚刚我的内心翻涌，眼皮沉头也沉，于是我在不知不觉中睡了过去。

我似乎听到了海浪拍打岩石的声音，一下一下地在耳边萦绕。我睁开眼的时候发现周围漆黑一片，我仍然坐在车里，车子像是停在了野外，透过前挡风玻璃仰望天空发现一颗星星都没有，只能看见层叠的乌云，让夜更黑了。顾明站在车外背靠着驾驶位的车窗，他的手上夹着一支香烟，点点的火光似是黑夜中唯一的亮光。我按下了车窗想要叫他，一股硬冷的风带着咸湿的味道直吹进来，海浪声听得更真切了，我才确定我们真的是在海边。

顾明似乎听见我醒了，他扔掉了烟头转身进了车里："醒了。"声音有些低沉。

"你把我带哪儿来了？"

"北戴河。"

"北……"我本是想发怒的，心里像是想到了什么却没发起来，"你脑袋撞门框上了？开两百多公里地你把我带北戴河来干吗？这什么天，黑得我挖鼻子都能挖到眼睛里，这也不是景区啊，连个路灯都没有，你要干吗？劫财劫色带抛尸啊？"

顾明侧着头眼睛眨得很慢，像是被我说得昏昏欲睡一样，我长篇大论之后他依然是这种懒洋洋的表情："你是有财还是有色？"

我们不会无休无止地争吵或者争论一个问题，那对于他或者对于我来说都等同于无用功，这不是我们喜欢的模式，说再多不如去做一次。

"我饿了，这个问题怎么解决？"我不会再跟他争论我为何此时在北戴河的问题，因为我已经在这儿了。

顾明从后座上拿了个保温瓶递给我。

"什么东西？"

“粥，你现在喜欢的！”

“你早有预谋？”我打开保温瓶，粥还是热气腾腾的。我把保温瓶的盖子倒满，小口地喝了起来，有了食物的能量身体似乎也变暖和了。

外面的气温应该有些低，车内玻璃上结起了一层水雾。顾明擦掉了玻璃上的雾气，看着一旁深色的大海：“你走之前，我们的毕业旅行是来的这里，我赌你没有忘记。”

我低头喝着粥，没有接顾明的话。

“我们在海滩上坐了一宿，为了要看第二天的日出，那晚我们说了很多很多。”顾明仍然看着窗外，我听见他做了个深呼吸。顾明转过头看着我，而我的注意力全都在粥上，我不敢看他，他赌的事情说对了。关于我们的一切都像是被规规矩矩储存在电脑里的文档，需要的时候点开，所有的那些藏在记忆深处的事情都会呈现出来，就算把电脑格式化了一切也都能被恢复，因为那些已经被深深地刻在了那里。

“疯丫头，你真的是瘦多了，头发也少多了。”顾明伸手摸了摸我的脸，又揉了揉我的头发，“在法国受了不少苦吧？”顾明的语气像是同情。我转头看着他，看到他的目光充满怜爱，就像是父亲看女儿一样。我不喜欢这样，发自内心地不喜欢，我们这种倔强却又有点自命不凡的小孩从来最讨厌被可怜。看着顾明的这种眼神竟然让我想到了父亲，这种感觉就更让我讨厌了！那个在记忆里只见过两次面的父亲，一次是我到了美国找到母亲，母亲带着我去见了他，那是我在记忆里第一次对他有了印象；另一次是我准备去法国的时候，他去机场送我，他送我的时候满脸带着笑容，我想我的离开一定让他很开心吧。

在我离开中国之前，我觉得父亲这个人真的是一个无关紧要甚至可以完全不用存在的人。当然在我离开中国之后，我终于体会到了他的重要性。现在想，我还是应该感谢他，感谢他抛弃我们母女，感谢他去了美国，感谢他成功傍到了富婆，感谢他还愿意承认有一个女儿，当然更应该感谢他终于良心发现支付了我在法国的一切费用。

“我在法国生活得很好。”瞬间的回忆又让我镇定了下来。我很真诚地看着顾明，平常的语气平常的态度像是在说一件家常，“我要结婚了！”

顾明的眼神闪烁了一下，很快他又恢复到他似笑非笑的面容里：“现在能说了吗？”

“说什么？”

“说你当初为什么要走？”

我长出了口气，把车窗开了个小缝隙，希望微凉的海风能吹进来，让我不安的心能平静下来：“觉得厌倦了。”

“对什么厌倦了？”

“所有的一切我都厌倦了。我不喜欢那嘈杂的环境，不喜欢那些邻居为了谁偷拔了谁花盆里的葱而无休止地争吵，我也不喜欢一到傍晚就跟你蹲在街上卖那些花花绿绿的大棉裤衩，永远要去路口帮你看着城管什么时候来，为了躲警察和城管一次又一次地跟你在街上拉着手背着包袱狂奔。我想过好日子了，顾明，我不想跟你分吃一碗卤煮还要算一算会不会影响第二天的早饭。这种日子我过够了。”

“你厌倦的这种日子里也包括我吗？”

“对，包括！”我回答得很快，头点得很艰难。

顾明的呼吸很沉，他从储物盒里把烟拿出来，拿着打火机想要点，像是想到了什么，下车倚靠在车门上开始沉默地吸着烟。

我从车上跟了下来，刚一下车就像被海风吹透了一样，让我打了个激灵。顾明似乎听见我下车的声音：“后座有羽绒服，你穿上！”

我把后座的羽绒服拿出来穿在身上，只是站在一旁静静地看着他。我们大多数时候都喜爱那种能令对方失落的事情，如同在一个小的战役里获得了阶段性的胜利，握住那一小段快乐等待下次战役的到来。可是此刻看着顾明失落的表情我却丝毫都不感到快乐，其实我很痛苦，也许比他还痛苦。

CHAPTER 8

古董

顾明靠在车门上的身影如同剪纸画一样颀长，我从来没有像现在这样以一个旁观者的身份去欣赏他的样子。从我儿时的记忆里他就是个可恶又欠揍的小男孩，这种印象在我脑海里已经根深蒂固了，直到大学我最好的朋友——睡在我上铺的姐妹安雅楠，在睡梦中喊出了他的名字，我才意识到在别的女人眼里看到的他与我不同。这事很快传遍了系里，大家都知道了我的好朋友在暗恋我的男朋友。所有人都觉得我岌岌可危了，因为安雅楠所有的一切都可以用美好来形容，比如长相甜美、家境殷实、有良好的家庭教育、知书达理等等。她所拥有的我都没有，当然另一面是我所拥有的她也没有。

我为这事找安雅楠推心置腹地长谈了一次，没有任何挑衅和宣战的含义，只是出于一个好朋友的善意，希望她不要再浪费过多的精力，就像顾明跟苑腾的谈话一样。

“你是不是因为顾明才跟我做好朋友的？”我很直接地问了她，她也很直接地点头说了“是”。说实话那一刻我还真有点受伤。我这种在大多数人眼中的坏女孩，学习不好、脾气差、急了拿脏话骂人没准还会动手，长久以来几乎没有过密的同性朋友，我大多数时候都是跟顾明、苑腾、丁磊混在一起。人生中第一个称之为闺密的人，跟我做好朋友原来是为了惦记我的男人。

我没有说任何谴责的话，可是安雅楠先开口向我保证了，她说她只是喜欢顾明笑起来坏坏的样子，睡梦中喊他的名字并非本意，她发誓她绝不会破坏我们的感情，更不会插足我们。

那天我一直在看着她笑，我心里觉得这女孩很可爱，不是因为她急于向我保证她绝不介入我们的感情，她的可爱在于她以为她能。

顾明掐灭了那微微的火星，嘴里吐出了一团长长的烟雾："走吧，看日出。"他向前走下了海滩里，我没有办法只能跟着他。这海滩不美，根本没有沙子，都是一块块的鹅卵石，到处是破碎的贝壳和被卷上岸的海带，泛着腥气。我深一脚浅一脚，步履蹒跚。

顾明找了块巨大的礁石爬上去，然后转身伸手想要拉我。我一巴掌把他的手打开，自己寻路爬了上去。顾明微扬了嘴角收回了手，躬身坐在了那块岩石上，我在离他不远的另一块石头上坐了下来。

凌晨五点天快亮了，我抬头看看天，乌云层层密布像是要下雨，天被压得很黑，我不相信我能看到日出。

"阴天，看不到日出。"我起身示意要走。

"坐下。"顾明只是望着海天线并没有看我，态度坚决不容反抗。

我犹豫了一下很无奈地又坐了回去。这种挣扎无意义，车钥匙不在我手里，离开家两百多公里地，靠着走回去的想法也不现实，关键从哪儿走出这块静谧的海滩都是个问题。

我裹着羽绒服看着眼前灰蒙蒙的一切保持着沉默。

"说说你要嫁的那个人。"顾明的声音清晰地传了过来。

这问题让我来了点精神。"他……是个法国人，他在法国一家米其林二星的餐厅里当甜点师。"

“你们怎么认识的？”

“他是我的新房东。我们搬过去的时候，他做了一个蔓越莓的蛋糕送给我们，味道好极了。”

“他多大年纪？”

这问题令我有些迟疑，但想了一下也没什么好隐瞒的，要结婚不是为了说出来气人，是我真的决定要嫁了。在法国的这些年时常像在一个悬崖的边缘挣扎，内心的感觉是掉下去我就粉身碎骨再也不会爬上来了。三个月前医生说我也许可以过一些正常人的生活，比如找个工作，再比如结个婚。于是我按医生的话去做了，我找了个工作，然后找了个好点的社区，一个新的漂亮的房子。

安东尼是一个老实本分的法国男人，今年五十六岁，丧偶。他有一栋很美的房子，是老家留下来祖传的。他说他们家在十八世纪的时候是法国的贵族，后来没落了。

安东尼给我讲解的时候很认真，我听得也很认真。后来我问他，你祖宗是不是路易十六那帮的，然后他被砍头了，他那帮的人就都倒台了。

安东尼惊异于我的智慧，他瞪着眼睛看着我说：“你真是个聪明的女人。”我猜测他大概就是从那时候爱上我的吧。因为两个半月之后他向我求婚，理由是他爱我的聪明智慧和对法国历史的了解，这样我们之间的代沟可能会少一些。

而我爱他祖传的老房子，丧偶，膝下无子，还有就是他对他的前妻一直很想念，至少能证明他是个重情义的法国男人，这样挺好的。也许我可以很安逸地度过我的后半生。我的后半生有多少年？说不好！一年两年？十年八年？可是不管几年至少我后半生的房租省了，他也愿意跟我的妈妈一起住，这样我就可以不用接受那个承认我又不太愿意见我的亲生父亲的接济了——因为这样令我很为难，我从心里不想感谢他什么，可是却不得不抱着感激的心态跟别人讲解他的存在。

“他五十六岁。”片刻的犹豫之后我回答了他，顾明开始笑，笑得很诡异，微扬着嘴角满脸透着邪气。

“你跟他在一起多久了？”

“两个多月吧。”

“两个多月你就决定嫁了？我要没记错，他比你妈还大一岁吧？你是不是把你妈的男朋友抢了？”

这真是让我难回答，因为好像一不小心又让他说中了。老妈初见安东尼的时候很喜欢他，觉得他五官端正，有份手艺更有份家产，年龄上也合适。她孤独在外漂泊这么多年始终也没找到可心的，她全怪自己没文化。我跟她解释说外国人找老婆真不看学历，起初我鼓励她去勾搭安东尼，理由一样，我看上了安东尼的房子、丧偶、膝下无子。他们俩要好了，我希望能带我一个，反正我说死就死的，没准也吃不了他们几年饭，何况我还找到了一份工作。我跟她说你们管我住就行，因为巴黎的房租真是有点贵。

后来老妈没成功，因为安东尼看上的是我。认识一星期之后，他约我去听歌剧，话语间一直透着暧昧。回家我又跟老妈分析了战况，我说现在情况变了，安东尼看上的是我，你嫁他不太可能了，只能我去嫁他了。老妈不同意，她说我绝不能嫁给外国人，让我回国找。我说我从来没想过要再回中国，以前是不能，现在就算能，这么多年了很多事都改变了，也没有任何意义了。

老妈很生气地说“你有病”，我说“对，但你绝不能跟安东尼说，不然他肯定不会娶我”。我说，你想他第一个就丧偶，娶了我没准没过多久又丧偶，他肯定会觉得自己实在太背了，我们绝不能让他有这种顾虑。回国找的话，蒙中国人良心有点过不去，只能在国外坑坑外国人了。

老妈很坚决地说不行，他岁数太大，比她还大，跟我爸一个岁数。我只能把老妈这种愤怒的说辞当成是一种嫉妒。

我说：我不想再要谢长明的钱了，这么多年了他从来没管过我，见到他的时候感觉他看到我就像是一条来要饭的流浪狗。我想他日子也可能过得不那么顺，读了那么多年书，唯一的帮助就是终于找了个有钱的老婆，什么都得靠着人家，我们别再拿他的钱给他出难题了。

老妈没再说话，基本上我一提谢长明她就安静了，有时候我觉得她是气的，有时候我觉得她是伤心的，还有些时候我觉得，她是因为我。

“你喜欢他什么？”

也许我出神出得太久了，顾明坐在一旁带着那种魅惑的笑，继续着我们闲聊的话题。

我又开始犹豫了，我在想要不要说出我惦记安东尼的那三样东西：“他……是个老实本分的男人。”

顾明哈哈地笑出了声，一边笑一边摇头：“你什么时候开始喜欢老实本分的男人了。”

“谁不喜欢老实本分的男人？”

“难怪……”

“难怪什么？”

“难怪这么多年了我一直在想你到底有没有真的喜欢过我。”

“他有一所大房子。”

“我也有大房子。”

“人家的房子在巴黎。”

“我明天就可以在巴黎有一所大房子，只要我愿意。”

“人家那房子是十八世纪的。”

“十……”顾明收起了笑容斜着眼睛瞄我，“你不怕吗？”

“怕什么？”

“怕人家祖先来找你，说你坑害人家子孙，欺骗老实本分男人的感情。”

“谁说我欺骗他感情了？顾明，我是要嫁给他，真嫁，回头我护照下来，我回法国我们就要去公证的，没准我还会办婚礼，然后再生个混血儿。你看我都收人家戒指了，我们订婚了。”我竖着手指在顾明面前晃动着，想让他看见那枚细细的银戒指。

顾明噌地一把拽住了我的手，他看了看我手上的戒指，突然一伸手把戒指撸了下来，转身扔进了前方黑茫茫的礁石滩里。

“你给我捡回来！”我伸手指着远处瞪着顾明。

“不捡！”他看着海天线处，面带笑容。

“那是古董你知不知道，人家祖传的，无价之宝！”

“什么古董，潘家园五十块钱论堆搓！”

CHAPTER 9

战斗

“你这个骗子。”顾明的口气里不屑中又带了许多质询。

“我怎么是骗子了？我骗谁了？”

“还要跟人生混血儿？你先拍拍自己的良心，扪心自问一下，看看你对得起中国足球吗？怪不得老也冲不出亚洲，都让你们这帮骗子给闹的。”

顾明、苑腾和丁磊都是球迷，我是伪球迷，曾经的我们常常坐在一起看球。我有时候不太理解男生在看球的时候怎么能动那么大的肝火，骂街拍桌子掀凳子的。

我对得起中国足球吗？这问题让我不自觉地笑了，那些存档的片段就那么挡也挡不住地被一样样抽调出来。曾经在顾明对中国足球现状大发雷霆的时候，我安慰他说将来给他生一个足球队，他当教练带领着他的十一个儿子冲出亚洲走向世界，顾明对于我的建议很满意，并让我发誓将来一定要兑现自己的承诺。很想笑，我们在一起的那些日子里，我对这个男人承诺了很多未来的事情，可是现在想起来似乎全都没兑现过：“我……对不起……中国足球！”

顾明从那块岩石上站了起来："我说过会看到日出，所以就是会看到。"

远处乌云密布的天际之间露出了一丝缝隙，红日的光芒为那些乌云镶嵌了金边，太阳的整张脸从那个缝隙里露了出来，耀眼又温暖。

"回去了。"顾明脸上带了点满意的笑，他转身往停车的路边走去。

我跟着顾明上了车，太阳出来了，温度也升高了，我坐在车里把羽绒服脱了下来，嘴里不停地嘀咕着："真够能折腾的，你开车小心点，两百多公里地呢。"

我抬起头的时候，顾明离我很近，十厘米都不到，他的眼睛直视着我。他想要再靠近的时候，我伸出了左手推他，还没抬起来就被他按到座椅上。顾明的整个人压了过来，我的手都抬不起来，整个人被卡在死角里。

顾明的唇毫不迟疑地压了下来。这个吻来得有些突然，却是久违了的吻，带着淡淡的烟草气息，如那个曾经吻过我很多次的唇一样带着暖暖的温度。只是这次也许我不是那么情愿，但一切根本由不得我，我蹙眉，骂人的话一句都没喊出就已经被封了口。躲不掉只能承受，想要敷衍的心态似乎都被看穿了，想守住牙关却力不从心，顽固的坚持令我的嘴唇又热又痛，而他丝毫没有退却。顾明的吻在我离开的八年光景里常常出现在我梦中，那些相互依偎的快乐时光，有时候会让我觉得像是天堂对我的召唤。

一瞬间也曾迷茫也许这是个梦，但是此刻却真切地知道这不是，这个吻既熟悉又陌生。年少的我们吻中带着青涩和无限青春的气息，也许是我离开这些年令他的吻霸道了许多。我打开了牙关和他纠缠起来，耳边的波涛声依旧存在却始终不如心里的澎湃，我竟一时沉迷其中。

顾明率先离开了我的唇，他微眯着眼睛嘴角勾出了一丝弧度，他的手捧着我的面颊，脸依然离我很近，好似都能呼吸着他的呼吸。“你回来了，真好！”顾明的声音很低沉，不像他时常迸发的个性，那一瞬间我差点哭出来。我的呼吸很沉重，想让思绪平静，和顾明再相遇又纠缠在一起，这不是我想要的，如果是这样我当初又何必离开？

“我很快就会走的，等我的护照下来。”

顾明的脸离我越来越远，面容却渐渐清晰起来，他的表情冷冷的，眼睛却带着似笑非笑。

“你有种再说一遍！”

“等我的护照下来了我就得回法国，我妈还在那儿，还有那个……”顾明没让我说出安东尼的名字，他探过身来把我这侧的车门打开了。

“下去！”顾明的态度坚决，说完之后他不再看我只是目视前方。

“下哪儿去？”

“下外面去！”

“凭什么啊？你把我带这儿来的。”

“你不说你会走吗？我看看你多会走，走回法国多远啊，你先走回北京试试！”顾明说完就开始往外推我，我死把着车门不肯下车：“不是……你跟我要什么浑啊？有本事你把我带回北京要去。”

“我没本事，我觉得你本事挺大，你快点向我证明一下吧。”顾明还凑过来扒开了我抠住车门的手指头，不由分说地把我推到门外去。我刚一下车他就锁上了车门，我跑上去猛砸他的玻璃，他按下个小缝看着我说：“你小心点啊，这车可贵，好几百万呢。”

“你大爷，有几个臭钱，你是不是都不知道你姓什么了？”

顾明把车窗关上，发动车开走了。开了几十米的距离他又飞快地把车倒了回来，按下车窗把羽绒服塞给了我说：“我估计你得走到半夜，别冻着！”说完他又把车窗关上绝尘而去。

我看着顾明车子远去，在原地发了十分钟的愣。十分钟后我清楚地认识到他是真的走了，努力做了个深呼吸，想了想把羽绒服穿了起来，因为抱着比穿着还累。我四处看了看，大概搞明白东南西北，便沿着这条小路往外走。其实我也不太清楚自己到底在哪儿或者主路在哪儿，但我想这么一直走一定能走到大路上。我边走边思索着，羽绒服里似是有手机在震动，拿出来发现是顾明打来了。

刚接起来还没来得及破口大骂，顾明抢先开口了：“求我！”

“求你什么？”

“求我回去接你。”

“开着你的破车滚吧，老娘就给你表演一个怎么走回北京去。”

顾明在电话里安静了几秒钟，声音带了笑意：“不求也行，给我道歉。”

“道什么歉？”

“说你错了，说你不回法国嫁你那个十八世纪的破老头子了。”

“这你还真甭劝我，我肯定得嫁，我不仅得嫁我还得把他当爸爸似的供着，知道为什么吗？人家是贵族，我嫁给他我也就是贵族了，路易十六你听说过吗？”

“没有，我就听说过路易十三。不喜欢，我更喜欢国窖！”

“你是不是觉得自己特幽默啊？无聊，我根本都笑不出来。”

“你是笑不出来，我要这么走我也笑不出来。”顾明语气里的笑意更浓，“你自己选的啊，你别怪我！”顾明说完就把电话挂了，我再打过去他已经关机了。

嘴里骂着街，步行了半小时，似乎远远地看到了高速路，内心多了点激动，到了高速路上至少能碰到个长途车吧？想到这儿我禁不住又加快了脚步，忽然感觉到兜里的手机又在震动，看也没看就接了起来，想在他开口之前占得先机："我说你贱不贱啊？打什么电话，影响我走路了你知道吗？"

电话里的人并没有马上说话像是反应了一会儿，呵呵地笑了两声："我还真挺贱的，早知道是你们俩在闹，我就不打这个电话了。"听到的是苑腾的声音，我的态度一下缓和下来。

"是你啊？"

"你怎么给我打电话啊？不是，你怎么打这个手机啊？"这手机不是我的，是顾明落在羽绒服里的。

"我昨天去秦皇岛的工厂看了看，今天一早准备回去呢，刚才顾明打电话说，要是看见你在北戴河一带的高速上往北京走，让我顺道把你带回去。你不会真走路往北京奔呢吧？"

"是真的，你想说什么？"

苑腾在电话里又笑出了声："行了，原地立定别走了，怪累的，手机有GPS，告诉我地方我这就过去了。"

我的移动速度终于放缓下来，我查了自己位置告诉了苑腾。大概过了不到二十分钟苑腾开着车到了，我一上车就觉得自己腿有点累，一直用力地捶着自己的腿。

"你们俩可真是的啊，多少年不见了，一见面还是那样！"

"哪样？"

"就你们俩特有的那样呗，我不知道要怎么形容？俩神经病？俩半疯？"

"得了吧，他是疯子，我可没疯！"

"不，不，是你们俩遇到了才这样，少一个都不会这样，真的！小影你走之后顾明跟变了一个人似的，沉默寡言，可能说心里话的人没了吧。要说咱们四个真是打小一起长大的，可是真正了解他内心的只有你。我也曾一度认为真正了解你的也只有他，但是你不声不响地走了之后，我就不这么认为了。”

我坐在那里听着苑腾的话，没有接下文，其实我不知道要如何开口。

“你……为什么走啊？”苑腾问得很小心，用的是试探的口气。

我继续沉默了一会儿，转头看着他在笑：“不如说说你们三个怎么发家的？咱们四个在一起嘴上常说的梦想，你们三个就给实现了。”

苑腾的脸上带了点笑：“其实我知道你不会说，就跟顾明不告诉我他哪儿来的第一桶金似的。顾明这人一直挺有想法的，我打小就有点崇拜他，估计丁磊跟我的想法一样。我们大多数时候都在想着天上掉馅饼的事，顾明大多数时候都想如何做馅饼的事。这些废话我也不多说了，他是什么样的人你比谁都清楚，公司现在运营得挺好，公司运作起来之后顾明的很多计划都完美实现了，比当初的注册资金翻了很多倍。现在全国各地的分公司，加上厂房，产品和盈利以及公司账面上的钱，加起来市值有三十几亿吧。”

“苑腾，你怎么这么实诚，我又没问你们现在到底值多少钱？你要再实诚点，你不如直接说你们现在欠银行多少钱就行了。”我想后半句纯属酸性心理作祟。

苑腾呵呵地笑了两声：“本来也是没什么可瞒的事情，真有心查，上网四处找资料也能预估出来，现在钱也多了，听着几十亿不像小时候能震个跟头了。顾明有一天跟我们说要弄个公司。那时候我以为他在开玩笑呢。可是他特别认真说他手头大概有四千万，他计划要弄个什么样的公司，他跟我们商量的时候，他连计划书都做好了，写得很详细，包括运作，我和丁磊都负责什么事情，盈利后的分成，几乎是所有的一切。我们一开始被吓到了，不知道他四千多万是哪儿来的，问他他也不说。他说你们放心肯定不是非法所得就是了，要不然你们就当是我中彩票了吧，然后问我们跟不跟他干。其实我早知道顾明将来是个能成事的人，不过说句实话要是没那注册资金我们不会发得这么快。我心里感谢顾明，真的。他有四千万还有很好的规划，我觉得其实他雇谁干都行。现在我跟丁磊都是公司的大股东，各占了公司三分之一的股份，其实当初刚成立公司的时候我们一毛钱都没出。”苑腾一边开车一边转头看着我尴尬地笑了下，“要是你在肯定也有你的一份。”

我笑着摇了摇头：“你们都是陪他创业的功臣，咱们又都是从小一起长大的，你们在他心里不能跟钱比。”

“咱们当初凑在一起做了多少发财的梦啊，总是想着自己是有钱人了要如何生活，可是现在也多少算是有钱人了吧。不过发现生活还是一样，得一天一天地过。我佩服顾明，是因为我到现在还不确定，如果我是他我会不会像他那样也分给另外两个人公司的股份。那么多时候他表现得比我们任何人都渴望金钱，到后来发现其实他并不是那么渴望。”

“是需要吧？曾经的他很需要钱。”我很小声地坐在一旁嘀咕着。

“嗯，你说得对。那个时候他比我们都需要，可惜阿姨没享到福就走了。”车内的气氛似乎被这种对话带向了沉重，苑腾赶忙换了个轻松的语气，“干吗自己跑北戴河来了？”

“什么自己？顾明那孙子把我带来的，然后把我从车上推下来，让我走回北京去。”

苑腾笑得有点无奈：“我真服了你们俩，从小就这样，做事都那么绝，一点余地都不留，明明知道都不会服软，还偏要比谁更硬！不过这场景快有八年没见过了，你们俩这么闹还挺让我们怀念的。”

我想苑腾的话是对的，和一个人如此相处我也已经好多年没有过了。此刻我的内心升腾起一股力量，像是自己重生了一样，从我离开之后的这些年里，我第一次感受到了无限生命力和战斗力。能再感受到一次，真好！

CHAPTER 10

懵懂

回到家的时候有点累，我躺在沙发上休息了一会儿就接到了安东尼的电话。他的语气里都是关心。他问我大概什么时候能回去，我告诉他我的护照丢了。安东尼的声音里都是疑问，到底什么时候能回去？我说要看政府的办事能力，因为我的户口簿也找不到了。我向他解释我得先去派出所重新报户籍补办一个新的户口簿，当然很有可能派出所会先让我去街道办事处找户籍证明，而街道也许会让我去出生医院找我的出生证明。如果这一切都实行得很顺利的话，我就可以办一个户口簿，有了新的户口簿我再去办理新的护照再然后去申请签注，等等……安东尼最后终于被我说晕了。

我想跟他说我把他的古董戒指也丢了，话在嘴边转了几圈终究没说出来，因为脑子里一直盘旋着顾明说的，潘家园五十块钱论堆搓的事，我想再买一个戴上可能他根本看不出来。

安东尼听我东南西北地扯了一通之后他说：“我想你。”

我沉默了一阵说：“谢谢。”

这回答配“我想你”好像有些词不达意，但是我只会说这个，别的我全都说不出口。挂电话的时候我说让他帮忙照顾母亲，安东尼说这两天都是我母亲在做饭，中式晚餐他觉得很好吃。这几天他很忙，因为餐厅接了两个婚宴，都订了两米高的蛋糕，他每天要都工作到很晚，不然他早就来中国找我了。他说我跟我母亲都是好人，他很高兴认识了我们，他很高兴我答应嫁给他。

听着这话有一点点讽刺的味道。安东尼挂电话的时候说他会好好照顾我的母亲，而我内心也希望他好好照顾她，最好能互生情愫，然后趁我不在的时候能天高海阔什么的。

那样我就可以把嫁给安东尼的重任转到母亲身上，而我也就可以回归到混吃等死的状态里。我想我也曾是个有理想有抱负的女性，不过现在最大的理想是不再过接受父亲接济的生活，我想靠我自己的力量照顾母亲，哪怕是嫁给安东尼。

事实上安东尼是个好人，而我也许没那么好。

晚上我睡得很好，十分香甜，连梦都没做，一睁眼已经天亮了。阳光从窗口斜射进来，屋子里的气温渐渐升高，到处都是暖意。我站在窗口看着小区里来来回回的人，有骑着摩托的，有蹬着板车的，还有推着小平车或者早餐车出去讨生活的人。无论这些人在怎样和现状做着斗争，至少阳光对于所有人是公平的。它每天照常升起照常照耀着，保证每一个人都能这样站在窗口被阳光刺得眯上了眼。

我决定要把屋子打扫一遍，不管怎么说这也是我的家，干干净净才和姥姥慈祥的笑容匹配。我的热情很是高涨，把屋内的边边角角都要收拾利落整洁，柜子里发霉的被虫蛀的老旧物件打算全都扔掉，不知道还能不能找到有用而值得留下的东西。

顾明把我扔在北戴河之后，一个电话都没打，也没问我安全到家没有。我也乐得清闲，省得还要琢磨怎么才能打击报复回来。我们怄气从来就是这样谁都不理谁，看谁先服软。记忆里顾明服软的时候多，不说谁对谁错只看谁先和谁说话，大多数时候顾明都会先跟我说“今天我妈炖肉了来不来吃”，而我的答案几乎从来没有变过就是“去”。

后来顾明的妈妈身体不好了，我们上了大学之后也很少回家，那个时候顾明会跟我说“我之所以理你不是因为别的，是因为我是男的，再跟你一般见识那就不是对错问题而是水平问题”。

我坐在柜子前无意中找出了一本老相册，忍不住翻看着。初中时候的毕业照，全年级三百多人，照片里每个人就像胶囊的大小，可是我一眼就看到了顾明，下一眼看到了我自己，然后是穿着那条白底小粉花裙子的班花。曾经的记忆翻涌着浮了上来，清晰得如昨天发生的一般，好像那是唯一的一次顾明问我要不要去他家吃炖肉的时候，我拒绝了他说：不去！

那个时候的我仿佛因为一件事成长了。我拒绝他不是因为闹脾气而是真的不想再理他，就像姥姥说的我再这么整天混着当坏孩子，永远过不上好日子，会跟我妈妈一样。

姥姥觉得妈妈过得很惨，虽然她身在国外，可是她是从国内惨到国外去了。她把所有的原因归咎于妈妈没有文化，姥姥也没什么文化，所以她希望我有。她说有文化了男人就不会随便抛弃你，就算抛弃你了，有文化的人也会比没文化的人过得好。这话从小我就听姥姥念叨，说了很多年，就如同所有家长希望孩子好好学习的话一样，听在我的耳朵里就是无比厌烦。那个时候我喜欢疯玩疯闹，读书一点都不能让我快乐，我喜欢干能让我快乐的事情。顾明和我一样，我们俩的学习都很差，比着劲地差。如果我考倒数第十他会是倒数第九。但是我们俩都很高兴，总是感叹自己成不了倒数第一。任何成绩对我们来说都是不痛不痒的，我们已经是被老师放弃的学生了。

我觉得学习不好对于我来说几乎没什么影响，如果说有的话，就是没什么同性朋友，因为我也不太确定究竟是因为我学习不好还是因为我脾气不好。家长们都会教育自己的孩子不要跟我玩，大概是我看起来像是没什么家教的女孩子。我的确没什么家教，因为家里没人，只有我跟姥姥。一个学习不好的男孩和一个学习不好的女孩在学校受到的待遇是完全不同的。很多女孩喜欢像顾明这样的男孩子，觉得他这种整天一副吊儿郎当的样子很有性格。谁知道呢，有时候女孩欣赏男孩的角度很怪，就像很多男孩总是喜欢大家闺秀一样。在我眼里他们欣赏异性的角度是一样地怪。

初中二年级的夏天，我爱上了一条裙子，白底带着很小的粉色花朵。我放学回家路过商场在橱窗里看到了它。我在那儿驻足了很久，我从没像那样热爱一件裙子并很想拥有它。我大着胆子走进了商场，找到了那个柜台翻看了标签，吓得赶忙松开了手。那裙子要五百多块钱，可是对于那个时候的我来说就是天文数字。我不可能让姥姥花五百块钱去给我买条裙子，这不现实，而我心理上也不允许。

可是那个夏天每天放学去商场看那条裙子成了我最快乐的事情。放了学我一个人偷偷地跑走，不等顾明、苑腾、丁磊里的任何一个，就在那个商场的某个角落里看着它，想象着它穿在自己身上的样子，直到有一天我鼓足了勇气去试穿了那条裙子。

我站在试衣间看着镜子里的自己，才发现原来自己可以这么美。那一刻我觉得自己像是童话故事里的女主角，原来我也可以是个令人觉得美好的女孩子。我不舍得脱下来就在试衣间里看着镜子，站了很久。直到工作人员在外面敲门问我觉得怎么样，我才把那条裙子脱下来还给她。从那以后我不再去那个商场了，因为我已经知道自己穿它的样子。

那个夏天的傍晚，顾明的妈妈头痛发烧起不了床，顾明要去替他妈妈出地摊，他叫上了我。只要他去摆地摊他总是叫上我，为了让我在不远处的路口看着城管防止城管突击检查。我很愿意去，每次看着他在那卖那些女士的纯棉内衣总觉得很好笑。丁磊的爸爸在路口开了一个小报亭，我常常坐在报亭外面看《故事会》。

那是个让我记忆深刻的傍晚，太阳半落已经不再燥热，刚刚刮起了微凉的夏风，一阵一阵吹得人很舒服。我坐在不远处看着顾明在和人杀价，拉扯着那些大棉裤衩以展示它们的质量有多么好，我的脸上总是忍不住挂着笑。

我想当我看着班花出现的那一刻我的笑容一定是凝固的。她穿着我日思夜想的那条白底粉花的连衣裙，微风把她的裙角吹得一荡一荡的，样子十分飘逸。班花本就是优雅的女孩子，这裙子将她衬托得气质更出众了。我不想看她却不得不看她，直到现在我始终认为她穿着没有我穿着好看，只是我买不起但她可以。

顾明和我不是一个班，他和班花其实并不熟悉，不过班花可能对他很熟悉，因为他在学校差生里也算是出了名的。

“顾明！”班花的声音像银铃般清脆，带着些许笑意。

顾明看了她一会儿像是知道了她是谁。

“你在这儿卖东西啊？”班花站在他的摊位前和他攀谈着。

“是啊，要不要买两条内裤？”

班花的脸涨得微红，带着娇羞的样子说：“你这里的东西哪有适合我的啊！”

“怎么没有？”顾明的脸上带了笑意，他低头从地上层叠的内裤里捡出条白色的，前面挂了个小粉花，“看这个跟你的裙子刚好配套，你衣服漂亮人也漂亮，内裤总不能穿丑了吧？要不你找地试试，我算你便宜，但是你只能套在外面试啊，不能真试。也就看你是同学，本来我都不让试的。”

“哎呀！”班花忸怩了一下，脸更红了，“你怎么那么坏啊！”

我就站在不远处看着他们两个带着笑开心地攀谈着，突然听见耳边有人喊：“城管来了。”我起初都没反应过来，只是站在那愣愣地看着顾明和班花的笑脸。等我反应过来的时候，很多摆地摊的人都已经收拾好开始狂奔了。

我突然像是意识了过来，赶忙跑过去帮顾明收拾他摊在地上的内裤，顾明嘴里抱怨着：“不是让你看城管吗？干什么去了？”而班花躲到了一旁远处像是受了惊吓的小动物。

我和顾明用最快的动作把那块地布兜了起来，顾明一手拉着包袱一手拽着我开始奔跑，城管在后面紧追着。我们差不多算是最晚开始逃跑的人。我们不能被抓住，被抓住东西被没收不说还要通知家里去人交罚款才能出来。我们从拐角飞奔下楼梯。刚下楼梯顾明的包袱散了，内裤散落了一地。他跑回去捡那些掉在地上的内裤。一个城管挥舞着警棍追了上来，一把抓住了顾明了胳膊，嘴里大骂着：“小兔崽子，我看你跑哪儿去啊？”

顾明只是个上初二的少年，他极力挣扎想要挣脱出来，我也急了冲上去抓着城管的手腕狠狠地咬了一口。那一口我真是使足了力气，刚咬上就尝到了血腥的味道。城管大叫了一声松开了顾明。我想我那时候一定是急疯了，他松开顾明了我还没有松开他。他一挥手腕我就摔倒在地斜飞了出去，一侧的胳膊和腿全都擦伤了，顾明拉起我继续狂奔着。

“包袱怎么办？”我边跑边问他。

“不要了。”他头也不回，一直拽着我，那时候我感觉不到疼只想快点找个安全的地方能喘一口气。

我们终于确定自己安全了，找了个地方喘着气，顾明靠过来看了我的胳膊和腿。“去拿水冲一下吧。”他找了个公用水池，拽着我的胳膊伸到水管下面，开着水龙头冲着我胳膊上沾满了尘土的伤口。

他在一旁对着水龙头喝了个足实，很满足地“啊”了一声。“嗓子都冒烟了。”说完他捧了一捧水泼在了我受伤的腿上，嘴里还小声嘀咕着，“你是不是又看故事看迷糊了？”

我大叫一声，接着无法抑制地哭了出来。我不知道自己怎么就一下子崩溃了，我就是心里难受，难受得不得了，难受到想靠哭来缓解这种情绪。我这么哭让顾明很无措，他不知道我怎么会哭得这么伤心。我们玩在一起，我总是受伤，比这厉害的也曾有过，可是我从来没哭过，可是现在我站在这里肆无忌惮地流着眼泪。

“你哭什么？这点小伤不至于吧？”

我挥起了拳头照着顾明的胸口结结实实地猛捶了一拳。我想一定很疼，“咚”的一声像是在捶一个紧绷了皮面的大鼓了。捶过之后顾明倒吸了一口冷气，他伸手揉了下胸口，然后像是掸灰尘似的弹了一下：“行了，打过了，还哭吗？”

“全都怪你！”我高声斥责着他。

“怪我，行了吧。”

“如果你不回去捡你那破裤衩我会受伤吗？”

顾明没说话，他站在我对面看着我，想等我自己平静。

“你真是个臭流氓，还觍着脸劝人家女的买内裤，你要脸不要脸？”

“你这骂得可有点怪了。你也不是第一次跟我出来摆摊，我一直就卖裤衩的啊。我一晚上都在劝女的买裤衩，合着我一晚上都在那儿耍流氓呢？”

“顾明，我告诉你，以后你丫少理我，咱从今天起谁都不认识谁，摆摊也别叫我。”我转身头也不回地走了。

顾明像是比我还生气，站在我身后朝我大喊着：“你神经病啊？没事抽什么疯？”

CHAPTER 11

共进

顾明也生气，他一整包袱的货物都没有了，他没来追我。其实我们俩吵架他从来不会追过来哄我原谅他，或者说他错了。这在他身上是永远不会发生的事情，反之我也一样。

那天我回到家内心的悲伤仍然不能褪去，十四岁的年纪第一次失眠了，躲在被子里默默流泪了很久。那个时候的我都不太知道我究竟是在为什么而悲伤，觉得那一天有太多不如意的事情凑在了一起，竟不知道哪个才是令我真正难过的。哭到累了的时候突然觉得姥姥的话是对的，我不应该是这样的命运，看着自己喜欢的裙子买不起，穿在别人身上心里是那种酸酸的痛，如果我会是这样我就要改变它。

如今已是三十岁的年纪，经历了许许多多的事情，看着那张毕业照再回想，脸上竟挂着温馨的笑意。回想十四岁那个夏天的傍晚，我究竟爆发的是种什么情感，我想那是一个女孩成长为少女的心态，不是为了身上的伤，不是为了顾明冤枉我看故事看入了迷，也不是为了我钟爱的那条裙子穿在了班花的身上，我想是因为顾明，在那个情窦初开的年纪，他开始欣赏别的女孩的时候，我竟是那么怕被抛弃。

那次之后我突然转了性，我把我全部的热情都投入到学习之中。我不理顾明，因为我不理他所以他也不理我。我们俩无数次在楼道里“偶遇”，他不停地在那儿咳嗽带叹气，我都装成没听见一样。有两次他和苑腾、丁磊在学校门口等我，而我早就回家了。还有一次我在他们之后出了校门，苑腾叫我，我连苑腾也不理，谁都不理！你们也别理我，我当时心里就是这么想的。

我很努力地学习、熬夜，大门不出二门不迈。整整一个月我一句话都没跟他说，那是我们俩怄气最长的一次。

一天放学，我走出校门的时候发现只有顾明自己在那儿，我白了他一眼从他身边走了过去。他紧追了几步凑了上来：“你差不多行了啊，多大点事啊？怎么气性那么大啊，以前不这样。”

我没说话继续大步流星地走着，他嬉皮笑脸地跟着我：“我妈说了今晚做红烧肉，让我叫你来吃。本来我不想叫你的，后来有点心软了，所以才在门口等你的，来不来？”

我立定了脚步转头看着他说：“不去！”

这答案很让他吃惊，不在他的意料之中，他愣愣地看着我不知道要接什么。我像是胜利似的转身继续朝家走。顾明反应了一会儿快步跟上来，嘴里不停地嘀咕着：“又香又嫩的五花肉，一块一块的，咬一口肥而不腻，鲜嫩多汁，再配上大白米饭，简直……”

顾明的形容词还没说完我转头看着他：“我说你俗不俗啊？”

“我俗什么？”

“你是不是觉得一星期能吃一顿红烧肉就特别幸福了？你是不是以为隔三岔五地请我吃顿红烧肉，我就应该高兴得都不知道自己姓什么了？”

顾明的笑容收了起来，他表情有点严肃地看着我：“你想说什么？”

“我们是不一样的你知道不知道？我不可能陪你当一辈子坏学生，你知道我爸爸是什么？他是博士，他在美国读的博士，我妈妈也在美国，他们马上就会来接我的，他们要把我接到美国去。我去美国不吃红烧肉的，都吃面包抹黄油，那是西餐。我现在就得锻炼让自己习惯吃西餐。”

顾明看着我愣了一阵：“别骗人了，从你搬过来之后你爸爸一次都没回来过，你妈妈把你送到你姥姥家之后也一次都没回来过，我才不信他们会把你接走呢。”顾明的话很不中听，但是都是事实。那个时候的我对于父母在美国究竟是什么情况并不知晓，母亲逢年过节会寄点钱回来，只是意思一下帮助不了家里什么。

“你懂什么。”被顾明这么说我很不高兴，“去了美国不是想回来就能回来的，得美国批准了才能回来。我爸爸给我来信了说让我好好学习，别整天瞎混，说我去美国了要当好学生不能丢他的脸。我以后不能再跟你一起瞎玩了知道吗？不能了。”

顾明被我说得很生气，他看着我恶狠狠地说了一句：“吹牛吧你，我才不信呢。”说完他就自己先走了。

那年的期末考试我从年级的第三百三十九名考到了年级的第八十六名，在年级里引起了相当大的轰动。为了这事老师专门找我长谈了一次，她跟我说学习差没关系但是绝不能品德差，我猜她绝对以为我做了某些特殊行径比如作弊什么的。我表面上没说话心里一直在骂她，我就当个学习好品德差的学生你管得着吗？你傻不傻啊？

那天我心情很好，哼着歌回的家，就跟被压迫了许多年终于翻身了一样，心里想着考个好成绩也不是想象中那么难嘛。晚餐姥姥为了奖励我也给我做了红烧肉，虽然没顾明妈妈做的好吃，但是我吃得一样开心。

晚饭后我收拾了垃圾出了门，站在门口的顾明把我吓了一跳，他的情绪很低落，低着头一直徘徊着。

“你干什么呢？站在门口吓死我了。”

顾明看见我问：“你干什么去？”

“倒垃圾啊。”

“我帮你吧。”顾明把我手里的垃圾拿了过去，我看着他的背影说了声“谢谢”就要关门，他转头看着我：“你不出来吗？”

“你不是说你帮我吗？”

“出来吧，跟你说两句话。”

我很不情愿地跟着他走了出去。外面挺冷的，我的手插在运动服的兜里，原地跳着取暖：“要说什么快点说啊！”

顾明看着我很小声地说：“你走了以后还会回来吗？”

我被顾明的问题问愣了，其实我那个时候已经把我骗顾明说我要走的事给忘了。我站在那反应了一会儿，努力回想着那天我都跟他说了些什么，然后我装得很淡定地说：“我不会回来了，我不是说过了吗？去了美国不是随便想回来就回来的。”

顾明站在那静静地点了点头：“那你去了美国会想我吗？”顾明的声音在颤抖，我似乎看见他的眼角落下了一滴眼泪。我有点傻了，那感觉就跟顾明看见我站在水池边号啕大哭一样吧。

我凑近了看着他，很小声地问着：“你哭啦？哭什么啊？”

顾明背转过身去摇了摇头：“没有，沙子把我眼睛迷了。”

我想我这个谎撒得有点过了，顾明当初愤怒的口气听起来根本不信我，原来他一直记在心里。现在我要告诉他我是骗他的，他会不会立刻抽我啊？我的内心敲着小鼓想着要怎么跟他解释这个事情。

“我妈也曾经说过，爸爸会回来接我们，带我们一起去过好日子。小时候我总相信他会回来，有时候我会趴在我们家窗户上看着院子走动的陌生男人，想着那可能就是我爸爸，可是都不是。后来我想他也许不会回来了，他也许早就把我忘了。我妈说他没忘，他去给我挣大钱去了，为了将来让我读书用。我现在都初二了，马上初中都要毕业了，高中读不读还没想好呢，真不知道挣多少钱算大钱。你说得对，我们是不一样的。我一直以为我们是一样的，我爸爸从不回来也不问我，你爸爸也是。可是你爸爸的心里还是想着你的，他要把你接走了。”

顾明抬头看着天上，脸上带着笑，我想他是不想让眼泪掉下来吧。

“算了，还是别记着我了，我们总是吵架，没完没了的，想起来有我这么个朋友真是挺讨厌的。”顾明的声调越来越低，让我的心里很难过，他挤出丝笑容来，“我回家了。”他转身缓慢地往家走。

我看着他的背影犹豫了一会儿：“顾明要不你跟我一起好好学习吧？”

他停住了脚步转身看着我，一副无精打采的样子：“好好学习干什么？”

“我不能跟坏学生玩，我爸说的，要是你也变好学生了，没准我爸就不接我走了，他怕我在中国学坏。”

顾明皱着眉头看着我：“真的？再也不走了？”

我心里琢磨着，要说再也不走了有点假，我看着他很真诚地说：“也不是，他说我现在年纪小，其实不适合去美国读书，不如等我到了大学再去。”

顾明低头想了想：“那也没几年了。”

“不是，后来他又说了，要是去读研究生那更好，或者去读博士、博士后什么的更好。美国在读书上都照顾岁数大的人，我爸说让我先长长岁数。”

“真的假的？你别骗我啊？”顾明的表情又陷入一种迷茫中。

我自己都觉得编得有点乱：“真的，真的。等到读博士后的时候，没准你爸爸就回来了，然后他给你挣的大钱刚好够你去美国读书的。”

顾明的脸上带了点笑容：“听着挺有道理的，那我妈怎么办？”

“带你妈一起去啊，我带上我姥姥，让他们陪咱们读书去。”

顾明的面容里有些兴奋，他转身走了回来：“我觉得挺靠谱，那要是我爸不回来怎么办？”

“你爸不回来也是好久以后的事了，那时候没准咱们自己也能挣大钱了呢。反正我觉得光靠你卖裤衩肯定是挣不了太大的钱，我姥姥说了得有文化。顾明，初中毕业了别不读了，咱俩还得一起去美国读博士后呢，那成绩也得说得过去吧。别回头我去了你去不了，那我可帮不了你了。”

顾明的表情终于恢复了自然的状态，他斜着眼睛看了我一会儿，转身往家走，嘴里念叨了一句：“我知道了。”

后来这事是我自己说漏了嘴，那是我们初中要毕业的时候我们四个凑在一起互相说别人最糗的事时，我大笑着指着顾明说：“我骗丫说我要去美国，结果丫相信了，还哭了！”我们三个笑倒成一片，顾明坐在那眯着眼睛一直瞪我。“我可没哭。”他朝我大喊了一声。

当然后来我接受了相应的惩罚，那个假期我都在帮顾明卖裤衩，而他在报亭看《故事会》。他每天给我定销量，卖不到数量不准回家。他说这惩罚不是因为我骗他，是因为这事让他这一年里一直在刻苦读书，导致他损伤了很多的脑细胞，而这些是根本无法挽回的。

自从顾明开始刻苦读书之后，他的成绩有了突飞猛进的增长，甚至比我增长得还快。于是我们又多了比拼的项目，谁考过谁都会臊着对方说：“少理我，咱俩不是一个档次，我不跟差生说话。”在我们俩考上大学那年，他考了年级的第二十三名，我考了年级的第二十四，一分之差让他足足嘚瑟了一个假期。

CHAPTER 12

回敬

睁开眼的时候发现美好的一天又开始了，不论这一天是不是刮着四五级的偏北风，扬着漫天黄沙一出门被冷风吹得透心凉，对于我来说只要能睁开眼这一天都是美好的。

我翻出自己二十岁时候穿的薄毛衣，又套了两层裤子才觉得身体暖和，然后拎着包出门了。这一天我安排得很满，比如要去潘家园买一个看起来像古董的银戒指，再去吃几样许久没吃的小吃，回来的时候去街道办事处问问补办户籍的事情。

可事情并不像我想得那么顺利，出门没多久我就迷路了。我太久时间没回来，公共汽车的站名都改了很多，越坐越晕到最后都不知道自己究竟在朝哪儿前进，干脆下了公交想着还是打车更容易些。

手机在包里震动，拿出来看是苑腾打来的电话："起了吗？"

"几点了还不起？"

"在哪儿呢？听着像是在外面。"

"其实我也不太知道自己在哪儿，我想我可能把自己弄丢了。"我大概跟苑腾解释了我这一天的行程。

苑腾在电话里充满了热情洋溢的声音："你可以打电话给我啊，顾明不理你我不会不理你的，好歹咱们也是哥们啊。”

“是我不理他好吗！”

“对，对，对！是你不理他。那你也得理我啊，你等我啊我这就过去，我去为你介绍一下新北京。要不说这顾明心里能搁得住事呢，放我可真不行。我问他说你这两天干吗呢，他跟我说不知道，要问你自己问去。他可真踏实，他就不怕你又不声不响地背着包跑了？”

我干笑了两声，心想苑腾应该不知道顾明把我护照烧了的事情，没护照我也跑不太远。

苑腾很快就赶到了，他一看到我就先忍不住对我的穿着评头论足一番：“这什么时候的衣服可真够土的。”

“二十岁的时候穿的衣服，怎么样？”

“把这衣服拿出来穿，是想说自己跟二十岁时候的身材一样没什么变化吗？”

我带着笑没回答，心想其实我的身材有变化，我比二十岁的时候瘦多了。

苑腾带我去了潘家园，很失望没有我要的银戒指，到处都是琉璃和瓷器。我们俩四处逛了逛，然后去吃了小吃。他带我去了很高档的小吃店，小吃做得十分精美，吃在嘴里却和曾经的味道不同。

“怎么样？是不是觉得比以前的更好吃了？”苑腾期待我发表意见。

我只是笑没回答，很多事情都变了。虽然我希望它们没变，但连我自己都变了，又何必强求一盘小吃呢？

没变的也许是北京十一月份的天气，干冷，扬尘，刮了风就更冷。在外面逛久了，好像都要凉透了，感觉头发都被卷上了灰，要是再配上我穿的毛衣，肯定特像一个柴火妞。我看着苑腾，有点央求的口气说：“找个地方喝点东西，要热乎的。”

苑腾想了想说："走吧，知道个地方挺好的。"

苑腾这人真是个好人，心细，做事喜欢替别人想，让他帮忙干什么事都特好说话。这一天带我去的都是各种十分高档的地方，可能去那儿只吃一样东西，翻着那些餐单，让我这久居法国的人都不由得咋舌，一点都不比米其林餐厅便宜。

我们去了一家很高档的咖啡厅，很大，装修豪华，咖啡杯是欧式烫金的，走的是奢华路线，古董式的皮沙发座椅很是舒适。我们刚一落座苑腾的脸就露出了笑容："哎，真是巧了。"

苑腾的目光落在我身后拐角的斜对面，我回过头去发现顾明和丁磊也在这里，他们对面坐着一个微胖的中年男人，四十几岁的样子。男人的身旁坐着一个女孩，穿着时尚考究，妆容精致，满脸的笑意。她的胳膊一直挎在中年男人的胳膊上，不时地贴在他的耳边说话，看着就像是在对他的耳朵吹风。中年男人也被她吹得时时大笑，咖啡店里充满了他浑厚的声音。

顾明的脸没什么表情，丁磊的脸上带了一点微笑。

"咱们过去打个招呼吧？"苑腾在征询我的意见。

"对面坐的那两个是谁啊？"

苑腾似乎都没太注意顾明他们对面坐的是谁，经我提醒他才注意看："哦，那男人姓宁，一个商贸公司的老总，最近在跟公司谈一个合作项目，谈成了应该可以赚不少。今天他们就是约的要谈生意，不知道怎么跑这儿来谈了？"

"谈生意你不用在吗？"

"这个生意是一直是丁磊在管的，顾明也不太问，那宁总是怎么都要见见公司法人，所以顾明才见他吧。那女的……好眼熟啊。"苑腾像是在思考。

"她怎么在这儿？"苑腾像是想起了事情，"我说怎么看着这么熟呢。”

“那女的你认识啊？”

“好多年前当过顾明的秘书。你看她打扮得挺时髦的，要这么算她也不年轻了，那个时候二十出头现在怎么也得二十七八了。干了没几个月让顾明给辞退了，好像最后那个月工资都没拿就不来了。这女的挺有意思居然傍上宁总了，她叫什么来着……哦，郭瑶。我说怎么不好认呢，她肯定是整容了，鼻子比以前高了，脸也小了，眼睛也大多了。”

“你特羡慕吧？”

“我羡慕谁啊？羡慕宁总？”

“啊，都是总，人家有人傍你没人傍。”

“得了吧，顾明以前都警告过我，说我交女朋友得他过目，怕我太实诚让女的把三分之一的公司给骗走了。现在的女的想傍个靠山得多下血本啊。”

“靠一辈子可不是得下本吗？”

“什么一辈子啊？那姓宁的有老婆的，你还以为他能娶她啊？不过也保不齐，看这女的有多大本事了，没准能找个有钱人娶了她呢。”

我慢慢悠悠地从沙发上站了起来，随手拿了桌子上放的冰水，朝着远处顾明的那个桌子靠了过去。

“你干什么去啊？”苑腾觉得我行动有些诡异。

我转头带着更诡异的笑看着他：“我去打个招呼，你在这儿少安毋躁啊。”说完这话我快步冲了过去，刚冲到桌子旁，一抬手把一杯冰水全倒在那女人的脸上了。女人瞬间尖叫了起来，脸上的妆容也变成了满脸花。咖啡店里只有我们两桌客人，几乎所有人都愣了。

顾明也有些吃惊。他斜着眼睛看着我，竟没说出话来。

我开始指着女人大骂："你这贱人，敢勾引我老公？"我说话故意带着浓重的远郊区县的口音，一边说一边挥舞着胳膊，张牙舞爪像要能把人吃了一样，再配上我今天的行头，完全一副标准泼妇的嘴脸。

女人听见我的指责，尖叫的声音立刻没了，她有点委屈地转头看着那个微胖的中年男人："宁……这是怎么回事啊？"

宁总也一头雾水，看着在跟他撒娇满脸花的女人说："我不认识她。"

"你不认识她？"郭瑶的声音提高了，"那她哪儿冒出来的啊？"

"我真的不认识。"宁总继续摇头而我继续骂街。我伸手要去抓郭瑶的头发，被苑腾从后边抱住。苑腾嘴里一直在叨叨着："姑奶奶你这是唱的哪儿出啊？"

顾明的眼睛微眯，嘴角挂着点浅浅的笑意。丁磊站在桌子旁看着我，那表情像是还在思考究竟发生了什么事情。

郭瑶像是凶相毕露似的"啪"的一声拍桌子站了起来："这是哪儿来的疯婆子？苑总这是哪儿来的疯婆子？我这衣服是新买的！"郭瑶看苑腾一直抱着我，她猜测苑腾一定认识我。苑腾顾不上说话，还在使劲拉着我，怕我继续去抓郭瑶的头发。

我抓不着郭瑶的头发，我开始伸脚踢她，嘴里大喊着："放开我，我跟你这狐狸精拼了。"

"我报警，我报警，有没有人管了？赶紧把这女人抓到疯人院去。"郭瑶拿出手机来示意要报警。

顾明突然黑了脸："别报了，这是我女人，当给我面子吧。不好意思，你的衣服我赔给你。"

我一下扑进了顾明的怀里，搂着他的脖子呜呜地哭了起来："你这个没良心的，咋又和这女人搅在一起了呢。上个月就让我捉奸在床，我都忍了。你说你们分了，咋今天又让我看见你和她坐在一起了呢？

这女人有啥好？有啥好的啊？她哪儿比我好啊？她那鼻子一看就是假的！”

郭瑶被我说得又气又急。顾明承认我是他的女人之后，她竟说不出任何话来，她转头一直在跟宁总解释，却只能说：“不是的，不是这样的，我跟顾老板不是这样的，真的宁总，我们很多年没见过了。”

宁总的脸被气得通红，他看着顾明说：“顾老板不想说点什么吗？”

顾明浅笑了一下做了个深呼吸：“没什么可说的。”

宁总从沙发上站了起来，大步流星头也不回地朝咖啡店外走去，郭瑶在身后一直追，声音里都是哭腔：“宁先生，您等等我……”两个人一前一后离开了咖啡店。

我的情绪立刻恢复了平静，在顾明的对面坐了下来，把顾明面前的咖啡杯子拽了过来：“你这能喝吗？”顾明又伸手把杯子拽了回去：“叫红茶喝吧，暖胃，天冷。”他帮我叫了红茶。我坐在那从我包里掏出小镜子来，开始整理我有些乱掉的头发。

“有人能帮我解释一下这是怎么回事吗？”丁磊在一旁莫名其妙地大叫着，他看着苑腾，苑腾朝他耸了下肩膀，示意他也不知道是怎么回事。

我继续看镜子，整理我的头发，等我的红茶。顾明拿出支香烟点燃，脸上带着似笑非笑的表情看着我。

我的红茶来了，我把镜子合起来很惬意地喝了起来，身心都觉得暖暖的很舒服。

“谢影，你这疯子犯病能挑场合吗？”

我转头看着丁磊：“我都疯了，我挑得了场合吗？”

“那你就不能吃药先扛一会儿？你知道你毁了我一笔多大生意吗？八千多万！”

我捂嘴做吃惊状，转头看着顾明："我的妈啊，我搅和了你这么一大笔生意啊？八千万没了，可怎么办？"

顾明的笑容更大了，他把烟掐灭在烟灰缸里："没了就没了呗，没了再挣。"

"你倒大方，我忙乎了一个多月呢！"丁磊在一旁忍不住抱怨着。

"辛苦你了。"顾明看着丁磊说了句安慰的话。

我也转头看着丁磊说："辛苦你了。"

"你们俩跟我这扯什么淡啊！你们闹回家闹去，关了门床上闹床下闹随便你们，把老子捎上算怎么回事啊？"

"老子，辛苦你了。"我转头带笑继续安慰着丁磊。

丁磊的情绪稍微平静一点："谢影，我跟你说，我是不知道他先惹到你什么了，但是我得跟你说你搅和他生意没用，你看顾明生气吗？他不在乎钱，真的，你出错招了。"

"他装呢，他装着不在乎，但是我看见他的心在滴血。"

"他滴不滴血我不知道，我的心在滴血！"丁磊带着点怒容看着顾明，"你女人你管不管？这要我女人我一天照三顿饭地打，打服了她。由着她这么折腾？"

我坐在那朝丁磊翻了三白眼球，冷哼了一声充满了不屑和不以为然。

"你看见了吗？看见了吗？你不动手我可动手了啊，你看她那样有多气人了吗？"丁磊拿手指着我，眼睛看着顾明。

顾明从沙发上站了起来，伸手把我拽了起来："走吧。"他不由分说地拉着我朝门口走去。

"干什么？我红茶还没喝完呢。"

"回家，关门，我陪着你闹。"

CHAPTER 13

参观

顾明把我拽上了车，给我绑了安全带，我转头看着他："干什么去？"

"回我家，我不是说过了吗！"

"我不去！"我转头想要开车门，顾明落了中控锁，我晃了晃车门被锁死了，"你把门给我打开。"顾明跟没听见一样把车发动起来开走了。

"去你家干吗？"

"你那么紧张干什么？我让你看看我的房子。"

"房子有什么可看的？无非就是豪宅别墅、私家花园、露天游泳池。北京这么大土我估计你那游泳池里都能和泥。"

"国外待了那么久，就这么点见识吗？"顾明的嘴角仍然是上扬的弧度，笑得让人摸不着头脑，我懒得挣扎，坐在那儿不说话了。

"就因为我让你在北戴河走了半小时，你就毁了我一笔八千万的生意？你对我永远都是那么狠，下手绝不手软！"

"哪儿那么容易毁你生意啊？做生意的人都是傻子吗？你不愿意他也未必不愿意啊，我就是没事给你添点恶心罢了。"

“我把他女人睡了，他还愿意跟我做生意？”

“又不是真的，那位宁总迟早会知道的。”

“要是真的呢？”

我转头看着顾明，略显戏谑的表情眼神里都是狡黠的光芒。

“噗，”我忍不住笑了出来，“那你可太不挑了，你们亲热的时候小心点别把她鼻子碰歪了。”

“我刚才那个问题让你难受了吧？”顾明转头笑容渐渐收了起来，目视着前方像是在很认真地开车。

我将双腿抬到座位上，抱紧下巴拄在膝盖上，这姿势让我很踏实，仿佛能将自己保护起来：“顾明，我们已经分开很多年了，我已经不是你的女朋友了，你跟哪个女人上床是你的自由，我没有权利选择难受或者不难受。”

“你忘了一件事，你也没权利说你还是不是我的女朋友。”

这是个霸王条款，顾明当初给我定的，他说：“谢影，分手要由我来说，我不说你永远都不许说，说了也不算数，把你的口水省了自己留着解渴用吧。”我沉默着继续抱着我的膝盖想着他说过的霸王条款。

“怎么想起穿这件衣服？”顾明的笑容又回到他的脸上，很自然，看着他的脸感受到的只是开心。

我把膝盖放下低头看着自己的毛衣，忽然意识到也许我是忘了一两件事情。这毛衣是我二十岁生日的时候顾明送我的，它的颜色不如当年鲜艳了，但是还是那么保暖。

“突然起风了，有点冷，这件薄厚很适合。”

“很好看。”顾明斩钉截铁地做了评价，“和十年前一样好看。”

“怎么能一样，我都快变成中年妇女了。”

“你什么都没变，说话做事翻白眼永远都是那么欠抽。”我忍不住又翻了个白眼转头看着窗外，我想我可以把这句话当成是一句赞美，说一个女人此刻如十几年前一样从没变过，在哪个女人心里都是开心的吧？我开心，因为我在笑，发自内心地，只是我并不想让顾明看见。

顾明的车停在一个塔楼的前面，他下了车拽着我走进了楼里。塔楼有些年头了，小区也不高档，这让我有些意外。我们坐电梯到了七楼，进了一处公寓，屋子不大看着也就一百平方米出头，一眼就能把格局看清楚。两室一厅采光很好，客厅里亮堂堂的。我走了进去换了鞋，四处张望了一会儿，我转头看着他笑："你住这儿？"

"嗯。"顾明把他的西服外套脱下来挂在衣架上。

"和谁？"

"你希望我和谁？"

"收拾得挺干净的啊。"

"我的家一直都挺干净。"

"这有什么可看的？老百姓的民宅呗，那天坐苑腾的车从北戴河回来，他还给我算了你们公司的资产了，不说值好几十亿吗？怎么就住这房子？你带我来看想让我怎么夸你啊？就是干净整洁呗没别的。"

"他嘴可真够快的。"

我在客厅里四处溜达，看着阳台一整面的透光玻璃，围着阳台的一圈装了简单的吧台，摆了几个高脚椅。我漫不经心地踱了过去，坐在了高脚椅上，转头看着窗外的风景，一时竟有些发愣。

我的面部表情一定是定格的，眼前是我的大学校园，这阳台正对着操场，操场上有人在踢球，操场外面是一条长长的甬道，甬道上有很多学生在不紧不慢地行走着。我真是糊涂了竟然没意识到，这房子在我大学的附近。也许是学校周围的路改建太多了，我已经分不清哪里是哪里了。顾明很安静地在我身旁坐了下来和我一起看着窗外的风景。校园里的一切看着觉得是那么熟悉，那些在甬道上手牵着手漫步的男孩女孩，仿佛就是当年的我们。

我不自觉地沉醉其中：“我梦想的房子。”我的声音很小是在自言自语。顾明似是没听见，依然安静着。

我们两个都在看着甬道上的一对男女，男孩拉着女孩的手晃啊晃的，男孩伸手揪了甬道边有些发黄的野草，过了一会儿他拥抱了女孩，然后把那把草插在了女孩的头上，自己笑着跑远了。女孩很快发现了自己头上的野草，一把揪下来扔在地上，开始追打着跑远的男孩。我俩都忍不住笑出了声：“跟你一样傻。”

顾明站起身来看着我：“吃苹果吗？”

我坐在那抬头看着他，笑着轻“嗯”了一声。上大学的时候一个月我会买八个苹果，每星期吃俩——顾明踢球的时候，我坐在看台上边吃边看他踢球，我吃一半给他留一半等他踢完球吃。

顾明从冰箱里拿出个苹果，又大又红。他洗得很干净，坐在我旁边拿着刀子准备削皮，我转头看着他：“不用削皮。”

顾明轻挑了他狭长的眼睛：“我都是顾总了，过讲究点不行吗？”说完他就很专注地开始削皮。

顾明是左撇子，他坐在我旁边削苹果皮，样子总是别别扭扭的，想不看他都不行。到后来我实在忍不住了说：“你给我吧，我自己削，我看你那儿左手在那儿别着劲特难受。”不等他同意我自己就把苹果拿了过来，显示出自己很麻利的样子开始削苹果皮。

“以前总说要给我留一半，哪次都比我吃得多。”顾明一副懒洋洋的样子靠在阳台的高脚椅上，像是在晒太阳。

“胡说八道。”我低着头专注地削皮，嘴里还不忘回他两句。

“有一次就给我剩个核了，我就只咬了一口。”

“你怎么不说你一口能倒进半碗饭去？”

顾明忽然凑得很近：“是不是我们什么事，你都记得？”

我仍然低着头看着手里的苹果，感觉到了他的靠近，我下意识地转动了下身体继续低着头：“想记得的就记得，不想记得就都忘了。”

“你要走之前的那天晚上，你还记得吗？”

顾明的话音刚落，我的手就不自觉地抖动了一下，刀子瞬间剜进了食指的指肚里，很深很疼，血水渗出来沾在了苹果上。我忍不住倒吸了口凉气。

顾明的眉头皱在了一起，拽过我的手拉到嘴边低头吸吮着我的伤口，这好像是我们最原始的止血方式。我感觉不到伤口疼，是因为他问我还记得那天吗？脑袋里乱哄哄的，那些场景跳跃而出，心跳都不由得加速了。

我盯着顾明看，思绪却早都飞走了，任由他吸吮着我的手指。顾明轻挑了下眼皮，嘴角带着笑意，我仿佛一下被惊醒了，才知道我们俩这样是多么暧昧。我赶忙把手指拿了回来，疼痛立刻袭遍了全身，我一边吸着气一边抱怨着：“什么顾总，不说讲究点吗？真恶心。”

顾明的表情很戏谑很挑逗，他的嘴角还挂着我伤口的血迹，然后伸出拇指把嘴角的那滴血迹拭去。

说实话要不是因为顾明的皮肤是小麦色，他现在的样子还真像个长相俊美的吸血鬼。而他的表情就像是沉睡了几百年尝到了新鲜的血液突然觉醒一般，满眼透着欲望好似随时会扑上来要咬住我的脖子，把我的血吸干一样。

我的伤口还在渗血，顺着手指一滴两滴地滴在地上。顾明戏谑的表情渐渐收敛，他叹了口气站起身来，从客厅的柜子里拿出个药箱子又坐回到我对面：“说你是笨蛋都是夸你了。”

顾明拿了一瓶云南白药，撒在我的伤口上，又拿出块纱布来：“如果止不住血我们就去医院。”顾明大力地按着我的伤口，过了一会儿他掀开纱布看了看，“伤口真够深的，肉都快掉了。你真是个狠心的女人，我以为你只对我狠，想不到你对自己下手也这么狠。”

血终于止住了，顾明拿出个胶带来帮我缠伤口。他伸手指了指自己的右侧的发际线处：“这个还记得吗？你下手有多狠，证据确凿。”

顾明的发际线处有一处伤，想想应该有十几年了，不仔细看已经很难发现了，仔细看它却又清晰地在那里。

CHAPTER 14

检查

高中的时候学校有发禁，男生要求寸头不能超过脖颈发际线两厘米，女生要求短发或者扎马尾不许有头发搭在肩膀上。每个星期一学校会有训导主任在门口检查。顾明对这个事情一直抱怨，他嫌自己的头发长得太快，虽然他一直在小区剃头大爷那里理发，一次才两块钱，不过他还是觉得这笔开销不值，他总是觉得自己比别人的理发钱花得多。

高一时候的一个星期一，顾明被查出发型不合格，不准他入校，让他把发型弄合格了再来，顾明生气地背着书包回了家。第二天他来上学的时候成功地将训导主任气吐了血。

顾明剃了个光头，一点头发茬都没留，站在阳光下就是一层青皮。他的这个行为被认为是对训导主任威严的严重挑衅，于是顾明被记了一次大过，并限期在两日之内写一份思想深刻的检查贴在学校的公告栏里。

顾明按期完成了检查贴在了公告栏，结果成功地把校长也气吐血了。他写的东西我到现在都记忆犹新，我想在那个时期跟我们在一所学校并肩学习的战友也同样记忆犹新。

检查

1998年4月20日，这一天将被永远地刻在我的记忆深处，这一天我的天变成灰色，我的人生从这一天开始有了污点。

昨天我很忐忑整夜难眠，我很懊悔并整宿自责。其实我一开始在怪我的父母，我怪他们没有做好优生优育，遗传给我如此不良的基因导致我的头发比别人长得都快。后来我想也许并不全是他们的责任，其实他们也是不想的，也许是我自己在进化的道路上走偏了，才导致了猛长头发的后果。

我懊恼，非常懊恼。我不应该忽视我基因不好的事实，我应该每天早上起来先拿尺子量一量我的头发到底长到哪儿了。

我是一匹来自北方披着长发而又十分危险的马，每天游走在悬崖边，还好有训导主任在我即将掉下悬崖的时候拉了我一把。我感谢您主任，要不是您在4月20日的那个早上伸手抓了我下边那危险的两厘米，我真不知道会造成多么严重的后果。更正：不是下边，是上边，下边的话肯定是比两厘米要长得多的。

我一宿没睡是有效果的，我内心觉醒了并呼喊着，我充分认识到了我的错误是有多么严重，我破坏了校容校貌，破坏了五讲四美三热爱，破坏了祖国的长治久安，破坏了澳门回归，还好香港已经回来了。

我错了！深深地错了！我昨天差一点就流下了悔恨的泪，但是因为某些生理原因我憋不住先去了厕所，所以悔恨的泪就变成了悔恨的其他流走了，真的是差一点啊。

警醒啊，同学们，我就是你们最好的反面教材，你们要时刻谨记，在你们的身上长着那危险的两厘米，绝不要存在任何侥幸心理，该下手时就下手。不要再让可敬的训导主任伤心了，他已经为我们操碎了心，他每个周一站在学校门口不停地抓你们头发，你们以为这工作容易吗？

他的每一抓都带着对同学们无尽的热爱和恨铁不成钢的含义，他那两鬓斑驳的白发和眼角的鱼尾纹都是他一抓一抓抓出来的。

我将自己剃成秃瓢并没有挑衅训导主任威严的意思，我是在削发明志，表达我痛改前非的决心。我希望主任不要只看到我削了发，希望您也能看到我明的志，从这一刻开始我要做一个有意义的人，我要脱胎换骨，我要对我的一生负责，我决不允许我再长出那罪恶的两厘米，决不允许！请训导主任和同学们看我的表现。

高一三班 顾明

检查被贴在校门口的公告栏里，三天时间围观同学的数量以指数级增长，许多人看了一遍又一遍然后笑，有的笑出了眼泪，然后奔走相告，再然后会有更多的人来看，直到人数多得再次引起了训导主任的注意。

我不知道训导主任看见检查时的表情，传出来的消息是：训导主任被雷劈了，他选择了处理愤怒，他们预计他不在沉默中灭亡就在沉默中爆发。因为有人看见训导主任撕下了检查去了校长室。

顾明一时间成了整个学校的英雄，他的事迹被广泛传颂，在同学间被传为佳话，然后很多女生给他写信表达了对他这种敢说敢做行为的赞许和对他本人的爱慕，并决定力挺到底。

放学后，出了校门没多久就看见顾明、苑腾、丁磊三个人蹲在不远处嘀嘀咕咕的，估计又在讨论从他们面前走过去的哪个女生，嘴里叼着烟的样子看了实在让人厌恶。他们看见我出来了，都站了起来准备一起回家。我下意识地往旁边躲了躲，加快了脚步，顾明也加快了脚步追了上来："你干吗去啊？"

"回家。"

"我们仨这等你半天了，你跑什么啊？"

"你别过来啊。"我拿手指了指顾明。

"我干吗别过去啊？"

"废话，你也不看看你那样！"

"我什么样啊？"

"你什么样你自己不知道啊？"

"帅样呗！"

"你撒泡尿照照就知道自己什么样了。"

"我现在没尿照不了。"

"流氓土匪头子样！知道了吧，知道了吧。"

顾明听了我的话愣了一下转头看了看苑腾和丁磊："她把你们俩也算进去了。"

"你少挑拨离间。"

"我现在是英雄你知不知道？你对英雄尊重点。"

"什么狗屁英雄？"

"嘿，不拿出点证据来你还不信。"顾明说完又把烟斜叼在嘴上，从兜里掏出张信纸来，"你来看看人家给我写这信，怎么形容我的，说我敢于向恶势力挑战，我必将化腐朽为神奇。"

"对，最早被崩的那个。"

"你看你还不信，来拿去好好学习学习，端正下自己的态度，看看别人都是怎么对待英雄的。"顾明晃动着信纸示意让我接过去看看。

我看着顾明眯着眼睛顶着个光头一脸的嘚瑟样，气就不打一处来。“哎呀！”我十分烦躁地一把抓灭他嘴上叼着的香烟，揉成了团丢在地上，还使劲地踩上两脚。

出手迅速地抓住还带火星的香烟，曾是我得意一时的杀手锏，很多人会觉得那一定很烫，然后他们会真切地感受到我表达了多么强烈的愤慨之意。其实那没什么，只要你够快，手上什么感觉都没有。顾明也曾经对我这种举动忌惮过一阵，不过后来他也掌握了这项技术，于是对他的那一点震慑力也随即消失了，不过我做这种举动的时候他大概能知道我是在生气。

我把攥在他手里的那张信纸撕成碎片扔了一地：“头发长出来前少理我！”说完我就看着苑腾，“苑腾赶紧回家了，别跟流氓待一起。”苑腾被我弄得左右为难，走也不是不走也不是。

我转身拔腿就跑，顾明看着我的背影喊：“谁想理你啊，一天到晚扔我的烟。我告诉你我刚抽一半，你要不改了扔我烟的毛病，你也少理我，我告诉你！”顾明在我背后的喊声越来越小，因为我头也不回地越跑越远。

那天之后我们又开始冷战，谁也不理谁。顾明顶着他“校园英雄”的封号得了个留校察看的处分。如果非要让我讲心里话，我必须得承认我的内心暗爽了一下。我们谈恋爱之后回忆起这件事情，我很坦白地告诉他我当时觉得他特活该，顾明仍然是一脸得意的样子：“你这是赤裸裸的嫉妒，嫉妒我耍混都能把自己耍成学校的英雄。”

后来我们是怎么和好的？让我想想……

此刻顾明就坐在我的面前微扬着嘴角看着我，魅惑的丹凤眼透着难掩的亮光，我却陷入到回忆里无法自拔，忍不住伸手摸了摸他头上的伤疤。

我们冷战之后我就开始独自行动，自己每天都特开心，乐呵呵地上下学。有一天我走得很晚，出校门的时候天已经快黑了。离开学校没多远就被两个高壮男生拦住了去路，他们开口要跟我借点钱花花，当然这是一个听起来不让人那么腻歪的说法，说白了他们就是抢劫。这两个人其实我有些眼熟，他们隔三岔五就会出现在学校门口不远处“借钱”，对于以这种形式借钱的恶势力我从来都没有担心过，因为我从来就没钱。但是那天真的很不巧，我刚好有，那是姥姥为了鼓励我学习上取得的进步奖励我的二十块钱零花钱。大多数时候我和顾明有这类钱都会忍不住到对方面前嘚瑟，嘚瑟完之后再商量怎么把它花掉，通常我们可能会买点零食，然后再约了苑腾和丁磊一起把零食吃掉。可是那星期我们在冷战，所以那二十块钱就在我的兜里揣了一个星期。

“没有！”我瞪着那两人很快回答了他们。我想那次我说没有的时候不那么坦然，因为我明明是有，我的手忍不住按住了我的裤兜。

“她有，她肯定有，丫手按着兜呢。”其中一个人一眼洞穿了我兜里的秘密。我曾经动过心思想跑，可是地理位置对我的逃跑十分不利，我身后是沿路的一条窄河，死水常年无人清淤，泛着隐隐的臭气。我心里在盘算着为二十块钱冲到河里游到对岸弄一身臭气到底值不值。

两个人凑过来伸手要掏我的兜，我一闪身躲了过去朝两人一直摆手：“别，别，别，让我想想让我想想。”

“想什么？”

“我得自我心理建设一下，你们等我一会儿啊。”我继续捂着我的兜在路边坐下来，低着头，腿一直在抖。五分钟的时间两个人已经不耐烦了：“你干吗呢？快点好不好？自己积极主动点别让我们动手啊。”

我的样子很凄惨，很委屈地抬头看着他们：“你们知道吗？这钱是我一星期的早饭钱，我要是给你们就没钱吃早饭了，你们觉不觉得我特别惨？”

“我们俩一星期都没吃午饭了！”

“这样啊，那你们俩比我更惨一点，那……那……那要是这样，那我就给你们吧，但钱特别少你们别嫌弃啊，也就够你们俩吃两顿面条的，只够吃面条的钱你们还要吗？”

“你怎么那么多话啊？跟你借钱这工夫够我们俩再借三人的了，少废话赶紧拿来。”

我站起身来在拍屁股上的土。拍了一分钟的土之后，我突然伸手一指他们身后：“警察！”两个人慌张回头，我转身撒丫子就跑。两个人反应过来之后，我已经沿着河岸跑了几十米。两个人一直在后面追我，离过河的桥越跑越远，我被两个人越追越近。我一咬牙开始往河里跑，说实话不到五月份的河水还真有些凉，下水没走几步我才意识到这条小河沟也不浅，没走五米水就快没到大腿根了。两个人被我的举动弄得有些犯傻，站在河岸半张着嘴看着我愣了好久：“你丫至于吗？兜里揣的是美元啊？”

我转头朝那两人喊着：“你管我揣什么呢？我就不想给你们，有本事下来追我啊。”我谅他们没这本事，关键时刻能狠心至此的，我认识的人里就那么一个。

我当时很得意，真的，我觉得自己特别有智慧，冷静又果敢，总体来说是有胆有谋，爱拼所以我能赢。

“谢影，别跑了，快回来。”水漫过我髋部的时候我听见有很熟悉的声音在后面喊我。我转头看见苑腾站在岸上，顾明和丁磊已经和那两个人互相推搡着。

我的心情异常激动，我觉得我拖延时间的策略是完全正确的，我果然等来了我的救兵。我开始昂首挺胸地往回走，十分得意地爬上了岸。现在的形势是我众敌寡，我叉着腰站在那里看着那两个借钱的人。从我一上岸所有人都是眉头微蹙，我想我身上的味道可能不是那么好闻。顾明倒是没蹙眉，他看着我微扬着嘴角似笑非笑地打量了我一下：“你说说你究竟比我强在哪儿了？”

我知道他在挖苦我讽刺他剃光头的事情，我朝他摆了摆手：“别说这个了，就他们俩要抢我的钱。”

顾明转头看着那两人，伸着手：“来，拿来吧。”

“什么东西？”

“你说什么东西，抢的钱啊！”

“哥们，误会，真的，纯属误会，我们根本就没抢着她的钱，不信你问问她。”

“废话，我还用你告诉我你没抢着她钱啊，她要让你们抢着钱那我才觉得奇怪呢。我让你们把你身上的钱都掏出来。”

两个人互看了一眼，眉头皱得更深了：“你意思是你们现在要抢我们俩钱是吗？”

“怎么说话这么难听啊！你们平时到我们学校门口都说什么来着？都说借是吧，来，拿出来我看看你们这两天借了多少，放我这儿我帮你们保管。”

CHAPTER 15

失算

抢劫之人反被抢，这事搁哪儿也说不过去，两个人撸胳膊挽袖子开始撂狠话："小子，本来今天这事咱们各抬一手过去就算完了，现在可是你没事找事啊，你先把后果想好了，真把小爷我惹急了我们可是不见血不算完。"

"你们把我妹逼得都跳河了，这事完得了吗？你们看看她这一身臭水，这都谁弄的？你们知不知道她原来多爱干净一人，饭前便后永远都记得洗手。"

我看见苑腾和丁磊都想笑，只是忍着没笑出声来。

"谁逼她跳河了？她自己非往那臭水沟里跑的，我们俩也吓一跳呢，我们哪知道她是这种路数的女的啊，看着跟其他女生区别不大啊。"苑腾和丁磊终于没忍住嘿嘿地笑出声来。我没好气地"啧"了一声："说那么多废话干什么，劫道的你们还有理了？你们老实点把赃款交出来算完事。"说完话我就要往上冲。

顾明一把拽住我的胳膊把我拉到身后去了，极度不耐烦地说："后边待着去，把你能耐的。"他伸手指了指面前的两个男生，看着苑腾和丁磊，"搜他们。"

苑腾和丁磊刚一上前，抢劫的一个男生一挥拳打在丁磊的颧骨上，丁磊被这突如其来的一拳打了个趔趄捂着脸大喊着：“你动手！”场面顿时乱作一团，我很急，真的，发自内心地急，我想帮忙无从下手，我在边缘四处游走搓手跺脚，寻找着一招制敌的机会。

我必须再次强调，我是一个智慧和胆量并存的女性，关键时刻绝不手软是我一个致命的优点！

“致谁的命？我看就致我的命了。”这句话是后来顾明对这次事件的总结。

抢劫的两个男生说他们是不见血不罢手，所以真的应验了他们的话，这次事件止于另一个流血事件，而我在这个事件里起到了决定性的作用。顾明不这么认为，他说：“我就看见一个女的在边上上蹿下跳地想打便宜手。”也许吧，也许我当时的心情确实是我们人多，而我必须仗着人多插一手。

我四处寻摸看见了不远处的一块板砖，抓起来掂量了一下：顺手。我嘴里高喊着：“我跟你们拼了！”然后就一板砖抡了过去。我对天发誓我出手前是绝对瞄过准的，至于为什么出手以后那板砖落在了顾明的脑袋上，我想也只有天知道。我后来做了技术分析，也许是他的秃瓢脑袋过于显眼，目标太过明显。

我一砖砸下去，手里的砖瞬间碎成了两半，而我傻在了原地，不只我傻所有人都傻了，本来嘈杂的斗殴场面瞬间安静了。顾明的头上被我砸开了一道伤口，一波鲜血顺着眼角流了下来，顾明斜眯着眼睛看着我，对我一砖砸在他头上的行为极其不理解。

我当时真害怕了，我真怕我一砖头把顾明砸傻了：“你……你……你……没事吧？”

顾明斜眯着眼睛继续看着我，过了一会儿上扬了嘴角说不出是何种笑意：“我要说没事，你是不是再给我补半砖啊？”说完顾明扫视了下我手里还紧握的那半块砖。我吓得赶忙把手里的那半块砖丢在一旁，我的声音里都是哭腔，上去拉他的胳膊："顾明，咱们去医院吧，你这头一直流血呢。"

顾明一甩胳膊，换了副不耐烦的表情："这劫富济贫呢，去什么医院！"顾明伸手在自己的脸上抹了一把，把他半边脸都染成了血色，样子十分狰狞。他转头看着那两个男生还没开口，那两个男生先开口了："哥们，哥们别打了，我们服了，打心眼里服了，你跟你妹真是一家子都是这个！"两个人说着话挑了挑大拇指，"全北京市，论三青子，你们俩认第二没人敢认第一。"

"嘿，你怎么说话呢？"顾明微蹙眉头似是要急。

"不是，不是，夸你们呢？没听出来吗？说你们俩特敢，我们不敢的你们都敢，真的拿去，不就是钱吗？钱没了可以再劫嘛！"两人说完把兜里一坨一坨的钱都掏出来塞在顾明手里。

"都打成这样了，就没对你们俩起到点教育意义？"顾明一副趾高气扬的架势。

"不是，不是，我是说钱没了可以再借嘛。"

"还敢来这儿借？"顾明的声音提得很高。

"不来，不来……"

苑腾和丁磊检查了他们身上，确实没钱了才放他们离开了。

他们三个人嘻嘻哈哈地在前面走着，我就像一个犯了错的小学生一样低着头跟在后面，心里一直在惦记顾明头上的伤。三个人有了钱先去小卖部，买了三包烟，要放平时我早就开口骂他们了，现在我是半声都不敢吱。三个人蹲在花坛上点了烟，顾明依然斜叼着烟，半眯着眼睛满脸邪气地看着我，再配上他半脸的血，邪得有点吓人。他长长地吐了一口烟问我："我还是流氓吗？"

"不……是……"我理亏气短。

“那我是什么啊？”顾明的尾音拖得很长像一副说教的口气。

“英……雄……”

“那对英雄应该是什么态度啊？”

我抬头看了他一眼，很快又低下头去：“尊……重……”

“怎么个尊重法啊？”

我抬眼蹙眉看了他许久，顾明看我的表情以为我又要急：“你想好了说啊，你想好了说！”

“顾明咱去医院吧？”

“别我这一问关键问题你就跟我扯那些没用的，我现在就问你，这英雄的头发仍然还没长出来，你还臊不臊着他了？你打算跟英雄说话吗？”

“说。”我很肯定地点了点头。

顾明难掩得意的神情从花坛上跳下来喊着：“回家了。”边走嘴里还边嘟囔着，“你早这么懂点事不完了吗？你至于被人追得跳河，我至于挨你一板砖吗？”

“那咱们去不去医院啊？”我在后面小跑着跟着他们。

“一共就劫了一百多块钱，我傻啊跑医院都送给医生去啊？”

最后我们在家门口秦大爷开的门帘诊所看的伤，秦大爷插队的时候在农村当过赤脚医生，以他的话说他自己是个全能型医生，不分科室，头疼脑热、感冒发烧、胃炎肠炎、淋病梅毒、不孕不育、不举早泄，你说得出来的病他都敢治。他看了顾明的头琢磨了一会儿：“得缝几针。”

“成。”顾明痛快地回答了他。

“用麻药吗？”

“多钱？”

“三十。”

“不用。”

“那得疼几下。”

“成。”顾明想了想，“疼几下多钱？”

“十块，给个线钱。”

“街里街坊的便宜点呗。”

“八块，最低了。”

“啥线啊，拿出来让我瞧瞧。”

秦大爷拿出团线来，在顾明面前拽了两下，可能那线常年不用一下被拽折了。

“什么烂糟线啊？五块！”和秦大爷又砍了半天价，最后顾明给了秦大爷五块五，秦大爷给顾明脑袋上缝了三针。

我伸手摸着他头上的伤疤，思绪渐渐回到现实的世界里：“秦大爷给你缝针的时候一定很疼吧？”

“不疼！”顾明很快回答了我。

他的气息很近，魅惑的眼神就在我的眼前，微扬的眼角掩藏着一点点笑意，嘴角勾勒出一道浅浅的弧度，眼睛里的光芒透着一丝欲望。长丹凤眼男人的眼神总爱被理解为挑逗，顾明更是如此，他不挑逗的时候常令别人误判，何况他此刻此情此景……我看着顾明的眼睛脑袋里有点混乱，内心竟忍不住开始澎湃，感觉自己的心跳都开始加速了。

顾明靠上来在我唇上轻吻了一下，像是试探我会是何种反应，他没有离远仍然靠得很近，他鼻息间的热气似乎都能吹到我的脸上。我愣愣地直视着他，想了一会儿也靠了过去轻吻了他，暧昧的气氛就在这轻吻间被来回牵扯着，似是又到了某个平衡点上。我们静静地看着彼此，时空像是被定格了，沉寂了几秒钟之后，那两个清浅的吻像是起了某种化学反应，也许比化学反应更强烈些，像是核裂变的物理反应，瞬间膨胀爆发出来，难掩的冲动和欲望瞬间充满了整个空间。

我们开始深吻纠缠在一起，深沉的呼吸声越来越重，不需要思考什么，都不需要，此刻我们需要的似乎只有彼此。顾明伸着胳膊将我的上身紧紧箍在怀里，他边吻着我边把我抱进卧室。我们倒在了床上，顾明压在我身上继续深吻着，我的手揽着他的腰，在他的后背游移了两下，很想真真切切地触碰到他。我开始拽他的衬衣，顾明的衬衣被掖在裤子里，或者是压住了哪里，我承认我是耐心有那么一点少，拽了两下没拽出来，我的眉头不禁皱在了一起。

我想如果说我没耐心，顾明估计就得加“更”字，我的表情似乎被他察觉到了，他直起了上身，眼神里都是焦急的渴望，他自己把衬衣拽了出来。他是绝对不会有耐心去一粒一粒解那些扣子的，他抓着自己的领口用力一扯，那些扣子飞得到处都是，有一粒差点迸到我的脸上。

他继续伏下身体开始拽我的毛衣，他拽了一下毛衣没动，似乎有撕裂的声音，他又拽了一下仍然没动，我想他第三下一定会更大力气，就伸手按住了他的手：“你等等……”

“我等什么啊？我等不了。”顾明似乎还要拽我的衣服。

我说：“你听见了吗？”

“听见什么？”

“好像是我的衣服被撕坏了。”

顾明拽着我衣服的下缘犹豫了一会儿，情绪似乎平静了点。这毛衣是他送我的礼物，都十年了，要真被扯坏了，估计他自己也心疼，他做了个深呼吸：“我看看啊。”

顾明四处打量着这件陈年毛衣，半分钟之后他眉头深蹙地看着我说：“这毛衣下面破了洞你知道吗？”

“是吗？”这我还真不知道，不过这衣服放柜子里那么久了被虫蛀或者返潮毛线有些变糟也在情理之中。

“脱了好几股线。”顾明继续嘀咕着。“我去！”顾明突然提高了声音大喊起来，“好几股线全缠你牛仔裤的扣子上了，这倒好衣服脱不了，这连裤子也脱不了了，这叫什么事啊！”顾明难掩急躁，越喊声越大，喊完之后似乎还能感觉到他的愤怒。

CHAPTER 16

愿望

我躺在床上听着他对我毛衣现状的分析，忍不住咯咯笑起来。我琢磨这事搁谁都得骂街，此时温度湿度适宜，气氛烘托到位，一切都是水到渠成的事，居然因为毛衣脱线缠住裤子而停止了，估计跟谁说，听的人都会以为是个笑话呢。

顾明很执着，表情是不甘心，他开始很认真地研究起我牛仔裤的扣子，我躺在床上仰着头看了看窗外，暮色降临，天已经渐渐地暗了下来，做了个深呼吸感觉我的心也渐渐地静下来了。

我曾经忌惮过回来，害怕回来后这里的一切都改变了，更害怕回来后这里的一切都没变，那我要如何？我没回来的时候很清楚我要如何，回来之后就越来越不清楚了。太多太多的事情都不在我事先想过的如何之中，如果我们坦诚相见我要如何解释我身上的伤口？要如何解释我现在的身体状况？要如何告诉他有可能面对和必须承受的事情？还要承认我嫁给安东尼是为了图财。也许一切是我想太多了，也许只不过是一次激情而已。一次激情而已吗？越想脑子越乱，我用肘支撑上身坐了起来：“我说……”

我还没说，顾明伸手一推我肩膀，我一个重心不稳又倒了下去。

“躺着，别乱动，这就快绕出来了。”顾明皱眉还在绕那扣子上的毛线，我又支撑着坐了起来：“我跟你说啊，这天黑了，我得回家了。”

“回什么家啊？什么事都没办呢，我把你弄来容易吗？”顾明仍在低头专注他的事情，语气里很多烦躁，我一伸手抓住了他的手腕：“顾明！你这个道貌岸然的伪君子！”

顾明终于将手里的事停了下来，挑着眼皮看着我：“我是什么？”

“伪君子！”

“我什么时候又成伪君子了？我不一直是臭流氓吗？”

“顾明，合着你打着带我看房子的借口把我带你家来，就是为了把我给办了是不是？”

顾明脸有怒意，眉头微蹙：“我说你这人说话怎么这么难听啊？我压根就没这种想法！我把你带家里来是真心实意地想让你办了我！”

“走开。”我伸手推了他的肩膀，顾明微扬了嘴角带了点笑，我白了他一眼蹭下床，趿着拖鞋往门口走。

顾明伸手拉住了我胳膊：“你都这岁数了，怎么还这么没耐心啊？你再坚持坚持，一会儿就好了，你以为就你一个人急啊，我比你还急呢。”

“你有正经没正经啊？”

“你看不出来我现在有多正经啊？我这辈子就没这么正经过！”

我没理他继续往外走。

顾明跟在我身后，仍然不死心嘴里不停地叨叨着：“哎，我说你是不是岁数大了，荷尔蒙减退了？你走之前的那天晚上可不是这样的啊？不记得了吗？足足折腾了一宿。”

我突然转身拿手指着他：“住口！”我好怕他提那天，他一提我就慌了。指着他的手指都在抖，估计我的脸都红到了脖子根，真想马上逃离这里。我捡起地上的鞋子，单腿站在那儿往脚上套，心跳得很快，不太敢看他。

顾明靠过来双手撑在墙壁上，我被困在了他双臂间，背靠在墙上，他离我很近很近，近得都看不了他的表情。顾明的额头抵住了我的额头，声音尽是低沉柔和："你看看你现在这矫情劲，都老夫老妻的了，怎么还能让我给说害臊了？这么多年了，你就不想试试我有没有进步？"

我加大力气猛地推了他，手里还握着穿了半天没穿上的鞋子，捏着鞋子指着他："你别过来啊，你再跟我这起腻，保不齐你下半辈子就直不起来了。"

顾明嘿嘿地笑出了声："你可真长本事了。行吧，不试就不试吧！那你等我换件衣服，我送你回去。"

"不用！"我低着头终于把我鞋子穿好了。

"不用？那我就这么出去？"

我转过头看着他仍然赤裸的上身，脸一下子又开始发烫了。

"也行，我怕什么啊。就是冷点，别人要问我，我就说刚被你办过。"

"顾明！"我只是喊了一声，就打开门飞快地冲了出去，头也不回地迅速跑掉了。

回家的时候我的心久久不能平静，小区里很黑，楼道里更黑，黑得几乎伸手不见五指。这些灯可能很多年都没人修过了，我坐在二楼通往三楼的楼梯上，想起了大学毕业后的那段时间，那时候我常常像现在这样坐在漆黑的楼道里等顾明回来。

顾明的妈妈再次脑溢血住进了医院，情况很不好，偶尔清醒，大多数时候是糊涂，生活不能自理。顾明欠了医院很多医药费，因为可能会随时被医院叫走，有时候晚上需要留在医院里照顾他的妈妈，所以他毕了业一直没能去找一份稳定的工作。那时候他打好几份工，我也打好几份工。可是顾明告诉我这样不好，他说我应该去找一份稳定的工作，我听了他的建议四处投着简历，有时候我会在医院帮他照顾妈妈，有时候我会做点晚饭然后就坐在这个楼梯上等他。

顾明的时间被排得很满，除了工作就是在医院，他晚上九点钟的时候会回来，在家休息一个小时，然后十点去附近的一个工地搬砖到凌晨三点，回来睡四个小时再出去开始新一天的工作。

那段日子我们连见面的机会都很少，常常见面的地方就是这段从二楼通往三楼的楼梯上。他坐在这边吃我做的饭边聊天，有时候聊着聊着顾明就靠在我的肩上睡着了，我不说话就让他那么靠着，快到十点的时候叫醒他，他就像又被充电一样出去工作了。那些时光仿佛就像是一只不断下探的股票，我们内心想着总有触底反弹的一天，不知道现在算不算反弹了。

很多人有了钱之后回想当初的日子是无尽的痛苦，想起来就觉得不堪回首，他们说真是穷怕了。

我没怕过，回想起那段日子来常常是不由自主地笑，能想起来的事情似乎都是快乐的。可能是因为我们从来没把自己当穷人看过，从我们设定了将来一定要当富豪的目标开始，我们就真的把自己当富豪看了，我们两个经常坐在一起讨论富豪需要处理的棘手问题。

比如我常问他："将来咱家钱太多，放箱子里发霉了可怎么办啊？"

"晒呗！"

"在哪儿晒？"

"阳台上呗，还能在哪儿？"

"那得弄个大阳台，小了我怕地方不够。"

"那肯定的！"我们俩总是说得跟真事似的。

顾明也有他担心的问题，比如他担心厕所多了他不知道上哪个好。我建议他给厕所门口贴上男女的标志，然后他上男厕我上女厕。我一说这个建议他就跳起来了，他推了我脑袋一把：“谁家里厕所分男女啊？”

“你不是不知道上哪个好吗，这不就知道了吗！”

“我怎么分析都像是你给我下了套，这我万一上错了，你肯定直接给我扣一个大帽子说我是闯女厕所的臭流氓。”

这些富豪们会有的“苦恼的问题”也总是令我们俩无限苦恼，我们会为这些事争论好久，争论到最后我们俩都笑了。

那些充满遐想和幻想的时光常把我们身体疲惫和心灵疲倦的日子装点得五光十色，而关于其他的事情就真的不算什么了。

顾明像是永不知疲倦似的，我从没听他说过累。我想他也有累的时候，有时候他回来不跟我贫嘴，只是靠在我的肩膀上或者轻轻地抱抱我说那句说了许多遍的话——还好有你在。

我心里也总是在说同样的话，说了很多很多遍。

我决定要走的时候，顾明还在没日没夜地工作和照顾他的母亲。我想了整整一个星期终于下定决心去投奔我的亲生父母，我对于他们来说是个应该承担的责任，不然他们生我干吗？

我没想过我会回来，我想我走了之后就再也不会回来了，可是心里总是觉得有件事得做，必须得做。

那是我离开中国前的倒数第二天，我拿到了机票，坐在家里看了很久，仿佛握着一张通行证，独自、单程，通往一个未知的世界。离开家的任何地方是天堂或是地狱对于我来说全都一样，毫无区别。

那天傍晚我炒了好几个菜，我本打算让顾明来家里吃饭，于是我很早就坐在楼梯上等他，心里很紧张，设想要和他说什么话，如果他拒绝我我要怎么办？想了很多种可能，想得心都乱了。那天很怪，九点半了还不见他的踪影，我在楼梯上来回踱步，我想这也许是我走之前的最后一个愿望了，为什么不让我实现它？

总觉得不甘心，怀揣着希望我去敲了他的家门。没敲几下顾明来开门了，这倒是把我吓了一跳。

“你回来了？”

“嗯。”

“今天怎么这么早就回来了？我还在楼梯那儿等你呢。”

“头疼，他们让我早下班了两小时，本来想睡一小会儿去找你的，结果都已经这时候了。”顾明转头看了看墙上的挂表，“差不多该去工地了。”

顾明的脸红红的显得很倦怠，我伸手摸了摸他的额头，好像在发烧：“你发烧了。”

“是吗？也许吧。”顾明应该烧得不低，整个人的反应都变慢了似的。他四处看了看拿起了凳子上的外套准备出门。

“你吃晚饭了吗？”

“晚饭？”顾明这个问题都像是思考了半天，“好像没有吧，回来就睡觉了。”

“你这样不行，会晕的，我做饭了，你等我回去给你拿。”

“不用了，快到点了。”

“不是按小时结算吗？少去一个小时没关系的，等我。”我风风火火地跑回家，拿了饭菜去了顾明的家里，三分钟不到顾明又倒在床上睡着了。

我站在床边看了他很久，忍不住蹲下去摸了摸他发烫的脸颊，在他的唇上轻吻。顾明闭着眼睛，眼球在里面滚动了一下，过了一会儿他缓缓地把眼睛睁开了。我就蹲在他的床边，离他很近微笑着看着他。

顾明直直地盯着我看，看了好久，他缓缓地说：“是不是到点了？”

“已经过点了。”我想那是我笑得最柔和的一次。

“那我是不是该走了？”顾明没有起身，他仍然侧躺着看着我，像是在征求我的意见。

我在他身旁躺下来，又吻了他一下，抱着他的腰靠在他胸前：“你身体不舒服，今天就别去了，不如……你留下来陪我吧？”

顾明被我抱着许久都没说出话来，我只能听见他深沉的呼吸声。两个人安静了好久：“我是不是烧糊涂了？”

我抬眼看他，没回答他任何问题，忽然靠上去开始吻他，吻得很用力，几乎用尽了全身的力气，自己的嘴都有点疼。我脑子里总是想着以后就再也吻不到了。顾明被我的举动吓到了，他时而回应时而躲闪，我扶着他的头让他躲都躲不掉，不知何时他已经压在我的身上了，我很着急，开始去解他的衣服，没解开两个扣子就把手伸进去抚摸他的身体。顾明一把抓住了我的手腕，把身体撑了起来，他表情很严肃，一直在审视着我的面容：“我们这样做好吗？”语气里有很多的不确定。

“好，好，没有比这再好的了。”我开始控制不住地喊叫，“我今天就是要给你，你必须得要，必须得要！”喊到后来我的声音都有些抖了，再喊下去我估计我就哭出来了。我挣脱手腕不看他，继续努力去解他那些扣子。我听见顾明做了个深呼吸，然后他拍了拍我的手说：“我自己来。”

我想我们两个都很紧张，我解他扣子的时候手在抖，他自己解的时候手也在抖，在别人看来我们是一对豁得出去什么事都敢干的男女，唯独这件事情我们是真的不敢。也许是由于从小一起长大的缘故，我们对彼此的脾性再了解不过，我们总是经历着吵闹和好，再吵闹再和好，也许是因为有太过相似的困苦经历，我们心里知道我们分不开，却又害怕被对方抛下。我们一直很克制，我怕被顾明看不起，顾明也怕他越了这道雷池之后我看不起他。

“可能会疼。”顾明在我耳边的声音还有些犹豫。我不看他也不说话，只是紧紧抱着他的腰，把头埋在他的胸前。

我不记得有疼痛的感觉，因为那是那天我必须实现的愿望，无论是什么感觉我都要实现。顾明那天很兴奋，他是初尝云雨的小伙子，觉得一切都是神奇和不可思议的。他那天没去工地，我们就在家里做了很多次，他已经把他发烧的事抛到九霄云外去了。那天我一直配合他，只要他想要我就同意，一直到外面的天都有些泛白了，我们两个都累得做不动了。

顾明紧紧地搂着我，声音低沉却难掩兴奋，我很累，靠在他的怀里昏昏欲睡。

“小影？”顾明轻声地唤我。

“嗯？”

“我们结婚吧？”

我本来靠在他怀里都要睡过去了，却因为他这句话又醒过来了，我睁着眼想了想说：“好。”

顾明将我抱得更紧了：“虽然我现在是个什么都没有的穷小子，可是以后我们什么都会有的，你信吗？”

“信！”我坚定地点了点头。顾明随即笑出了声：“我们睡一会儿，天亮了一起去看我妈妈，告诉她我们要结婚了，然后明天……不、不，今天，今天我们就去领结婚证，好吗？”

我没有回答这个问题，顾明以为我睡着了，其实是我不知道要怎么回答。

CHAPTER 17 转运

我们睡了两个小时，然后一起去医院看了顾明的妈妈，他趴在床边跟他妈说我们要结婚了，顾明妈妈的监护仪抖动了几下，顾明开心地指给我看："你看她听到了，肯定是高兴的。"

我坐在旁边笑，希望自己能笑得自然一些，其实我很累，我想我的表情肯定也显得很疲倦。那天并没有像顾明计划的那样去领结婚证，因为医院的科主任找顾明谈话，说了一些他妈妈的病情。其实是告诉他住院押金已经用完了，希望他能尽快补齐。顾明想让他再宽限一些时日，科主任说费用不算少，他自己说了也不算，最好能有院领导的批示。顾明想去找院领导，他转头看我的时候我已经靠在墙上睡着了。

我感觉到顾明捧着我的脸，缓缓地睁开了眼睛。

"累了吧？"他的声音听起来挺温柔的。

我摇头，可是眼睛眨得很慢。

顾明在我的额头上亲了一下："现在我还有事情要办，影，我们明天一起去领结婚证好吗？"

我笑着点头说好。

顾明有点担心地仍然捧着我的脸：“你不会生气吧？”

“不会。”

“今天我可能要留在医院，明天一早我回去找你，然后我们一起去民政局领结婚证。”顾明伸手揉了揉我的头发，“回去好好睡一觉，明天早点起来，打扮打扮做我漂亮的老婆。”

我站起来转身想走，突然没忍住扑过去抱住了他。“顾明。”我的声音抖得厉害，极力地忍住不哭，我想要是现在哭了，肯定会哭得昏天黑地、一发不可收拾，喊了他之后我就说不出话了，使劲抱着也不肯撒手。

“你看看，我就是怕你胡思乱想，不是你想的那样。我要去找院领导说事情，跟他说说我现在的情况，为了我妈医药费的事，不知道要说多久，我怕你太累了。不是哭了吧？”我想顾明肯定以为我在担心他不娶我，他想掰开我的手摆正我的身体看我的表情，我就拧着劲靠在他胸前不抬头。

过了一会儿我觉得自己情绪又稳定了：“顾明以后你要多注意自己身体，千万别让自己太累了。”

顾明沉默了一会儿“嗯”了一声：“都像昨天晚上那样，时间长了身体肯定是受不了，得学会克制。”

我终于抬起头，着着实实地在他的胸口捶了一拳，这也许是我平生最大力的一次，仿佛是想要在他心口砸出我的烙印。我想那天顾明可能真的很高兴，他的脸上一直是笑意，没有揉胸口甚至连眉头也没皱一下。他只是让我回家好好休息，等着他回来，然后我们一起去民政局领结婚证。

我回家了，可是一夜没睡，我在家里很认真地想要收拾我的行李，四处翻找毫无目的，最后我几乎什么都没带走，只装了几件换洗衣服在手提包里。没有什么东西是值得我带走的，除了装在脑子里的回忆，离开家的任何地方无所谓风俗习惯，无所谓风土人情，无所谓风霜雨雪，国外所有的一切对于那时的我来说都是无所谓的事情。

第二天我一早就出门了，拎了一个很小的包，天还没亮时钟刚指向五点钟，我就已经踏上了去美国的旅途。

那是我第一次坐飞机，飞机一起飞我就显得很兴奋，一直趴在窗户上向外看，湛蓝的天空飘着朵朵的白云，那些雪白的云朵好像我伸手就能抓到一样，脑子里忽然在想也许天堂就是这个样子的吧。

我笑得合不拢嘴，邻座的阿姨似乎看透了我的心情，她很友善地和我攀谈："你是第一次坐飞机吧？"

"是啊。"我难掩兴奋神情。

"我第一次坐飞机也是这样，趴在窗户上一直看外面，再坐几次你就该觉得烦了。"

我仍然趴在窗户上看着窗外，满脸的幸福表情，忍不住自言自语着："仔细想想我这辈子也没什么遗憾了。"我的声音很小还是被隔壁的阿姨听见了，她被我这句话逗得前仰后合的："你这小姑娘可真有意思，还这辈子这辈子的，你才多大啊，我看也就二十出头吧？这辈子还长着呢，坐次飞机算什么啊。"

我也笑了，觉得有点不好意思。可能在那样一个年纪对自己的人生做那种总结性发言，在比我年长的人眼里看起来是挺可笑的，可是当时我就是那么想的！那一路上我想了很多事情，想我和顾明的第一次见面，想我们无数次吵架无数次和好，想我们为自己未来设计的幸福生活，想我在离开之前和他那么亲密地在一起，我唯独没去想的就是他回家了发现我不见了，他会怎么样？我不敢想，如果想了我就走不了了，也许是再也走不了了。

忽然传来被结实地踩在脚上的钻心的疼，踩我的人重心不稳地朝我跌了过来，我自我防护地抬脚踹了出去，那人后退了两步跌坐在地上，楼道间充满了我们俩的惨叫声。

我捂着脚一直揉，嘴里还不忘大骂着：“你这人上楼也不看着点，看不见这楼梯上坐着个活人啊，你倒实在把我当台阶踩了？”

跌坐在地上的是个年轻的小伙子，他从兜里掏出手机来按亮照了照：“你这大姐是不是脑子有问题啊？这几点了，伸手不见五指的你在楼道里坐着干吗啊？我上一天班挺累的，挨你一脚不说魂差点吓没了！”小伙子有点口音，我想应该是这里的租户，我们两个互相指责着各自回了家。

回到家看了看表的确不早了，想想要不是来个人踩了我一脚，真不知道我会坐在那个楼梯上继续想多久。

在我搬到安东尼那所大房子之前，医生告诉我应该放下心理包袱，试着重新过正常人生活的时候，我从来没去想过我可能又是个正常人了。我个人认为法国医生说话都很煽情，也许与他们热爱浪漫有关，他们会直视着我用激动的语气说：“你真是个奇迹！”

我承认我从来没信过他们的话，因为有许多次我挣扎着把眼睛睁开的时候，他们会坐在我的面前语重心长地说：“趁着你还清醒我们想和你商量个事情，比如下次你再晕过去的时候我们还要不要继续治疗你？”

我想这可真是个蠢问题，我用你教我怎么死吗？当然我对医生的态度很好，我很肯定地告诉他们要治。他们会继续问：“如果脑死亡了呢？”然后他们会跟我强调法国的医疗保险条件是十分苛刻的，而我根本不在这个范围内。而我会告诉他们我亲爹傍了一个富婆，那富婆有的是钱，除非我死透了变硬了你们才能放弃。那个时候他们从来没跟我说过我也许会是个奇迹，他们只跟我说我可以把我的眼角膜捐出来，这样别人会通过我的眼睛看世界，而我的眼角膜会替我活很长很长时间，医生说完这个建议的时候我只说了一个字就是“滚”。

我记得那天我有些失控了，我朝他大喊着：“你们英法联军烧了圆明园，现在还想要我的眼角膜，你做梦！”从那之后医生没再来问过我同样的问题。我妈告诉我，他们都说那个中国女人是个疯子。

天气似乎总是随心情变化的，太阳暖，微风，适宜户外行走。立冬已经有些日子了，却感觉不到寒意，随便翻了件轻便的大衣，出门漫无目的地到处闲逛。看见什么都能站在旁边傻笑半天，似乎早就把我还是个黑户的事给忘了。

路过一个展览台，看见围了很多人，我凑过去看了看，好像是某种公益事业在卖彩票，一等奖两百万元听起来挺诱人的，刮刮奖能刮出五个苹果。彩票两块钱一张，我站在外圈琢磨了一会儿，忽然鼓起勇气挤进了人群里，翻了翻兜里，一共六百二十三块，一咬牙六百块钱全拍给卖彩票的了，买了三百张彩票。卖彩票的看我挺豪气的一直说我大手笔。

我信心满满地看着他：“等我创造个奇迹给你看看。”卖彩票的把我的三百张彩票装在一个塑料袋里，我拎着一兜子彩票兴高采烈地走了。几乎都没怎么多想，自己就溜达到了大学校园。下午三点钟操场上有人踢球，看台上的人三三两两的，我找了个靠边的位置坐下来，看了会儿男生们踢球，然后开始慢悠悠地刮起我的彩票来。我趴在侧壁上刮得挺认真，嘴里一直念叨着“五个苹果、五个苹果”。手机在兜里震动，是顾明的电话。

“喂。”我歪着头夹着电话，手下还不停地创造着奇迹。

“在哪儿呢？”

“在哪儿？在你家……的对面。”

顾明安静了几秒钟说："等我。"然后就把电话挂了。顾明来得挺快的，不到四十分钟他就出现在看台上。

"顾总现在可真是老板了，下午三点多就可以到处闲逛了。"我还在专注地刮我的彩票，嘴里说了句逗闷子的话。我转头看他的时候竟有些犯愣，顾明穿了件浅驼色的风衣罩在他黑色西装的外面，把他的身材突显得更加挺拔了，以我奢侈品管理专业硕士的头衔，我琢磨他这件衣服绝不便宜。顾明脸上的笑容充满自信，不得不承认这样的一个男人对女性视觉是很具有杀伤力的。我想这钱可真是个好东西，顾明这样的人到了这个年纪，配上点身家，穿上像样点的行头，往这儿一站猛一看没准会误以为是偶像剧的男主角呢。

打火机撞针的声音把我从混乱的思绪中拉了回来，我回过神的时候发现顾明隔了几个位子坐在那点燃了一支香烟，扬着嘴角不时侧眼斜睨我一眼："你要再这么盯着我看，我又该想把你弄我们家去了。"

顾明这句话让我有点尴尬，我想我刚才的样子可能是有点色眯眯的了。我努力端正了下自己的思想态度，看着他坐在不远处吐出了长长的一团烟雾。

"学校不让抽烟，你知不知道？"我的语气充满谴责。

"是吗？什么时候开始不让抽烟的？"

"一直就没让抽过好吗？入学的时候就在校规里写着呢，学生不让在校园里抽烟。"

"那关我屁事？我又不是学生。"

我被他说得愣了一下，很快撇了嘴，不满地叨叨着："真是白瞎了这身衣服了。"我继续刮我的彩票不再看他，顾明也不说话。过了一会儿我又听见打火机撞针的声音，然后他问："你趴在那儿干吗呢？"

"发财呢，你没看出来吗？"

"你在墙上磨你的指甲就能发财啊？"

“什么磨指甲，我在刮彩票呢。”我手里晃动着一张无奖彩票，向他证明着我不是在磨指甲。

顾明拿手指了指我周围：“这一地都是你扔的吧？素质可真够差的，还好意思说我抽烟呢。幼儿园老师都说过不能乱抛垃圾。”

我本来是把刮过的彩票在身后堆了一堆，想着刮完以后再装在塑料袋里带走，不知何时那堆彩票被风吹得散落在我的周围到处都是。

“你有事没事，你要没事别来打搅我发财。”我背转过身继续趴在看台的侧壁上刮我的彩票，刮完了就往脑后一扔，心想反正都已经是素质差了，也不差这几张了。

“能发多大财啊？”

“一等奖两百万！”

“嗬，那可真不少。”

“你少在这儿阴阳怪气的，不积跬步无以至千里，不积小流无以成江海，懂不懂，谁能倒霉一辈子啊？我觉得我现在开始就要转运了，这两百万是我的启动资金，只是我金融帝国的一片瓦砾而已。你还狗屎运地中了四千万彩票呢，我怎么就不行。”我也不看顾明只是很认真地在刮我的彩票，嘴里一套一套地说着自己要转运的期许。

“我没中彩票。”顾明的声音从身后传了过来，我停下了手里的事情，转过头看着他。顾明看着操场上跑动的男生，长腿搁在前面座椅的椅背上，样子显得挺悠闲自得的：“那是我继承的遗产，我爸死了留给我的。”

CHAPTER 18

遗产

“你……找到你爸了？”

“没有，我不知道要去哪儿找他。”

“那他找到你了？”

顾明呵呵地笑了两声：“没有，他也没来找我。他出车祸死了，和他最爱的那个人一起被撞死了，他的律师找到了我，说需要我来继承他的遗产和管理他的工厂。律师出现的时候我挺吃惊的，想了两天之后觉得这真是一件天大的好事，后来我就接受了，然后我把他的工厂卖了，带着钱和苑腾、丁磊他们一起开了现在的公司。”

顾明看着操场上来来回回奔跑的学生，表情和语调都是轻松和愉快的，他突然伸手把手里那半支香烟抓灭了扔下看台：“我妈以前总是跟我说，你爸去给你挣大钱去了，看来她真没骗我，他也的确是挣了不少钱。”

“你爸他……没再婚吗？他们没再要别的孩子？”

顾明突然哈哈大笑起来：“我想他可能很想再婚吧？不过咱们国家不允许。他要生在荷兰就好了，要是在那儿的话他就可以再婚，然后和他心里最爱的那个人好好地生活在一起，不过其实他们过得也不错！”

我满脸疑惑地一直看着他，顾明专注地盯着操场上踢友谊赛的同学，嘴里还喊着：“传啊，传啊，起脚了。”他刚喊完一方就进了球，顾明显得异常开心，吹了一个很响的口哨，还在操场上的同学循声看向看台时挥了一下手。顾明转头看我：“你不来一声？你口哨吹得可比我响多了。”

我摇头看着他，心里觉得顾明是想说什么却又想回避什么。

“他是个同性恋，我也是去办遗产交接的时候才知道的。”顾明脸上的笑意未减，给人的感觉像是在说一件无关紧要的事，似乎操场上的比赛是他现在最关心的事情。

“他和那男人早就相爱了，结婚前就在一起了，后来那男人家里逼得紧，没办法他们就分手了。那男人为了传宗接代娶了个女人，然后我爸就娶了我妈，结果那男人没传宗接代成，我爸倒传宗接代生了我。他们结婚后一直有联系，那男人有一天终于受不了了，离了婚找我爸，说要永远和他在一起。我估计我爸也早就受不了了，他跟我妈摊牌的时候我妈差点崩溃，你想三十年前你要跟人说你嫁了个同性恋比跟人说你嫁了个太监还丢人呢，他们俩就特别低调地把婚离了。”

“这些你是怎么知道的？”我用很小的声音在一旁询问着。

“他跟那男人走了之后，给我妈写过一阵信，锁在他的保险柜里。里面写了他在婚姻里特别痛苦的感觉，说不能跟自己真正相爱的人在一起，每天的生活都像炼狱一样，还说让他跟一个女人保持亲密的生活比让他死还难过，希望我妈能理解他。他说他心里惦记着我，虽然他不富余，但是也愿意支付我一部分的生活费。”

说话间操场上进行的友谊赛已经结束了，踢球的同学也渐渐散去。顾明坐在那儿点了支烟，脸上的笑容也慢慢地隐去了。

“我妈只给他回过一封信，说她想来想去不知道要怎么跟我解释。她觉得那时候我已经三岁多了，怕我已经记事了，她跟邻居们说我爸南下做生意去了，后来她就把这个话延续下来了。她说不需要我爸的钱，她怕我长大了懂事多了会问这些钱是哪儿来的，不过我猜她可能没料到我爸后来的生意做得还真挺大的。我妈带我搬了一次家，没告诉我爸地址，他后来写的那些信就都退回去了。这么多年了，我一直都以为是我爸不愿意回来见我，闹半天是我妈不让他回来。十几岁叛逆期的时候心里恨过他，活得特别累的时候心里有过埋怨，我觉得自己几乎一无所有的时候有人突然冒出来通知我去领遗产，看见我爸写的那些信我竟然恨啊、怨念什么的都没有了。不是因为他给我留了钱，真的不是，不管你信不信。他在信里写希望我妈能理解他，我觉得我倒是挺能理解他的，我清楚心里日思夜想地惦记着一个人却又不得不和另一个人生活在一起是种什么感觉。那时候我想老天让我这个人存在，原来不是为了要变着法地逼死我解闷玩。”顾明将手里的烟弹了出去划出了点点火星的弧线。

“估计没人能想到，胡同里的小裁缝和他挚爱的男友，两个人携手去了浙江，后来在义乌开了一间服装加工厂。我爸负责设计衣服款式追踪时尚信息，他男朋友负责销售掌握营运状况，两人配合得挺好。”顾明说到这自己忍不住开始笑，笑了一阵他看着我说，“我要跟别人这么介绍他们，别人会不会以为我爸是乔治·阿玛尼啊？想想也挺幸运，刚好他喜欢男人，来回就我这么一个儿子，要不然弄一堆孩子出来还不知道这钱得怎么分呢？”顾明的声音又换成了愉悦，语气满是自我调侃。

我白了他一眼，转过身去继续趴在看台上抠我的彩票。

“哎，我跟你说话呢！”顾明在我身后喊我。

“少嘚瑟！”我不看他，高声回喊了一句。

“我嘚瑟什么了？”

我转头看他表情很认真：“我跟你说我也挺幸运，我在法国我的……我的……生活和留学费用都是我爸出的，所以我运气也不差哦。”

顾明听我说完话之后愣了一会儿然后开始笑，他一边笑一边点头，看着我说：“这你也要比？”

我转过身去想要继续抠我的彩票，但不知道何时顾明已经坐到我身后来了，他从身后抱住了我，下巴拄在我肩膀上，轻微的呼吸声都听得真真切切的。顾明把我手里的彩票拿走，攥成团扔在了一旁：“一块钱掰成两块花的时候都没见你买过彩票，怎么开始迷信这个？”

我坐在那听着他说的话，感受着他温热的呼吸吹在耳后，声音很小像是在自言自语：“不太敢相信我这样的人也有转运的一天，我只是想证明一下。”

顾明在我的颈间亲吻了一下把我抱得更紧了：“影，你回来了真好！你走了，有些话我也就懒得再跟别人说了，不知道要从哪里说起，也不知道别人听了会是何种反应，反正我们需要的也不是同情。”

“同情管屁用啊？还不如给咱们点现钱呢。”我随口附和了一句。顾明将头拄在我的肩膀上闷闷地笑出了声：“还是你了解我！我知道老天让我这样一个人存在，其实是因为这世界上还有你这样的一个人存在。”顾明说完这句话的时候我忽然觉得眼里有点热热的。

转头看着他，我在他的唇上亲吻了一下，想要离开的时候顾明忽然按住了我头，他吻得很深，突然间袭来我躲也躲不掉。我想我们两个有点过于忘我，一时竟忘记了是在校园之中，一道光照在我们脸上，侧头时晃得人都有些睁不开眼。

“你这照什么呢？”顾明拿手挡着眼睛逆着光想看清楚来人。

举着手电的人忽然大喊起来：“你们俩是哪班的？也差不多点吧，亲不躲树后面亲还坐在看台上，表演呢？”

是个女人的声音，听着像是上了些年纪。女人凑过来皱着眉头看了看顾明又看了看我，她的眉头皱得更深了，过了一会儿又看了看顾明：“你……你是……你是那个顾明吧？”女人把手电的亮度调低了一点，我们终于能看清楚女人的脸了。顾明也蹙眉看了她一会儿小声嘀咕着：“张老师吧？”他转头看我口气似是询问，“是张老师吧？”

我也仔细看了看朝他点了点头，我们俩“腾”的一下从看台上站了起来，跟立正似的站得倍直：“张老师，您怎么来看台了？”

“我还要问你们俩怎么没事来学校呢？”

“我们……我们……我们一起回母校看看老师。”

“看老师就看老师呗，两人没事跑看台腻歪什么啊？嗨，当我没说，你们俩怕什么？不过你们俩还真有意思，在一起那么多年了也腻歪不够啊？我还以为是今年大一的新生呢。天也不暖和，风吹着，胸中有团火似的在这儿搂搂抱抱的。”

“张阿姨，我们这么多年没见了，这突然一见面您这说话还是一点都不含糊啊。”

“什么张阿姨，跟你说多少遍了，叫老师，学校都叫老师，哪儿冒出来的阿姨？”

张老师是舍监，看男生宿舍大门的，做事雷厉风行，检查宿舍的时候常常推门就进把小男生吓得嗷嗷叫。要说顾明这人没什么怕的，其实他还挺怕张老师的，张老师的致命武器就是不停叨叨，一件事要是没做满意的，她见到你就说，说到认错都不行，必须说到按她的要求做好的程度。那时候和顾明约会他常常着急往回赶一直跟我说“晚回去五分钟，她能念叨你一星期”。张老师喜欢别人叫她老师，虽然她一堂课都没教过，几十年了一直在学校管理宿舍，不过她跟我们说在学校里当然都是叫老师了。

“这一地都是你们弄的吧？”张老师又打开手电在四处照了照，“你说说你们俩，都这么多年了这精神文明怎么一点都不提高呢？你们这行为让现在的大学生看了会怎么想？你们有没有为祖国的下一代考虑过啊？”

“张老师，您看您这一句话都把我们俩说老了，我们跟他们不隔代。”

“别贫了，还站着干吗？还不赶紧把这看台上的垃圾都收了。”

我们俩忙点头称是，开始在看台上捡那些被风吹得到处都是的彩票。

“张老师这么多年了您还没退休呢？”

“退了，又被返聘了，返聘管女生宿舍了。这天一黑我就四处转转，现在的女孩子都容易冲动，怕她们一激动干点什么想起来后悔的事。这不就让我碰见你们俩了吗？”

“我们这不属于激动的。”

“谢影，你跟顾明结婚没有？”张老师在看台一个椅子上坐下来，像是一个监工似的盯着我们。

我看着她笑着摇摇头。

“还没结呢？！”张老师的声音有些提高，“你们谈恋爱的时间可不短了，光恋爱不结婚赶时髦是不是？赶来赶去不还是你们俩吗？换换别人倒行了，可是也没换啊。”

“我们是想先立业后成家。”顾明在一旁打着圆场。

“那立了业没有啊？”

“算立了吧。”

“那就赶紧结吧，我要没记错你们俩都得三十好几了吧。”

“没有三十好几，就三十出头撑死算三十一。”

“三十一也不小了，你要不娶谢影可别耽误人家女孩啊，再大可不好找了。”

“娶，怎么会不娶呢？”顾明转头看了我一眼，我赶忙把头别到一旁低头捡东西，“放心吧，很快结婚了。到时候请您，不用出份子，来喝喜酒就行。”张老师一直监督着我们俩把看台清理干净才算罢休。

顾明拎着垃圾袋扔到附近的垃圾桶里，他转身在前面慢慢走着，忽然他张开了一只胳膊。这个动作这个背影好熟悉，那时候顾明在女生宿舍楼下等我的时候，看见我出来了，他就掉头先走，然后张开一只胳膊，我就像个欢快的小兔子一样，一头扎进去，他那只胳膊就会落下来紧紧地搂着我，我们常常开心地笑作一团。我还在犹豫，顾明微侧脸看我：“来啊。”我突然狂奔着过去扎进他的臂弯里，他的手臂落下来紧揽着我的一侧胳膊：“冷了吧。”我靠在他的臂弯里摇了摇头，脸上忍不住带着笑。

他揽着我在狭长的甬道上缓慢地走着：“把你妈妈接回来吧。”我抬着眼皮看他，他低头看我笑了笑，“长辈嘛，接来孝敬安度晚年，是晚辈应该做的。”

“那我妈妈回来了，我怎么办？”突然觉得这话好像哪里说得别扭，再看顾明的时候他挑着丹凤眼，那表情像是我问了一个无比奇怪的问题。“你问我你怎么办？你当然是回法国接着嫁你的路易十几来着？反正你不是要当贵族吗？去吧，去吧，我支持你，咱们家还没出过贵族呢，好不容易出你一个，多光荣啊！为国争光了！”我一生气照他的肩膀捶了一拳，捶完之后互瞪了两眼，最后还是忍不住笑作一团。

CHAPTER 19

落叶

晚上我给母亲打了个电话，语气里有掩饰不住的开心，我告诉了她顾明想把她接回中国安度晚年的事情，母亲在电话里沉默了一会儿，我听见她长长地叹了口气："我想到会是这样了。"

"哪样？"

"你说你碰到顾明了，我大概猜到你不会再回法国来了。"

"我的护照丢了。"

"带一百个护照回去也会丢的，你的心根本就没在这里，你的心要是真在法国，丢一百次护照你也能回来。"我想母亲这人文化水平不高，但也许是上了年纪的关系偶尔说出的话似乎还隐藏了某种辩证法。"我没什么意见，我都随你，大半辈子都晃过去了，想想我这半辈子既不是好女人也不是好母亲。以前有人给我看手相说我有老来福，现在想没准还真让他说中了。"母亲揪紧的声音像是也慢慢放松了，"你们之间的事都说清楚了吗？"

"你指什么事？"

"我指什么事？所有的事，还有前两个月你去复诊的时候医生给你生活上的建议，是不是也应该让他知道呢？"

我在电话里安静了，过了一会儿很小的声音，隐隐地感觉像是心虚：“我们还没说到那些事，我……没告诉他我生病了。”

母亲又开始安静了，只是呼吸声越来越沉，过了很久她重重地叹了一口气：“我不懂你们俩，真的不懂。我这个女人当得有点失败，一辈子没恋爱过，年轻的时候想尽办法想改变自己的生活，以为嫁给你爸爸日子就彻底改变了，结果你爸爸到现在心里都在怨我。影，别瞒着顾明，他和安东尼不一样，你的事他都……有权利知道！如果你心里决定了就都跟他说吧。”

“我该决定吗？”我很小声地问了个问题，自己都搞不清楚我是在问自己还是在问母亲，“以前我们在一起的时候嘴上总是说将来一定要发大财，可是其实我们都不是那么想的，那时候我跟他说我想住得离大学校园近一点，可以每天都看见那些朝气蓬勃的大学生，然后下了班赶紧回家做饭，辅导孩子功课，希望能把孩子培养得不像我们俩的样子。顾明说他喜欢吃炸酱面，他想让我多炸点酱存在冰箱里，饿的时候就能吃到最喜欢吃的东西，想着就觉得幸福。这些事都挺简单的，我走的时候想，他的幸福其实挺简单的！谁想过我还能活着回来，没敢想过，我回来了，见到他了，他还在那儿，就还站在那里，一切都没变，还和从前一样，我这两天忽然觉得我怎么这么幸福啊。妈……你说我应该让顾明娶我吗？这样做好吗？对他公平吗？要是我的病复发了怎么办？我都走了八年了，我吃饱了撑的干吗又回来了？”这通电话到后来变成了无数自我纠结的问题，我矛盾的内心翻涌着一浪高过一浪。

我知道母亲不会给我任何答案，她只是听，我想她可能也在想我想的问题：“要是像你刚回去那阵还一门心思想嫁给安东尼的话，就没这么多问题了。我不懂，我说不出好建议来。”母亲停顿了一下，“对了，安东尼这两天在研究北京的天气，估计你再不回来他就要去北京找你了。我们俩沟通也困难，我法文只会喊医生救你的那几句话，英文也是半吊子，安东尼基本不会英文，有时候我们俩说话都在画图。这两天他也挺惦记你的，总问我在中国办个护照很难吗？我也不知道怎么回答他，就跟他说我也不清楚，我好多年没回去了。想想安东尼人也不错，你有什么决定别忘了给他个交代，别过两天他满心欢喜地去了中国，你又告诉他你不准备嫁他了。你……不要来来回回纠结那些问题了，随自己的心意去吧，你妈也是糊涂，不知道这么劝你对不对。”

母亲把电话挂了，我想可能她也被我说得混乱又纠结了吧。以她的话来说，她这辈子没恋爱过，我不是个爱情的产物，顾明也不是，有时候想也许我们真就是分别装在男女壳子里面的同一个灵魂。

到美国见到母亲之后，她跟我聊起了父亲，我才大概了解到我的定义应该被叫作一个筹码。父亲家在天津，是当年难得一见的硕士生，被派到工厂基层车间学习，母亲在工厂食堂工作，她说见到父亲的时候觉得他算是一表人才了，她那时候想要是能嫁给父亲是不是就不用在工厂食堂这么干一辈子了。父亲每次去食堂打饭她都给他多盛，有时候还送他几样小菜，来来回回说话就越变越熟。有一年十一国庆，工厂车间里聚餐，很多人都喝醉了，父亲是最醉的一个，因为他平时就不怎么喝酒，可是那天被大家逼着喝了很多的酒。母亲晚上去了他的宿舍说是给他送几样水果，然后他们就发生了不正当的男女关系。我爸酒醒之后懊恼极了，他那时候有个相爱的女朋友，是大学同学又是老乡，本来打算等他从厂子里学习完了回去结婚的。我妈跟他说是我爸强迫她的，她拗不过他才顺从的，他必须得对她负责，要不然她就去派出所报警告他强奸。

我爸害怕极了，不知道到底要怎么办了，他不想娶我妈，可是我妈非逼着他娶她。事情还在来来回回纠缠没有结果的时候，我妈怀孕了，于是她买了张车票去了天津找到了那个时候我爸的未婚妻，跟她说了她和我爸的关系。我妈说她记得那女人的脸，足足定格了十分钟，然后她就站起来走了。后来她和谢长明分手了，不过她也没让谢长明好过，她去工厂党委告了他。那年部里有两个公派去美国留学的名额，几千人打破头地争夺，谢长明是内定的其中之一，结果他有了个乱搞男女关系的罪名，被人抓住了小辫子，所以他没去成美国。虽然他和那个和他乱搞关系的女人结了婚，但是这罪名始终对他有很大影响。后来我爸自己考到了美国大学的奖学金，辞了职自己留学去了。

我想要不是因为八年前我拎着个小包站在我妈面前，告诉她我来美国找她的真正原因是我可能活不了几天了，而我必须在死之前见见我那个混账亲爹的时候，我妈大概是不太想让我见他。

我见到谢长明的时候并没觉得他一表人才，只觉得他唯唯诺诺的，他看到我先是吃惊然后说："你就是小影，都长这么大了？"

我跟他说："二十几年了我不往大了长，难道我还要缩小吗？"不见他的时候从来不觉得对他有怒气，一见到感觉是怎么都压不住火。

令我妈更没想到的事是，我第二句话是跟谢长明要钱，我说得简单明了："我生病了，很严重的病，不治的话死得很快。可是我不想死，我想活着，所以我得治病。治病需要钱，很多的钱，我妈在中餐馆给人刷盘子，我逼死她她也拿不出那么多钱来，所以我来见你了。她说你现在有自己的公司你肯定有钱，所以你得管我，因为你是我爸，要不然你生我干吗？"我说这话的时候，谢长明一直在看我妈，我妈不停地在那儿摆手，他大概以为这些话是我妈教我的。

"我妈不知道我要跟你要钱，你别瞪她了。"

谢长明的表情为难极了，他看着我说："我也没钱，那公司不是我的，是我现在太太的，我在她公司里帮忙当财务总监就跟打工一样，她给我开工资。她那个人很精明的，我们结婚的时候她公司已经不小

了，财务总监要找自己人，可是有时候她连我也怀疑。前两天做错了一笔账，她就有点怀疑我要套她的钱。我以前没跟她说过我在中国还有个孩子，这突然间冒出个孩子来还要跟她拿钱……”谢长明坐在那儿一直唉声叹气。

我当时愤怒极了，也不管是不是公共场合，突然开始拍着桌子骂他：“你到底是不是人啊，几十年了不回家看我一眼，现在你女儿生病了，你是不是以为我突然冒出来骗你的钱啊？”我从我的包里开始掏在国内做的检查，“我没骗你，你看看我没骗你，我是真的有病。你们怎么这样啊，你们不想管我，那当初干吗结婚、干吗要生我啊，就为了把我生出来看着我病死啊？”

爸妈都不说话低着头，呼吸一声比一声重，过了不知道多久谢长明抬头看着我母亲说：“这是不是就叫孽债？”这话说完母亲的眼泪哗哗地流，我的心也凉了半截。眼泪止不住地掉下来，我换了央求的口气：“爸，能不能跟你老婆说算我借的钱，等我病好了，我还她，我全都还她，我算利息给她。”

谢长明看着我诊断书上的字皱着眉头想了很久，他缓缓地站起来说：“我去想想办法吧。”

我知道对于他老婆来说我这个不知道从哪儿蹦出来的亲生女儿，现在就如同一个无底洞一样，那些还她钱和算利息的话简直一点说服力都没有，谁能证明我能好？谁能证明我好了之后有能力还她？

回去之后母亲告诉了我她和谢长明之间的事，我那半截未凉的心也彻底地凉了。我妈说她不是不想管我，实在是她自己的能力有限，她当初追着谢长明来美国就是怕他离婚。她本想在美国稳定了把我也接来一起生活的，可是她还是和谢长明离婚了，她自己也没什么本事，辞了职来美国。在中国的时候在食堂工作，到美国了在中餐馆，来来回回就是打杂的生活。她知道我们在国内生活得也很艰难，她本来打算在美国攒够了养老的钱，回中国去的，结果没想到我生了重病到美国找她来了。

母亲把她在外漂泊这些年攒的钱都拿了出来看着我说："要不然我跟你一起回中国去吧？"

"我不回去。"我很坚定地摇头。

"落叶总是要归根的。"

"我说了我不回去。"我的声音一声比一声大。

"你是不是因为顾明啊？你是不是怕他不……"

"全世界的人不管我，他都不会不管！"我都没听完母亲说什么就喊叫着打断了她，"我就是不想让他管我，我得让那家伙觉得我过得好好的，那家伙肯定有办法比我过得更好。他要做不到他就不是我男人。"我极力地平静着自己的情绪，"我要去法国。"

"去法国干什么？"

"度蜜月。"

"度……和谁度蜜月？"

"我自己。我要是不来这儿，现在已经和顾明结婚了，结婚了本来就是要度蜜月的。很早以前我就跟他说过，有机会我要去法国看看，看看那个文明世界的浪漫之都究竟怎么浪漫，他说将来我们结婚了可以去那儿度蜜月。妈，我结婚了，领没领结婚证我都结了，明天我就申请去法国，尽快走。我要是不能死在中国，我就死到法国去，反正我不死在这儿。"

我要离开美国的时候又见到了谢长明，他递给我一张两万美元的支票，他说他尽了最大的努力，他说那都是他自己的钱给我看病用的，不用我还。说实话我特想很有骨气地撕碎了抛向空中，然后仰天长啸头也不回地走掉，可是事实上我犹豫了半天还是把那支票接了过来说了句："谢谢爸。"

CHAPTER 20

意外

周末顾明和丁磊因为生意上的事情去了香港，需要三五天的时间，苑腾留下来照顾公司里的其他事情。顾明说我要是有事可以找苑腾，我说话特好使，比他说话还好使，他说大概是我和苑腾有段旧情的缘故，没准这小子对我一直念念不忘呢。他说完这话的时候我撇着嘴拿眼斜他，他看我的表情摆了摆手："算了，当我没说，我自己也觉得这话有点酸，反正这小子心细，比丁磊细多了，办事让人放心。"

周末我都在想要怎么跟安东尼说我们之间的事情，因为我又接到了他的电话，他说我之前跟他说出差离开法国十天，可是现在已经走了一个月了。安东尼说法国这两天天气变得有些凉了，不知道北京怎么样，让我多加衣服。电话里都是安东尼的关心，把我想说的话全都憋在了嘴里，我支支吾吾了半天说："安东尼我有可能不打算回法国了。"

安东尼安静了一会儿然后"嗯"了一声说："也可以，我的职业去中国的话应该能找到工作。其实我早就想去中国看看了，不认识你的时候就想过要去看看，年轻的时候想去很多地方，结果现在五十多岁了离开巴黎的次数都那么少，Emma生病的时候一直在照顾她更离不开。我听说在中国不管孩子长多大都会和父母一直保持很好的关系，比如像你和你妈妈这样，要是这样我觉得挺好，我希望我们的孩子能在中国长大。”我原来想过安东尼要和我结婚可能只是一时冲动，比如找个亚洲女人会让人觉得他很特别，可是随意和他聊聊发现他对今后的婚姻生活想得很多，似乎有哪些可能他都早就考虑过了。安东尼先挂的电话，说他只有几个小时的睡眠时间，他要抓紧时间睡一会儿。我没说别的，按他的意思把电话挂断了。

周六的早上我醒得很早。天还没亮只泛着一点点白，站在窗口发现树叶又落了一层，树枝在风中摇曳，我竟然从冬天快掉光的树枝上看出了婀娜的感觉。披了件大衣出了门，忽然想起离家两站地的一处有一个早餐摊，那个时候每天都会准时出现在那个固定位置，老板在摊位前摆着一块牌子写着“李记早餐”。那个摊位的豆浆很浓，油条炸得又酥又脆，我们钱多的时候会买一个包子。老板人很好，因为我们常常去那里，包子粘在一起的时候，他干脆就多送我们一个。那时候我们常会站在蒸笼前期盼着他夹出来的包子最好还粘着一个。像是抱着某种试一试的心态，想看看李记早餐的摊位还在不在。走在马路上几乎没见到车，只有环卫工人在清扫，想着路不远可以走过去，当成是我清晨的锻炼。

两站地的距离没怎么费力就走到了，有些意外的是，李记早餐真的还在那里，只是原来的早餐摊位换成了店面，不太亮的店面里面像是有人在忙碌。推门走了进去，老板换成了年轻人，七八张桌椅规规矩矩地码放，不大的店面里还有收银台，厨房操作间用玻璃隔着，两个人在包包子，一个人在炸油条。年轻的男人在擦桌子，女人站在收银台前面在小本上记着什么，听见有人进来了，两个人异口同声说“欢迎光临”。

我找了靠边的位置坐了下来，年轻的男老板拿着一张简单的餐单朝我走了过来：“您起得够早的啊。”

“这……还是原来的李记早餐吗？”

“是啊，东南西北这一带就这么一个李记。”男人想了想笑容满面地看着我说，“您问原来，那是多原来啊，听着您像是我们家的老顾客，可是我怎么没见过你啊。”

“八九年前吧，那个时候还是个摊位呢，是位大爷在卖早餐。”

“哦，那是我爸，前年不小心摔了一跤，我干脆让他在家休息了。五年前这一带街面上不让摆摊了，盖了一排店面。我们家一直做早餐的，后来就租下来继续做早餐了。”

“哦。”我笑着点头，低头看了看餐单，“包子都有这么多种馅了？”

“五种，不过今天是周六，客人们都起得晚，包子刚上屉，您要想吃包子还得稍微再等一会儿。”

我笑着说“好”，要了豆浆油条还要了最原始的那种包子，等待的时候又有三三两两的客人走了进来。豆浆油条上得很快，我坐在那儿慢慢地津津有味地品尝着，感觉进来的客人越来越多了。年轻的男老板轻轻敲了我桌子：“打搅您一下，有人跟您拼个桌行吗？她不等包子应该吃得很快的。”

我忙点头应允。桌子前面站着个女人，身材高挑，穿着时髦，一头的波浪大卷，化着浓重的烟熏妆。女人的眼神显得有些疲倦，精神状态却是不由自主地亢奋，身上的酒气很重，从她不太能聚焦的眼神大概判断出她至少还带着七分醉意。我想她肯定是周末去夜店玩了一夜，天亮吃了早饭准备回家睡觉的。我只是扫视了她一眼又继续低头吃东西。女人站在我对面一直盯着我看，由于她迟迟不肯落座，我又好奇地抬头看她。

她突然拿手指着我："你……"她一直你了半天也你不出什么来，被她这么指着我又忍不住仔细打量她，似乎也觉得是有些眼熟。

"你……"她又你了好一阵，突然伸手一拍桌子，"你……不是那个村姑吗？"

"村姑"这种称谓从何而来，她这一叫让我摸不着头脑。我还在继续搜索我脑子里所认识的人，始终觉得都对不上号。

"你不认识我啦？这么快就忘了？"女人坐在我的对面，眼睛开始上下地打量我，"今天没穿你那土得掉渣的破毛衣，想起来没有啊？"

我轻微地摇摇头，觉得她这么热情而我一点印象都没有好像有点不礼貌："不好意思，我真的没印象，您是……"

"我去，连口音都没了？你戏剧学院的？长得也不像啊！好好想想，咖啡店。"女人一说咖啡店，我立刻明白过来，这女人就是二十天前我拿咖啡泼过的那个叫郭瑶的女人。也难怪我认不出她，那天她坐在那里怎么说也算是端庄，猛一看像是位淑女大家闺秀，今天这个样子可把那天的形象完全颠覆了。

我认出她之后的第一反应就是立刻端起我面前的豆浆咕咚咕咚地喝了个干净，我把碗撂在桌子上看着她："你有事吗？"

郭瑶咯咯地笑出了声："你干吗？你怕我拿豆浆泼你啊？"郭瑶从包里拿出一支女士香烟来点上，"你放心，我是高素质的女性，我是不会像你那样的。"

"这我还真没看出来。"

郭瑶还是笑："哎，想吃什么随便点啊，我请客。"

"傍上更大的款了？"

"哎，还真叫你说对了，想想是不是应该谢谢你啊！没你我也下不了狠心跟那姓宁的分，抠得要死给我买什么东西全把收据拿走，估计丫怕我拿回去退了套现。我套现怎么了？他给我买东西不就是送我了吗？你管我是自己用还是套现呢！”说话的时候郭瑶点的东西被端了上来，她一边抽烟一边吃早餐，我看着老板说要结账。

“你住这一带啊？这可都是穷人住的地方。”

我看着她点头：“你也住这附近？”

郭瑶听了我的问题愣了一下：“我当然不住这儿了，我是碰巧路过。”

老板算了结账的钱，我刚要掏兜，郭瑶赶忙阻止：“别啊，说了我请的。”

“那谢谢了。”我刚要起身走，她突然按住了我的胳膊：“你这么着急干吗啊？咱姐俩聊会儿啊。哎，你跟那顾总怎么样了？可别怪我没提醒你啊，那男的可不好弄，外面看着条件好的挑不出毛病的男的，骨子里没准就是个变态。那顾明就是变态里的极品，丫特狠对谁都狠，对自己都狠，别提多变态了。我觉得丫就是那种我玩你可以，女人要想从他那儿刮走半毛钱，简直就是白日做梦。”郭瑶长长地吐了一口烟，我一把把她嘴上香烟抓灭了拍在桌子上，她被我这举动弄愣了，“你……这是跟那姓顾的学的？”

我站起来靠得她很近：“郭小三，咱俩熟吗？”

“不熟啊，聊聊不就熟了吗。”

“我跟你没话。”我把手里的烟扔在地上，“我要不是看你像喝多了，我早就大嘴巴抽你了，我建议你下次见到我绕道走。”说完我从兜里掏了二十块钱扔在了桌上，转身就要离开。

“你牛什么？跟他睡过了是不是？睡过了就牛成这样了？你刚才叫我什么？郭小三？我要是小三没准你连小一百都不是。”

我的表情是不屑加上点鄙视，郭瑶似乎被我这表情点满了怒火：“我跟他上床的时候，估计你连他公司门朝哪儿开都不知道呢，你跟我面前这装什么大尾巴狼啊？我实话告诉你，那姓顾的我还不稀罕呢，有一次就够了，上了床没完没了的我半条命都快搭进去了，下了床就翻脸不认人，半个子都不吐。你是不是以为他这种男人会娶你啊？我劝你对自己定位要准确一点，去打听打听他这种男人会娶什么样的女人？你见过他老婆吗？能装成他老婆那样，你就想办法装，装不成你就别做梦！”

我的整个人都僵持在原地，脑袋里嗡嗡作响，呼吸变得极度困难，我缓缓抬起眼皮看着郭瑶：“他结婚了？”

郭瑶的脸上全是吃惊，隐藏不住地窃笑：“我的妈啊，你连他结过婚都不知道啊？”

CHAPTER 21

疼痛

我想女性物种有特定的争斗方式，她们大多数时候不是选择伤害别人的身体而是伤害别人的内心，能突然令对方陷入到无措、尴尬、无望的状态里，大概比看到对方流血还觉得快慰吧。

在很多事情里，我是个抗伤害的好手，但有那么一两件事情我想我可能没有任何防御性。

形形色色的人在乎形形色色的事情，他们每天为他们在乎的事情做着各种努力，我也不过是这形形色色的人中的一员，我要什么都不在乎了何必还活着站在这里。

我现在有点后悔二十天前我拿咖啡泼了面前这个叫郭瑶的女人，如果现在这是她的报复的话，那她真是成功了。脑子里忽然想起顾明在车里问我的话，他说如果这是真的呢？他还说你难受了吧？我那个时候说得多大气，无所谓毫不在乎的样子，我从来没想过如果这是真的呢？

我那么愣着不知道站了多久，再看郭瑶的时候，她换了一副好奇的面容。

“别骗人了！”我丢了一句话想马上离开这里，郭瑶听见了

“噗”的一声笑了出来，她跳起来拉住了我：“你发傻站在那儿半天，就冒出这么一句话啊？我还以为你要放多狠的话呢，刚才不是挺威风要抽我吗？”

“松手，我没工夫听你在这儿跟我胡扯？”

郭瑶笑得更大声：“我怎么胡扯了？你不相信什么啊？你是不相信他结过婚还是不相信我跟他上过床啊？”郭瑶此刻就像个乘胜追击的将军，似乎非要致我于死地一般，“哎，他这儿割过阑尾，伤口可小了，我看也就三厘米，我估计是他小时候做的手术。他屁股后面这好大一个伤口，L形，我看怎么也得缝十几针吧。我问他了他不告诉我是怎么弄的。”

“住口！”我狂叫了一声伸手推开了她，郭瑶险些被我推倒，我转身逃出了早餐店。一走出早餐店的门，一股冷风就卷了过来，我的胃开始抽痛，我头晕得几乎辨不清方向，转到角落里翻涌着一阵阵恶心。手扶着墙壁低着头喘着气，一包烟递到了我的面前，我侧头，郭瑶表情平静地站在一旁。

“滚开！”我努力挤出两个字来，然后就开始吐，把我早上的东西都吐了出来。

“我是好意。”郭瑶的语气变得平和，没有任何挑衅和争斗的腔调，“我这样的人除了长得好看点没什么太大本事，我自己心里知道，只能靠着这点本事改变我的现状了。我是真不知道原来你是真喜欢他，我以为你跟我一样呢。”郭瑶把她手里的香烟扔到地上踩熄了，“他不合适，经验之谈。我知道女人岁数大了就想嫁个靠谱的男人过后半辈子，要是能衣食无忧那当然更好了。我劝你赶紧跟他断了找别人吧，这男的咱们跟他玩不起，别提心多狠了，根本就不是人所以就没心。”

“你知道个屁啊！”我很烦躁，我想让郭瑶快点离开，我还是想吐，胃还在一阵阵地抽紧。

“你这女人怎么这么死要强啊？好赖话听不出来啊？我知道个屁？我知道个屁也比你知道得多。”郭瑶转身离开了，走了几步她又快步走了回来，“哎，估计咱们以后也碰不到了，我再好心多劝你一句，别跑去跟他说你怀孕了。”

我蹙眉看她，我想这女人看我站在这儿吐没准以为我怀孕了：“我没怀孕。”

“那最好，那姓顾的最讨厌的一件事就是拿孩子威胁他。你要是真那么喜欢他非要一直闷头走到黑的话，你就千万别说你怀他孩子了，你要说了你们就真完了。”

我挑着眼皮看着她，表情里满是质疑。

“你看看你又不信是不是？女人怀不了他的孩子，他结扎了。”

“什么？”我的声音提高了很多倍，脸上的疑问更多了，“你又是怎么知道的？”

“我怎么知道的？我犯过傻呗，那时候年轻，我听说他结婚快两年了没孩子，我想他这种生意人肯定特想要孩子，就告诉他我怀孕了，我想让他娶我，结果他知道之后把我给开除了。他说：‘你有没有孩子我不知道，反正我知道就算有孩子了那也肯定不是我的，是谁的你去找谁去。’我当时特别不甘心，我想他娶我是不可能了，但怎么也得要点损失费吧，我一赌气就跑去他们家找他老婆去了。他老婆挺漂亮的，看着特别淑女，一看就是家教特别好，反正就是男人见了想娶回家当老婆的那种女人。我在那儿假哭他老婆坐在那儿真哭，我们俩就坐那儿哭了好长时间。后来他回来了，看我们俩那样跟没事人一样。他老婆让他解释，他说没什么好解释的，那孩子不是他的，因为他结扎了，所以我不可能怀他的孩子。他老婆听了之后哭得更伤心了，问他为什么，他说方便。你听见了吗？你说这男的是人吗？他这心得多狠啊，不仅对他女人狠，对他自己都狠。有男人为了玩女人方便自己结扎的吗？你听说过吗？听说过吗？”

我心口又翻涌上一阵恶心，已经没有什么可吐的了，我开始吐胃液：“我谢谢你，快点走吧，别再跟我说话了。”我用了点哀求的语气希望她快些离开，仿佛她离开了我的痛苦就会消失了。

郭瑶站在我身旁叹了口气，她拍了拍我的肩膀：“好自为之吧，姐们。再劝你一句别对男人认真，跟他们认真你就输了，你认真了吃亏的永远是你。”郭瑶没再说别的终于离开了，可是我的痛苦并没减轻半分。我有些踉跄地走到路口打了个车回到了家。到家我就一头栽倒在沙发上，我的本意是希望自己什么都不要想，让那些在脑中盘旋的话就那么静悄悄地飘过去，最好是我猛地一睁眼发现一切只不过是个噩梦而已。

我真的做了个噩梦，在高楼林立的陌生城市，我被困在了纵横交错的道路中央，身旁走过各式各样穿着考究仪态优雅的男女，只可惜我一个都不认识。我四处请求帮助希望他们告诉这是哪儿，告诉我哪里才是回家的路。我喊了半天，结果没一个人理我，最后我被突然驶来的豪华轿车给撞了。我猛地睁开眼吓了一身汗抓起手机来，一秒钟的犹豫后我打给了苑腾。

苑腾的声音懒洋洋的：“我说你都回来一个月了你还倒时差呢？几点啊打电话？”

我看了眼手机上的时间已经凌晨一点了，想不到自己一下昏睡了这么长时间。

我努力稳定了下自己的情绪：“苑腾你们仨可太不够意思了，顾明那家伙结婚都不跟我说一声。不知道我现在恭喜他还来得及来不及了。”

苑腾没有马上接话，我们俩举着电话安静了好一阵：“他……跟你说啦？”

他的这阵安静让我心里仅存的最后一点希望也随即破灭了：“谁跟我说了，没人跟我说。你这个王八蛋，合着你们仨合起伙来耍我一人，跟我这儿装模作样地忆往昔，我感动得连北都找不到了。行啊，小日子过得不错啊，发财了有钱了，该结婚结婚该玩女人玩女人，可真是什么都不耽误，现在该玩什么了？追寻年少时的青涩之恋是不是？”我的声音十分高亢，似乎想要借着这喊声把胸中的憋闷全都喊出来。

“这是我该挨的骂吗？”苑腾的声音很小，像是在自言自语。

“你也不是什么好东西，看着我被耍，在旁边捡乐是不是？”

“丫顾明自己的事，他自己不说，我多什么嘴啊？顾明的脾气你也不是不知道。”

“苑腾，你说你尿不尿啊？你就说你怕他不完了吗，是得怕，人家是大老板你是什么啊？我猜你心里特别感谢他吧，你哪敢得罪他啊，回头人家急了一脚把你踢了不带你玩了，估计你得找地哭去。我现在想想亏着我当初没跟你，要不我不得跟你窝囊一辈子啊？”我那些急了浑不吝的基因此刻正发挥着功效，努力想着最狠的话说，想让那些让我疼的人跟我一样疼。

“谢影，你别吃饱了撑的大半夜打电话在这儿耍混，我不是顾明我不受你这个。不过你说对了一样，我是挺感谢他，不是因为他带着我发财，是因为他当初提醒我千万别跟你好，我现在想起来都从心眼里感谢他。他说我迟早有一天得烦你，还真叫他说对了，我现在真是从里往外地烦你。我就问你一句，你要是心里觉得都是他对不起你，你怎么不直接打电话给顾明啊？你跟我喊什么啊，你跟我喊有用吗？”苑腾的声音似乎比我的还大，这世界真是变了，曾经总是被我挤兑的苑腾如今也变得伶牙俐齿得不输半分，不知道我挖苦了他半天他疼了没有，可是我却觉得更疼了。

苑腾可能也觉得自己的话有些重，过了一会儿他换了些缓和的语气："顾明他四年前已经离婚了，离得挺彻底的。他给了安雅楠不少钱，说没别的要求，就是以后都别再见面了。"

"你说谁？"

"什么谁？"

"我问你顾明娶的谁？"

"安……雅楠！"

听到这个名字的时候眼泪就掉下来了，想忍都忍不住，我早就想哭了，忍得很辛苦，现在终于不用再忍了。这可真是滑稽的一天，仿佛这么一天把我离开这些年的事情都呈现在眼前，我心里的感受要是能像我前些天表现的那么豁达无所谓就好了，可是我知道我走了之后，顾明娶了安雅楠，心里就是明明白白地不甘心。

"你哭啦？"苑腾的语调显得有些无措，我哭了对于他来说可能是个大事。

"真没劲，满大街都是淑女，看着谁家教都比我好，干吗非得娶她啊？能当好老婆的人多着呢，干吗非得是她啊？娶老婆娶得都这么没创意，就这样吧，不说了，你睡觉吧。"

CHAPTER 22

发现

“你等等啊，谢影。”苑腾出声阻止了我将要挂断的电话，“你看，顾明去香港的时候跟我说，万一你打电话来肯定是有什么事，甭管白天晚上，我都得当个真事办。他这刚走一天你这半夜就打电话来了，你问我这事吧，它也确实是个真事。这顾明要是回来了，你说我怎么跟他说啊，跟我趁着他不在玩命在这儿挑拨离间似的，回头再怀疑我对你不死心，这不就越弄越乱了吗？”

我想苑腾在这绕着圈地说话，他大概想知道我究竟是怎么知道的。

“顾明跟那个叫郭瑶的女人上过床。”

苑腾反应了半分钟突然冒出了一句：“我去！”听口气可以当成一句感叹词来理解，“谢影，这个女人的话根本就不能信，拿小二当事业的女人，她就是唯恐天下不乱，你真别拿她的话当真。”

“毕业实习那会儿，顾明就已经忙着四处打工了。有一次晚上他去那个工地搬砖，可能天太黑了吧，他踩在一堆刚卸下来的脚手架的管子上摔了一跤，屁股被钉子划了个大口子。那天他都没干完活，自己一瘸一拐地回来了，我让他去医院，那家伙老是那句话，说他才不傻了吧唧地把钱送给医生去呢。也是凌晨一点多，我扶着他去敲秦大爷那个诊所的门。现在想想秦大爷可真是个好医生，那么个小诊所什么都有，连破伤风针都有。我就是怀疑都是过期的，我还怀疑他给顾明消毒用的酒精是他喝的二锅头。”我也不管苑腾愿不愿意听，好像我一说起我们的事就停不下来，“那家伙真好笑，秦大爷要给他缝针他就是不让缝，非得让我出去才行。我当时以为他怕我看见他的伤口担心他，拧劲上来了就是不出去。还是秦大爷提醒我说，你出去吧，他害臊，不好意思让你看他的屁股。顾明还跟秦大爷喊呢，说人家胡扯。不过你没看他当时的样子，脸都红了。”说到这儿自己忍不住呵呵笑出了声，苑腾没接话，我估计他不知道要从哪儿接或者我到底要说些什么。

“后来怎么样，还不是我给他换了一个月的药。哎，苑腾你跟顾明这么多年兄弟了，他给你看过他屁股没有？你知不知道他屁股上有个L形的伤口缝了九针啊？”

苑腾的声音很小，像是在自己嘀咕：“我们俩大老爷们，他没事给我看他的屁股干吗？再说了就算他真想给我看，我也不一定愿意看呢。”

“是啊，他不想给你看，可是他想给郭瑶看。”

“我去！”苑腾又再感叹了，感叹了半天说不出半句话。

“现在想想，我那天算是丢人丢到家了，上蹿下跳地在那儿表演。估计你心里一直偷着乐呢吧，是不是觉得我跟跳梁小丑似的？”

“谢影，天地良心，我对天发誓，我真不知道顾明跟那女的有一腿。你那么要强一个人，我要真知道，我拼死也不可能让你过去瞎闹。”

“算了，不重要了。”

“谢影，你说咱们四个从小一起长大，就算我没顾明了解你吧，我觉着我也比其他人了解你，我说两句你听听看在理不在理。咱们也不是什么中学生大学生了，到了这个年纪有了些经历，这感情的事是不是别没事跟自己较劲啊？说句你可能不太爱听的啊，这是顾明跟安雅楠日子过不下去，你说你回来了要是人家小日子过得红红火火的，你能怎么样啊？你不是也得恭喜他祝他幸福吗？你还能去搅和他去啊？你回来了，你单着他也单着了，一见面感觉还在，不是挺好的吗？你看我们问过你在法国的事吗？顾明他从来不问你在法国有过多少感情经历，为什么不问啊？我们不在乎！对吧？是吧？是这么个事吧？你觉得我说得有没有道理？”

“苑腾……我在法国过得不好！”声音带着颤抖我又忍不住哭了。

苑腾在那儿不停地叨叨，结尾问了一堆疑问句，句句都在逼着我承认他说得有道理，可是他越问我对不对，我这心里就越难受。他说得有道理吗？有！他说得对不对？对！如果他劝慰的女主角不是我的话，他说的句句话都在理，如果我在现场的话我可能还要帮腔两句。我想女人遇到感情的事就是这么矛盾，我当初拎着个小包悄无声息地离开，心里想着诀别的话，盼着顾明好好地生活一定要过得幸福。可是我回来，又站在他面前，那些美好的感觉每天都在充斥着我的内心。有那么多次我在生命线的边缘挣扎，似乎总能看见他的影子，他拉着我的手说“影，撑过来，我就在家等你”，然后我就撑过来了。我多希望他像我脑子里的影子那样还站在原地等我啊。

我想这种心态在男人听起来可能觉得太可笑了！也许吧，可是女人总是希望自己在心仪男人的眼中是最特殊的一个。

我曾经对这个事很自信，因为顾明在我眼中是最特殊的一个，我想这辈子不会有人能取代他了，就像我总是觉得也许我们俩根本就是一个人，我们面对事情总是有同样的想法，有同样倔强的性格，如果我不会那样他就也不会。原来是我想错了，至少苑腾说对了一句。也许是我太爱跟自己较劲了。

苑腾听见我抽泣的声音，语气又开始慌张了：“谢影你别这样，打小我就没看你哭过，这么会儿你都哭两回了，你这在国外添的什么毛病啊？你别看我们现在的样子好像挺风光的，其实我们刚弄公司的时候也难着呢。我就是把顾明夸得神了点，你想几个毛头小子也没什么经验，到哪儿都是四处碰壁。真的你别为这事不甘心，你要没走我们肯定得带着你，当然了你回来了我们也不能把你丢下。谢影你成熟点别老跟小姑娘似的，你在国外待这么多年怎么也算是见过点世面了，非得要求一男的替你守着特别不现实，尤其现在顾明这身家，有女的愿意往上贴那都正常现象，贴我的都论筐装。我不是夸顾明，他真算不错了。你看看生意场那些人，三妻四妾的都明着来的，他跟郭瑶那撑死就算个一夜情，一睁眼都忘了的事。安雅楠那顶多算试婚，他一试不行不就麻利地散了吗？他跟安雅楠结婚那阵，是我们生意的上升期，有时候连着好几天都不回家。安雅楠打电话就问他回不回去，顾明说不回去，人家就说让他少喝点酒就把电话挂了，一句多余的都不问。真的，女人必须得有这种心胸，得想得开！”

苑腾的话音刚落，我就朝着电话喊了出来：“整天过着男盗女娼的生活还不以为耻反以为荣是吧？你是不是觉得我回来看见你们发达了，就特别不甘心，打从心眼里就各种羡慕嫉妒恨啊？还真叫你说对了，我就是不甘心，就你们这几个臭流氓凑在一起都能发达还有没有天理了？我到现在也不后悔我当初走了，这是我做得最正确的决定！我让你们带着我干吗？一起堕落啊？放心吧，当初没走我也不可能跟着你们混，我层次再低也不可能跟你们低到一起去。我还真没看出来啊，苑腾，你这男人的劣根性长得极茂盛啊，好几天不回家还不让问了？问了就心胸窄了是吧？我告诉你我他妈心胸也宽着呢，他要是遗嘱都写我的名字，我还盼着他早点精尽人亡呢！”

“你这狂犬病还没治好是怎么着啊？这不是说得好好的吗？怎么张嘴就咬人啊？顾明究竟喜欢你什么啊？喜欢你什么啊？你给我提提醒，

post

至于说这么狠的话吗？精尽人亡都说出来了，他知道了得多伤心。”

“我就这么说了，赶紧打你的小报告去吧，去晚了你主子不高兴。”

“真是不可理喻，什么女人啊？太悬了，我差一点就跟你好了。”

我把电话直接挂断，一生气顺手摔了出去，听着像是摔坏了，我也懒得去看，又栽倒在沙发上。我心想苑腾有时候真够二百五的，我越不爱听什么他越说什么。

唉！内心在叹气，心里缓缓地出现了安雅楠的影子。那个长相甜美的女孩，我人生中的第一个闺密也是唯一的闺密，她向我主动示好的时候，我真挺吃惊的，心里还高兴过一阵。那时候她对我真的挺好的，周末回家都会带好多吃的回来，每次都单独为我准备一份，还常常有那种见都没见过的水果。我就抱着一大包吃的去找顾明和他一起分享。

她知道顾明也吃的时候下次就准备得更多了。其实我心里挺不好意思的，我想要回报她点什么，可是好像她什么都不缺，她缺的那我就更缺了，后来我发现她喜欢听我说话，讲我和顾明的事情，她常常笑得前仰后合地说：“怎么那么有意思啊！”

那天晚上她喊顾明的名字，我听见了，没准我是宿舍里第一个听见的。安雅楠睡在我上铺，她一边喊顾明的名字一边在笑，听着就像是做了一个春梦。我睁着眼想了想，然后又跟什么事都没有似的把眼睛闭上了。我想要为这事掰了不值，以后她都不会带吃的给我了，那我跟顾明岂不都没得吃了。可是第二天无数人蹿到我面前问我：“你听见了吗？安雅楠昨天晚上喊你男朋友的名字，他们俩是不是有什么啊？”

“没有啊，我一睁眼都天亮了。”我装得有点吃惊。

“安雅楠笑了半宿，可风骚了。一边笑还一边说：别啊，别啊，顾明别这样啊，痒死了啊，哈哈哈哈！”凭良心讲跟我学话之人的这一段绝对是杜撰，因为安雅楠这种家教良好的大家闺秀绝对说不出《金瓶梅》里面的台词。

当然我谴责了她，希望她不要再继续造谣生事了。其实我的内心不是一点想法都没有，多少觉得有一点点遗憾，本以为她是真的想跟我交朋友才主动示好。

谣言没被压下去还越传越凶，越传越乱，没几天都传到顾明那儿去了。他特认真地找我长谈一次：“我听说睡在你上铺那姐们一直暗恋我？”

我吧唧了两下嘴看着他：“可能吧，我也没问她。”

“什么啊？他们都跟我说了，说她一晚上意淫我好几回！”

“这绝对没有，真的！人家挺好一女孩。这帮人可真行。”

“要有你可得跟我说啊，别整天一副嘚瑟样，跟我吃你点东西占了你多大便宜似的。还以为是你友谊的见证呢，闹半天是我被意淫换来的，我这么大牺牲是不是应该换我嘚瑟啊？”

那天安雅楠也找我聊了，她向我承认她是喜欢顾明，她第一次见他的时候就挺喜欢他，她觉得顾明长得很帅，而且她特别喜欢单眼皮又丹凤眼的男生，笑起来又坏又可爱。她向我发誓，她绝不会破坏我们俩，她只会在那儿默默地喜欢。我当时不知道怎么安慰她，就说你不默默也没事，反正大家也都知道了。心里喜欢谁是个人的自由，你不用觉得对不起我。我想跟她继续保持良好的友谊，这样每个周末过后也许还有点惊喜。

我觉得安雅楠不像她表现得那么地道的时候，是她刚跟我发过誓之后没几天，就跑去跟顾明表白了。我们俩还为这事吵了一架，顾明特生气地到宿舍找我，质问的口气：“你让她跟我表白的？”

“没有啊？”

“那她干吗跑来跟我说，你跟她说了你们都有公平竞争的权利。她说要是我也喜欢她，你愿意自动退出，不用觉得谁对不起谁。我他妈是妓院的花魁啊？谁开的价高我跟谁？”顾明当时脸气得铁青，我被逗得笑岔了气。

“你傻了？我能那么说吗？”

顾明看着我笑，他的态度稍微缓和了些，估计也觉得生这么大气有点傻。他极力地想挽回点面子：“我傻，你才傻呢，好好的友谊不懂得维持。现在完了，以前过完周末还有点盼头，现在真成痛苦的星期一了。”

“你跟她说什么了？”

“她突然这么冒出来，说了一大堆话，然后一直问我喜不喜欢她。这么突然我真不知道要跟她说什么，我在那儿想半天跟她说，我说这事挺大的我一人做不了主，你等我问问谢影。我说你要是实在着急要不我给你介绍一个吧，我有一个好朋友叫苑腾，离这儿不远，财经大学的。他小时候刚生下来的时候也是单眼皮，真的不蒙你，我见过照片，后来不知道怎么回事就变双了，但是这都不影响他这人特坏的本质。他是那种闷骚型的坏，不像我这么张扬。你喜欢闷骚型的坏吗？我本来想，她要是不喜欢闷骚型，我还可以给她介绍丁磊。可我还没提丁磊呢，她就哭了，然后周围人就都看我们。然后她就走了。”

后来在宿舍里我想跟她说话，可是她就跟我不存在一样。我示好了两次她也不理我，所以我也不再理她了。没过几天我就把这事给忘了。一个多月之后，有一天同宿舍的另一个女生问我，有时候来找你的那个戴眼镜的男生是谁啊？他有没有女朋友？能不能给我介绍一下。

我说他叫苑腾。我刚说完苑腾的名字还没说别的，安雅楠就跳起来朝我大喊："你浑蛋！我知道你是故意的，你别在这儿装模作样。谢影，我就没见过你这么不要脸的女生，枉费我对你那么好，我还要跟你做朋友，我爸妈要知道我跟你这么没教养的女生做朋友，他们肯定会骂我真是昏了头了。"

我听她喊完之后想了想，没什么特殊反应，我又继续跟那个同宿舍的女生聊天："那个苑腾是闷骚型，你喜不喜欢闷骚型？他小时候生下来是单眼皮，不过现在变双了。"如果一开始是无意识的，现在我绝对是故意的。

安雅楠一下子暴怒了，冲过来抬手想要扇我，我一把抓住了她的手腕："我可没有挨耳光的习惯，再说了我这么没教养的女生，真动手也是你吃亏，你想好了再动手。不管怎么说我要谢谢你跟我做朋友，可真是难为你了。我还得劝一句，别觉得自己什么都有就应该什么都有，我有一两样你没有的，你至于生这么大气吗？"

安雅楠收拾了她的书包："我不想跟你说话了，我要去自习室，以后你别跟我说话，最好这辈子都别跟我说话。"安雅楠背着书包往宿舍门口走，我看着她的背影说："好啊，不说就不说呗。"

她突然转头看着我："谢影，你信不信你们俩迟早得分手，男人不可能傻一辈子，你不改你这脾气有你哭的时候，有本事你就跟我赌一把。"

"我不和你赌这种东西，谁和谁不是要分的？我死了就和他分了，你赢了，行了吧。"安雅楠没再理我，摔了宿舍的门出去了。

很重的砸门声把我从睡梦中吵醒。我睁开眼发现天已经大亮，想看时间手机被我摔坏了。砸门的声音越来越大，然后是人呼喊的声音："谢影，开门！"是顾明，我没动，精神疲惫身体疲惫，没想好自己要表现为何种态度，没想好之前我想装成家里没人。

“我知道你在里面，你开门！”顾明又喊了一声，我继续装不在，过了一会儿门外安静了，我想他大概相信我不在家了吧。我想自己应该沉淀一下，我要如何面对他，脑子里还在混乱地思考着，听着门外有两个人的对话声，然后我听见门锁像是被什么东西扣动着，我“噌”地跳了起来，走到门口猛地把门拉开了。

门外的两个人都被门突然打开吓了一跳，顾明站在门外显得很疲倦，看着我开门了挤出一点笑容来：“你电话怎么一直不在服务区啊？”

“摔坏了。”我指了下身后地板上的碎片，顾明从兜里掏出手机来，把手机卡抠下来把手机递给我，“先用这个吧，回头我再给你买个新的。”

我没看他的手机，眼睛正怒视着他旁边站的年轻男孩。他手里握着两个尖头铁丝被我盯得直往后退，我用手指了指他：“你是干吗的？”

男孩转头看着顾明像是求救的口气：“大哥，你说你没带钥匙，家里没人俺才帮你的，可你这家里有人啊。”

顾明掏出钱包，拿了一千块钱出来递给男孩：“没你事了，你先走吧！”

男孩转身想走，我“噌”的一下蹿了出去一把抓住了男孩的手腕：“光天化日之下，溜门撬锁，你胆不小啊你！跟我去派出所！”

男孩又转头看着顾明：“大哥，你看咋弄啊？俺说不干了，你非叫俺干，这被发现了。”

CHAPTER 23

急诊

“大嫂，真的，你问大哥，他不叫俺帮他开这个门俺哪儿敢开啊，俺咋成了溜门撬锁，俺是助人为乐。”

“哪儿冒出来的大嫂，别没事瞎套近乎，我跟你没那么熟，你说你年纪轻轻的不走正道偏往斜道上拐，谁告你你这是助人为乐？”

“大哥跟俺说俺是助人为乐。”

“他还告诉拐卖妇女的是搭鹊桥呢，这社会上什么坏人没有啊，人家说什么你就信什么啊？自己分不清好坏啊？你根本就没认识到你的错误有多严重，你的整个人生都走偏了你知道不知道。你很有可能就要面对铁窗生涯了，还在这儿找借口。”

“大哥……”小伙子又转头看着顾明，“你说俺帮你开锁，你给我一千块钱，那你也没跟俺说要面对铁窗生涯啊。”

顾明拉了我胳膊一下：“让他走吧，是我让他帮我开的，我喊你，你一直不开门，我怕你出什么事。”

我自己心里也知道，这么死命地拉着这个小伙子不让他走也不是长久之计，我看着小伙子仍然一脸的严肃表情：“我跟你说啊，下不为例啊，你下次再捅别人家的门，被逮到可不一定碰到我这么好说话的了，明白吗？”

小伙子猛点头，我刚要松手，突然又抓紧：“还有评判一个人的好坏不要只看这人穿得好坏，有些人穿得人模狗样，看着像是很有钱的样子，他撬人家锁未必就不是偷东西，知道吧？”小伙子看了看我，又看了看顾明，然后又继续朝我猛点头：“俺知道啦。”

我松开了手，小伙子飞快地跑走了。

我转头微笑着看了顾明一眼：“我不是说你啊，我主要是为了帮助年轻人，你别往心里去。”

顾明点头：“我知道。”

我转身走进门里看着他：“你看我好好的，也没什么事，你……还要进来吗？”我随口问了个问题，也没等他回答就要把门关上，顾明“砰”的一掌拍在门上，阻止了我继续关门。

“我只坐一小会儿。”我直直地看了他几秒钟，侧身让他进来了。我把门关上，面朝门站了好久，稳定了下自己的情绪，换了笑容的脸看着他：“不是说要去四五天吗？生意上的事这么快就解决了？”

“嗯，提前走了几天。”

“你渴不渴？我给你倒杯水去吧？饿了吧？我这儿有方便面，还是我从法国带回来的呢，你吃不吃？我给你煮一包。”我站起身想往厨房走，顾明拉住了我的胳膊：“坐下来说两句话。”

“一会儿就好，边吃边聊。”顾明拽着我手腕的力量加大了，我都隐约感觉到了疼痛。“算我……求你好不好？”

“求”这个字我第一次从顾明嘴里听见，就像他从来不说我错了，从来不说请原谅一样，他不说的字我也从来不说，他现在说了，我大概能体会他希望我坐下来安静听他说话的心情。

我翻转了手腕，把手挣脱出来，努力做了个深呼吸，坐回到顾明对面的沙发里，低着头，双眼看着茶几上的某一处，放弃了想要逃避这个话题的努力。

屋子里很安静，顾明呼吸的声音很沉："我接到苑腾的电话了。"顾明说完这句话，像是在等我说些什么，我还是坐在那儿，眼睛盯着茶几的某一处，我想我的样子看起来像是在发呆，其实我的内心一直在翻涌，我有点害怕，怕自己控制不好情绪而失控，所以我尽力不去看他。

"这个事从你回来的时候，我就在想要怎么跟你说，我想了好久，可是我怎么也张不开嘴。"我听见他长长地出了口气，"我结婚了，和……安雅楠。"他说这个名字的时候我闭了眼睛，牙齿紧咬了嘴唇内侧，心里揪痛了一下，我猛喘了口气，然后又把眼睛睁开了。其实我觉得还好，听着顾明亲口告诉我这件事，一切真的是还好，我想我能控制好我自己，所有的一切没有我预想得那么难。

我缓慢地抬了眼皮："什么时候？"

"你走之后……半年。"

嘴里有股血腥的味道，我想我可能把自己的嘴给咬破了，突然间我的胃又开始疼了，泛着恶心有点想吐。

我看着顾明脸上带着微笑，努力用着轻松的语调："挺好的，真的挺好的。那女孩人不错，咱们上大学的时候还老吃人家的东西呢。小康之家，知书达理，长得也挺漂亮的，关键是她喜欢你，还是特别喜欢的那种。顾明我有时候觉得你挺傻，可有时候你还真挺机灵的，我要是男的我也得急着娶她，这么好的女孩我也特别怕她跑了。"

"她……怀孕了。"

胃里突然一紧，一股酸水翻涌进口腔。我捂着嘴直冲进了洗手间。顾明吓了一跳，他站起来想要跟着我，我慌忙把洗手间的门关上锁了起来。顾明在外面一直敲："谢影，你怎么了？你没事吧？"

我觉得胃好疼，有灼烧的感觉，也许不是胃，是心里有灼烧的感觉吧？我趴在马桶上一直吐，其实没什么东西可吐，马桶里的水却泛着圈圈的波纹，我这才意识到我又哭了，眼泪止也止不住，捂着嘴怕自己忍不住号啕出声，干脆把水龙头打开，踏踏实实地坐在浴室地上哭起来，顾明听见洗手间水龙头的声音就不再敲门了。我偶尔侧头，洗手间的花纹玻璃还有他的身影，我知道他就站在门外，只盼着他赶紧离开。

我觉得好难受，浑身上下疼痛，心里的感觉很不好。我挣扎着坐起来，站在镜子前看着自己，眼泪终于止住了，用冰冷的水洗着面颊，内心是不希望被看出我曾经哭过，其实我明明知道不过是自欺欺人罢了。

我想我又能控制好自己了，开了洗手间的门走了出来，顾明就站在门口。他看着我，表情里都是担心：“你怎么样了？没事吧？”

我摇头，然后四处找我的大衣，嘴里不停地叨叨着：“最近两天老想吐，也不知道是不是怀孕了，你看你刚说怀孕的事我这就有反应了。安东尼一直想要孩子，他可喜欢小孩了，他一直跟我说我们要生很多孩子，然后看着他们在家里跑来跑去的。算算时间也差不多，我离开法国也一个月了，我不招呼你了，我去医院检查检查，万一要真是，我告诉他，他不乐疯了。”

“我送你去！”顾明突然拉住了我的胳膊。

“不用，我自己可以。”

“我送你！”

“我说了不用！”我的声音开始控制不住地变大。

顾明不松手，只是看着我，我瞪了他一会儿，渐渐地平静了下来：“我去看妇产科，你一个男的也帮不上什么忙，万一我真怀孕了，别人该以为你是孩子他爸了，多不好啊。”

“我不在乎！”顾明的表情很严肃，手始终抓着不肯松开。我像是突然暴怒一般，猛地大力推了他：“可是我在乎！”我甩开他朝门口走，转身指着他，“我警告你，你别跟过来，你过来我跟你玩命。”说完我就摔了屋门跑了出去。

我打车去了医院，踉跄着一路撞进了外科急诊室，急诊室门口坐了很多人，有人还在门口向里张望，我也不管三七二十一，挤开了等待看诊的患者，一屁股坐在诊疗椅上，医生像是正在给一个患者看脚。

我一坐进去，四处看了看就开始喊人：“人呢？来个人啊，要死人了。”

正在给病人处理脚的医生转过头来看着我：“你是干吗的啊？看不见这儿排队呢？”

“我是急诊。”

“这儿全都是急诊。”医生说完话，门口的人也跟着搭起腔来，“我们这等半天了？你倒挺会，挤进去就得先给你看啊？”

“我都是要死的人了，你们跟我计较什么？”

“来这儿的人都说自己要死了。”坐在诊疗床上，正被医生处理脚的患者也开始说话。

我站起来，快步奔了过去：“我看看你怎么了？你怎么就快死了？”

那患者的大拇指肿得很高，看着像是有一个脓疱。“你这脚怎么了？”

“甲沟炎，我现在高烧39℃，我也是排队进来的。”

“那你死得可真不值，你要勤洗脚多剪剪脚指甲，你能得甲沟炎吗？你死于这么个病，你冤不冤啊？我都替你冤。”

“你有病吧？”

“我是有病。”我的声音越来越大，“我八年前得了胃癌，切了二分之一的胃；五年前又发现了结肠肿物，切了结肠。你知道结肠切下来能装满满一大盆吗？我化疗掉成个秃子，别人都不感染我重度感染，你知道我住过多少次ICU？我最瘦的时候只有五十斤，你跟我比吗？比吗？”我看着那个得甲沟炎的患者，又看着门口向内张望的人，一屁股又坐回诊疗椅，趴在医生的办公桌上谁也不看了，我觉得我此刻就像是《唐伯虎点秋香》那部电影里卖身葬全家的角色，在这儿大喊着谁能比我惨，最好再一棒子敲在头上，一命呜呼了事。

身后有许多怜悯的目光，我猜他们都相信我说的话，不然谁会为了加个塞这么狠地咒自己，我想反正是一些不相干的人，怎么看我都无所谓了。我趴在桌子上像是在自言自语：“我二十岁的时候也能吃两碗饭，食堂买排骨自己舍不得吃，我怕他吃不饱，非说自己吃饱了，要不就说要减肥。早知道有一天我能瘦到五十斤去，我减什么肥啊？真不值！”

医生敲了敲桌子，我抬起头来看着他：“干吗？”

“你到底看不看病？”

“看啊！”

“看病去四楼肿瘤门诊看去，别以为在这哼哼唧唧地说自己这儿疼那儿疼我就能给你开杜冷丁。”

我直起身来瞪着他：“我像个瘾君子？”

医生没否定也没肯定，过了一会儿他说：“你去不去啊，我刚才给四楼门诊打电话了，给你加了个号。”

“我都没说我叫什么？”

“你去吧，他们能认出你来，你比别的病人看着都不正常。我们急诊这儿特忙，没工夫接待像你这样的患者。”

我站起身来，看着急诊医生说了声“谢谢”，转身出去了。

CHAPTER 24

顿悟

四楼的患者很多，有点像菜市场，熙熙攘攘的。四处看了看，一个座位也没有。身体还是很累，贴着诊室外面的墙坐在地上，内心刚刚被怒意点燃的亢奋情绪稍微平缓了一些。转头看着墙角有块污渍像是贴过小广告没被清理干净，我坐在那儿开始用手抠那些没清掉的残留贴纸，抠了两下露出后面白色的墙壁来，一时像是有了某种成就感。我开始很专注地干这件事情。

“姑娘、姑娘。”有个声音在一直喊，我起初并不认为那是在喊我，所以我仍在努力干我的事情。“哎，我叫你呢。”声音又大了些，我抬起头循声看去，坐在对面候诊椅上的大妈正在看着我。她拿手指了指身旁的座位，“这有个座，你过来坐啊。”我的身体还没反应过来，又来了一个患者把那个座位给占了。

“你看刚才这座一直空着。”

“没事，我有地方坐。”

“哪有坐地上的？多凉啊。”

我没继续跟她搭话，又开始努力清除那墙上的污渍。

“你老抠那墙干什么啊？”

“这贴了块脏东西，我想把它抠掉。”

“你坐高点不就看不见它了吗？”

我抬头看着大妈：“可是这东西就贴在这儿啊。”

“看不见，它就不在了呗。”

“您这是唯心主义，不科学。”

“什么主义我可不懂，我就是看着你坐地上非跟那半块胶布较劲，觉得挺别扭的。以我的经验之谈啊，你那么使劲抠墙皮，回头让你抠掉了，看着更难看。这东西得放点水慢慢捂着它，时间长了没准自己就掉了。再说了，就算掉了估计也有色差。不过谁有工夫干这事啊，咱们都是来看病的，让他们保洁员干还差不多。”

我坐在地上不再抠那块墙壁了，眼神直愣愣地看着大妈，心里觉得这像是一个哲学对话，仿佛在迷茫的大海中看到了灯塔：“大妈，您真有深度，您是大学的哲学老师吧？”

“不是，我退休前是环卫工人，管中关村那一带。那街面上铺天盖地的小广告，我天天不干别的，就拿个铲子清这些东西了。现在我再走那儿，看见也跟没看见似的。不是我自夸啊，这后来干活的人真不行。不过这活我真是干够了，我退休了，该让别人来清了。反正我问心无愧，我在岗的时候都是干干净净的。”

我又开始想自己的事情，表情陷入呆滞的状态里。

“姑娘、姑娘，想什么呢？”

“哦，在想干您这行的还真出了不少哲学家。”

“谁啊？说两个我看看认不认识。”

“就那个……那个《天龙八部》里那扫地僧。”

大妈的表情陷入一种茫然状态里，我看着她的脸摆了摆手：“我一时脑空白没想出来，等我想出来，我再告诉您哲学家叫什么啊。”

我们正说着话，诊室里的护士站在大厅里环视了一下，突然走出来指了指我："你，你是不是就是从急诊转上来的那个啊？"

我看着她点了点头，她朝我招了招手："进来吧，果然挺好认的。"

我跟医生大概说了我的情况，他给我开了一堆加急的检查，我检查完了回到他的办公室，看着他盯着我的报告眉头皱得很深，他一边翻一边发出"啧"的声音，这表情让我不自觉地紧张起来，恶心的感觉再次袭来，我捂着嘴差点怕自己吐出来。

"你……啧！唉……"医生轻叹了口气，我看着他挠了挠下巴。

"没事，您有话直说，我心里有数。您要是需要我捐眼角膜，我愿意！我长这么大也没为祖国做过什么贡献。"

"捐眼角膜那事不归我管，你回头自己联系去吧。"医生把报告扔在桌子上看着我，"你到底感觉是哪儿不好？"

"疼，恶心。"

"哪儿疼？"

"浑身上下哪儿都疼。"

"你要这么说我真没法给你看了，总有个特别疼的地方吧。"

"胃疼，反酸恶心。"

"你这胃镜报告上也没写你胃有事啊。是写了你切了一半胃，问题你现在这胃黏膜好好的，连个溃疡都没有。你中午吃的什么啊？"

"没吃。"

"早上呢？"

"也没吃，睡醒都中午了。"

"啧。"医生又开始显出不耐烦的表情，"昨天晚上吃的什么啊？"

"没……吃。"

"你就直接说你最近的一顿饭是什么时候吃的？"

“昨天早上，吃完了然后就给吐了。”

“你这不是拿自己开玩笑吗？你是不是以为自己是正常人啊？我是正常人，我中午吃四两饭，现在饿得胃还疼呢，这刚下午三点。你是什么意思？不想活了是吧？惦记捐眼角膜为国家做贡献？我特别讨厌你们这种病人，都癌症了，恶劣的生活习惯仍然不改，要是这样你还治什么啊，一开始就把眼角膜捐了，还省事了呢。”

医生在病历本上写了几笔递给了我：“自己想活的时候才能活，自己不想活了死得快着呢，回去先吃点饭，再疼的话再来。”

我拿着病历本走出了医生办公室，大妈看见我出来了，脸上露出点笑来：“姑娘你……也是来看……那个肿瘤门诊的啊？”

“嗯，是。”

“你……哪儿不舒服啊？”

“胃癌。”

“胃癌好，胃癌挺好的，治愈率高，人都说胃癌挺好的。啥时候发现的？”

“八年前。”

“八年，你抗癌八年了？那你成功了，你康复了。”

“后来又发现结肠肿物了。”

“啊？！”大妈表情有点吃惊，随即又缓和了，“那也挺好的，人都说结肠用处不大，吸收都靠小肠。那你今天是来复查的？”

“胃疼。”

“医生说啥了？”

“说我是饿的！”

“饿的？你咋把自己饿得胃疼了？你这样可不好，咱们这样的人得比别人多注意身体。”

“可是您刚刚说我康复了。”

“你这丫头可真爱钻牛角尖。”

“我以前的时候……”

“以前就别说了，谁以前都是好好的。”大妈打断了我要说的话。

“想起以前觉得真幸福，什么事都觉得幸福。”

“别老想以前的幸福，想想现在的幸福，我觉得我就挺幸运。我是肾癌，刚好人有两个肾，切了一个我还有一个，我化疗恢复得挺好，我现在觉得我能活着就挺幸福，下个月我就七十了，要是再活五年我觉得我都赚到了。”

“那以前的都不要了？”

“要啊，收在心里，想幸福的时候就翻出来想一想，然后再藏好，过好现在的日子，毕竟我们跟以前也不一样了，很多事肯定是要变的。”

“医生跟我说‘你以为你是正常人啊？’”

“医生总是把最糟的情况跟你说，吓唬你，他这么说也对，这叫战略上藐视敌人，战术上重视敌人，要用健康人的心态生活，但是在生活上一定得把自己当成一个患者，至少是刚刚病愈的患者。”

“大妈……您真是个哲学家。”

“什么哲学家啊，我就是个环卫工人，你肯定是第一次来这儿看病，你要常来这儿，老病友多着呢，什么教授、学者好几个，我也是听他们说得多了，觉得有道理就记下来了。我不跟你说了，我得去接孙子了，我早就看完病了，我就是等他幼儿园下课时间呢。”

回去的路上我一直在想，也许是我要求太多了，也许像我刚回来时的心态那样，没希望过什么，自然也就不会失望什么了。我回到家的时候天已经暗了，我慢腾腾地上了楼，拿着钥匙刚要开门。

“你回来了？”

我被这声音吓了一哆嗦，转身看见顾明坐在二楼通往三楼我们常坐的那层台阶上。“你还在啊？”

顾明站在我身后，听见他长出了口气：“医生怎么说？”

“没事。”

“那就好。”

我忽然想到，他可能是想问我怀没怀孕：“他说时间太短了，现在看不出来。”

“哦，这样啊，那下次我陪你去。”

我仍然背着身没看他：“顾明你回家吧，我很累，我想休息。”

“好，那我明天来找你。”

“你找我干吗？”

“不知道，看你想干吗。”

“我什么也不想干，就想自己待着。”

“那我就坐在楼梯那儿，你想见我的时候叫我。”

“我说你公司是不是特闲啊？你在纳斯达克上市没有？”

“没有。”

“没有你还不给整上市了，你在我们家门口坐着干吗？你说你一男的怎么这么没上进心啊，我特别烦你这种没上进心的男的。”

顾明突然从身后抱住了我：“能别烦我吗？以前我们吵得再凶，你从来都没说过烦我。”

“顾明，那是以前了，现在我们都变了。”

“你没变过，我知道你没变。”

“我伪装得好罢了，不管怎么说反正你是变了，以前你可不这么黏黏糊糊的，以前我要是说我烦你了，你肯定说我还烦你呢，然后就头都不回地走了。以前我真的没说过我烦你吗？应该说过吧，你那时候那么烦人。”说到这儿，自己先忍不住咯咯笑起来。

“谢影，你是我认识的女孩里最漂亮的一个。”

“得了吧，别说这些好听的谎话逗人开心了。”

“是真的，你自己不这么认为罢了。我一次见你，那个周末你妈妈领着你到你姥姥家，我像每个周末一样趴在窗户上，想看看我爸有没有可能回来，你梳着两个小辫子，穿着一条红裙子，上面有白色的小花，你一走进院子我就忍不住一直看你。我当时就想你可真好看啊，我看着你妈妈把你领进这个楼，我高兴极了，开了门缝想听听你要去谁家，后来才知道你是去二楼李奶奶家的。我趴在三楼的栏杆上想，要是你能出来就好了，结果你就真的出来了。我想叫你可是我又不知道你叫什么，当时着急脑子一热就把一缸子养鱼的水都浇到你头上了，结果你跑上来回敬了我头上一鱼缸的水。我当时心里想，你怎么那么厉害啊。”

顾明的声音听起来有点激动，他放开了手，可是仍然站在我身后，声音有点颤抖：“第一个说这个话的，不是我，是丁磊。我们仨在学校门口的花坛那儿等你，看着那些来来回回的女生，丁磊突然问我们俩‘你们觉不觉得谢影那丫头长得真不赖’，当时苑腾特激动，他说我觉得小影是学校里长得最好看的女生。我当时心里可不是滋味了，我一直以为只有我自己这么觉得，可那时候我还想不明白，我当时就想可千万不能让你知道这事，要不你得得意成什么样了。丁磊说要是以后你脾气能变好点就好了，他一定想办法把你娶回家，苑腾说你脾气不好他也想娶你，他说忍几年，等你老了就发不动脾气了。我没觉得你脾气不好是缺点，因为我脾气也不好，你还记不记得我当时背转过身去特大声地嘲笑他们俩，我说，谢影那丫头脾气要是能变好，母猪都能上树了！偏巧就这么倒霉，你出来刚好听见我喊这句，然后你就照着我后背来了一拳，我当时不转身我都知道是你打的，你下手老是那么狠。

“其实学校好多男生喜欢你，我总是跟人说你是我妹，有些人就以为咱俩真的有亲戚关系，有的人托我跟你说，我就跟他们说，你一天照三顿饭地打人，要是受得了，我就帮你。有的人就被我吓回去了。我要没记错的话，第一个跑去跟你表白是胖黄，你一出校门他就拦着你，结结巴巴地说喜欢你。他说他肉多，你一天照三顿饭地打他，他受得了。我们三个站在不远处听见笑得腰都直不起来了。你以为他是拿你寻开心，然后你就真打他了，你一边打他一边喊，我还给你加餐呢。”

“顾明，别说了。”我带了点央求的口气，又把钥匙掏出来，楼道里更黑了，我哆哆嗦嗦地都分不清是哪把，钥匙“哗啦”一声掉在地上，我蹲下去四处摸索着，顾明也跟着我蹲了下来。

“我明明白白地知道我喜欢，是你骗我说你要去美国找你爸了，那天晚上我一宿都没睡，一想起来以后都见不到你了，我哭了一晚上。我有时候想我爸不回来可真好啊，这样我们两个就一样，你有什么心里事都愿意跟我说，我也愿意听，你说的那些事好多就是我心里的那些事。那时候我想我真幸运，我爸不回来，老天偏偏把这么漂亮一个女孩送到我身边，而且我心里有什么难过的事她都知道，因为她和我是一样的。那天我在你们家门口转悠，我是想让你别走，可是我知道我就算说了也是白说，我就希望你能记得我。后来你说让我好好学习，你说我学习好了你就能留下来，我当时想要是你能留下来好好学习算什么啊。”

我终于摸到了那串钥匙，捡起来努力辨别着哪把才是家门钥匙。顾明突然把我按进他的怀里：“你十八岁生日那天，我本来想着跟你表白的，我带你去学校后面的小吃街请你吃羊肉串，结果你这丫头没五分钟就把羊肉串给吃完了，然后你瞪着大眼睛看我，问我有什么想说的没有，我脑子乱哄哄的，语序都没组织好，我当时想我要多带点钱就好了，然后多买几串，你再多吃两分钟是不是我就能想清楚要怎么说了。后来我就跟你说明年我多请你吃两个鸡翅，你眼睛瞪得更大了，看着我问‘明年？’，我还特肯定地朝你点头。你说那好吧，那就明年吧，那我回去了。

“现在想起来苑腾那小子比我胆大多了，怎么说也得感谢他，没他没准我还真得等到下一年呢。我一见到你，我自己都觉得自己㞞，想得也多，我想咱们这么多年好朋友了，要是我跟你说了，结果你不喜欢我，那是不是你都不会跟我做朋友了。我想你长那么好看的一个女孩，我是什么都没有的穷小子，妈妈身体也不好，家里负担也重，我心里总觉得我配不上你，我怕你跟我受苦，可我也不想让你跟别人好，你抱着那一大捧花站在楼下，我当时真是气疯了，气自己气苑腾气你，在宿舍里摔东摔西的，谁跟我说话我就骂谁，我还把舍监张阿姨给骂了。那天天挺闷的，我光着膀子坐在宿舍里。还在想你的事，她一推门就进来了，进来就开始批评我们宿舍乱，我特生气地跟他说‘你怎么那么为老不尊啊，知不知道进门得先敲门啊’，我都没穿衣服。我自己就跟找到宣泄口似的，在宿舍里大喊，现在的女的，老的为老不尊，小的随随便便，什么叫‘你喜不喜欢我？你要不喜欢，我可跟他好了’。当时张阿姨站在边上呵呵笑，她说你说谢影啊，我还特横说关你屁事，张阿姨说这不是她变相跟你表白呢吗？你听不出来啊？傻啊？非得让女孩追着你，你才高兴是吧？你不是大老爷们吗？我听她说完抓起我的T恤就冲出去了。”

我靠在他胸前听他讲我们的故事，心里觉得他讲得很美，仿佛跟着他又回到了从前，想不到那个时候我们内心里装的小世界都一样，他怕我不喜欢他，我怕他不喜欢我，我们都小心翼翼地看待那份感情，突然我的胃一阵揪痛，我又差点吐了出来，这阵疼痛好像是电影散场的铃声提示我该离场了。我推开了他：“我要累死了，我得回家了。”

我迅速找到了那把钥匙，把门打开，进门转身要关门，顾明伸手把在门口：“那么多风风雨雨我们都扛过来了，你给我这一次机会行不行，我只要这一次。”

“顾明，我两天没吃饭了，你再不松手我会死的。你不会想看着我饿死吧？”我说完这句话，顾明立刻把手松开了，我顺利地把门关上了，顾明在门外轻敲门：“你想吃什么，我去给你买。”

“不用了，顾明，谢谢你讲了个动听的故事，我会把它藏在心里的。还有我已经三十岁了，已经不是你眼里那个漂亮的女孩了，不过还是谢谢你让我知道我也曾经漂亮过。”我想那个大妈说的是对的，美好的东西应该留在心里珍藏，想幸福的时候，翻出来看一看就特别幸福，而且那些藏起来的东西总是那么美。

第二天我起得很早，晚上喝了粥，踏踏实实地睡了一觉，一下觉得舒服多了。我想这和我端正了心态有关，我想要的不那么多，心里的痛苦就少一分。我想不管怎么说，我必须面对的事实是我始终曾是个癌症患者。大妈切了一个肾为自己预估五年算够本，我切了半个胃加一段结肠，不知道要为自己定个什么目标才算现实。我去了派出所申报了户口，他们的办事效率一点都不像我描述的那样，他们告诉我下星期就可以去领户口簿了。我算了下申领护照的时间，然后去电信城买了个廉价的手机，我想大概把我回法国的时间通知母亲一下。回到家刚把卡按上，就接到了母亲的电话。

“你这两天电话怎么都打不通啊？急死我了。”

“手机摔坏了。我没事，好好的。”

“你上回不是跟我说回中国的事吗？”

“不，又改了。我决定回法国去了。”

“可是我都已经到了。”

“什么意思？”

“我到中国了，飞机刚降落。”

“怎么回事啊？怎么不说一声啊。”

“想说啊，你关机啊。”

“这刚几天啊，我只说了打算，你倒好，飞过来了。”

“那个……那个……还有件事得说。”

“什么？”

“安东尼也跟来了。”

“乱不乱啊，你把他弄来干吗啊？”

“他比我准备得还早，签证早弄好了，我跟他说我要回中国一趟，他立刻说那我跟你一起去。你是不是得来机场接我们一趟啊。”

“行，知道了。”

我收拾了包冲出了门，刚走出大门跟苑腾撞了个满怀。他一把拉住了我：“你干吗去？”

“出去一趟。”

“去哪儿啊？”

“机场。”

“机场？那我送你去吧？”

“不用了，我自己打车去。”我甩了苑腾的胳膊，跑到大街上打了车直奔机场，我想还是别用他送我了，这家伙嘴跟大喇叭一样，我现在觉得事情乱七八糟的，我就别再给自己添乱了。

国际出站口，我向里展望着，等待着母亲和安东尼的出现。

“等人啊？”熟悉的声音忽忽悠悠地飘过来。我侧头，顾明站在我旁边，双手插在裤兜里，眼睛也在向里张望。

“你怎么在这儿？”

“接人。”

“你不是大老板吗？还用得着你亲自接人啊？”

“谁说我是大老板啊？我都没上纳斯达克，我就是一个没上进心的小本生意人。”

我白了他一眼，没继续接他的话，嘴里嘀咕着：“苑腾这嘴可真快。”

我看着闸口陆续出关的人群，寻找着母亲和安东尼的身影，没一会儿看见两人推着辆行李车走了出来，我高兴地朝他们招了招手，母亲也看见了我，向我挥了挥手。安东尼看见我之后表情变得异常兴奋，他扔掉了行李车朝我狂奔过来。说实话我真没想到，安东尼到了这把年纪身手还如此敏捷，他居然从出闸口的护栏上翻了过来，一把把我拽进怀中，然后将我后仰放倒，来了一个法式长吻。事实上这算是我们第一次正式接吻，以前我总是让他亲面颊或者轻啄嘴唇，这吻可真是突然，我瞪着眼睛看着他，重心失衡，眼珠子四处转着，发现周围的人都在看我们。安东尼把我拉了起来，把我的头按在他的肩膀上，嘴上说：“亲爱的，我太想你了。”我看着站在他背后的母亲，做着各种表情，小声地谴责着她：“这怎么回事啊，你没跟他说这儿的规矩？”

母亲的表情也很吃惊，她摊着手，一脸无奈。

顾明凑过来，看着还在拥抱的我们俩：“你这法国老未婚夫还挺热情的，还翻栏杆，他不怕把腰闪了啊？你得跟他说说，别让他这么随便，这是中国。他要老这样，保不齐出门就得把他当流氓给抓了。”

CHAPTER 25

设宴

我和安东尼的这个拥抱是被顾明拿手掰开的，说实话我从心眼里感谢他，我觉得安东尼要是再不放手，我可能会被他勒背过气去。他一松开手，我的一口气总算倒上来了，我拿手拍了拍胸口，努力调整着自己的呼吸。

顾明用法语向安东尼做了自我介绍，我忽然意识到顾明也是懂法语的。脑子里乱七八糟的事又开始跳跃起来，一时觉得情况可能又有点复杂，要是他不懂法语，很多事蒙蒙骗骗的也就过去了，现在多一个人懂法语，想骗人的机会都渺茫了。

安东尼看着顾明愣了一会儿，然后“哇哦”地发出了一声感叹词，他脸上难掩喜悦，转头看着我拿手指了指顾明，然后继续“哇哦”着，我应付地挤出点笑来。安东尼转过身去紧紧地拥抱了顾明，就像是多年未见的兄弟一般，在他的左右面颊上各亲了一下，安东尼如此难以抑制的亢奋情绪，很快又让我们这几个人成了四周的焦点。

我靠过去催促安东尼，希望赶快离开这里。安东尼开心地去推他的行李车。我看着顾明，表情略带尴尬。

顾明的脸很黑，从安东尼一出现他脸就黑，此刻黑得跟新铺的柏油路似的。他面无表情地看着我，伸着拇指在脸上蹭了一下。我看着他的胸口很大地起伏，像是做了个深呼吸，没说任何话，转身去跟我母亲打招呼。

安东尼一手推着行李车一手揽着我的肩膀，嘴里滔滔不绝地说着话，说他这些天都干了些什么，说他对我是如何地思念。我看着行李车上放了三个大箱子："你怎么带这么多行李？"

"哦，亲爱的，你那天打电话不是说我们也许不回法国了吗？"

我没马上告诉安东尼我的最新决定，不太想这么直白地让顾明知道，不然我可能办一百本护照也一样走不了。

"你不会把餐厅的工作辞了吧？"

"我去跟老板辞职了，不过他跟我说我已经为餐厅工作快二十年了，他希望我不要这么绝情辞掉工作，他给了我三个月的带薪假期，他说如果我三个月之后仍然决定不干了，可以再通知他。我想想有三个月的带薪假期总是件好事。"

我们推着行李走出了接机大厅，刚一出门，一阵寒风卷了过来。我紧了紧大衣，旁边的安东尼却张开双臂，抬头望天高声喊了一句谁都听不懂的话，又再次将周围人的目光吸引过来。

"他喊什么呢？"我低声地询问母亲，觉得安东尼的行事实在让人难以预料。

"我爱你中国。"

我想了一下他的发音大概是这个："谁教他的？"

"他在飞机上让我教他的。"

"他怎么跟打了鸡血似的？你在飞机上给他吃什么了？"

母亲也满脸惆怅："我也不知道他怎么了。飞机起飞的时候他趴在窗户上呜呜地哭，嘴里嘀咕着别了法兰西，别了我的祖国，当时飞机上的人也直看他。他跟我说，他这辈子第一次离开法国还是去那么远的地方，他心里又激动又害怕，他怕中国人对他不好。我跟他说你对他们好，他们就会对你好的，然后我就在飞机上教了他几句中国话。以为他到中国能安静点呢，结果一下飞机他更亢奋了。”

我想也许我对安东尼的了解实在是太少了，我们只是认识并交流了两个多月，他向我求婚我就答应了他，然后我们又通了一个月的电话，大多数时候我们都是在聊法国历史，他在那儿说，我哼哼哈哈地随声附和，要不就是听他为我讲解哪种蛋糕要怎样制作。

到此刻我大概才意识到他是一个受法国文化熏陶，骨子里有着浪漫主义情怀，多愁善感且没见过什么世面，大半辈子都窝在巴黎一地的法国老男人。

他的浪漫主义情怀让他为了一个认识三个多月的女人放弃了工作二十年的餐厅，追随而来；他的多愁善感让他在喊完那句“我爱你中国”之后，自己先热泪盈眶，当然也有可能是因为他喊了半天没人知道他在喊什么；他的没见过什么世面是看着顾明司机开过来的那辆豪车之后，嘴里又开始不停地“哇哦，哇哦”。

“哇哦”得我特别想拿胶布把他的嘴贴上，在他喊到第五声“哇哦”的时候，我突然大喊：“行了，别喊了。”我略带怒意的声音有些突然，把安东尼吓了一哆嗦，他有点吃惊地看着我，有点懊恼。几个月里我在安东尼面前都装得像位温柔、典雅的东方女性，他刚到中国半小时我就差点原形毕露了，余光扫见顾明脸上隐藏着笑意，心里一下就更觉得窝火了。

安东尼一上车就趴在玻璃上向外看，看到他觉得新奇的东西就指给我看，我也配合着他挤出点新奇的表情来，他当了一会儿好奇宝宝之后转头问我：“宝贝，你现在带我去哪儿？”

我带他去哪儿？我要带他去哪儿？我应该带他去哪儿？这问题我

还没想，我接到电话就冲到机场来了，后续问题我还一概没思考过。

“去酒店，我已经替你订好房间了。”顾明在一旁接了话。

安东尼听了他的安排之后，突然嘬着嘴像是撒娇似的靠过来，他揽着我的肩膀在我面颊上亲了一下：“宝贝，我不想去饭店住，我想去你家住，我想看看我的宝贝长大的家。”听着安东尼如此说话，我觉得后背从尾椎骨往上冒凉气，顾明坐在一旁拿出支烟来，刚叼在嘴上，突然又一把拽了下来，攒成了一团打开窗户扔出去了。他侧头看着窗外，呼吸变得越来越沉。

“我家的房子很小，只够我和我母亲两个人住的，而且那个地方环境也不是太好，没什么可看的，我觉得你还是住酒店要好一些，你坐了这么长时间的飞机需要好好休息。”

安东尼的表情更失望了：“你的意思是我们不住在一起了？哦，不要这样，我从法国飞过来就是不想和你分开了，我永远都不想和你再分开了，你不要让我一个人去住外面，你在法国的时候不是答应过我说这辈子都要和我在一起，永远不分开了吗？我们已经分开一个月了，不能再分开了……”

“闭嘴吧你……”顾明在一旁喊了出来，我想他还有些克制是因为他这句话喊的是中文，他转头看着我脸上全是怒意，“我说你能不能劝劝这位大爷，他多大岁数了？他是不是以为他还小啊？坐在那儿哼哼唧唧，这什么毛病？法国贵族就都这样啊？永远，永远，你跟没跟他说过你也跟我说过永远啊，结果呢？”顾明又继续侧头看着窗外了，我被他问得接不上话，坐在那儿沉默着。

安东尼虽然听不懂我们在说什么，但是也看得出顾明在生气，他用很小的声音问我：“顾先生怎么了？我是不是说了什么不礼貌的话？”

“跟你没关系。”我挤了点笑容给安东尼，希望别吓到他。安东尼又看了看母亲，想知道到底发生了什么？

母亲转头看我："你们两个不要总是吵，有话得好好说。唉，算了，我不懂你们，我不知道要怎么劝你们。"

"谢影很早就请顾先生帮你订房间了，结果你现在又说不去了，他现在有些失落而已，其实他很想尽心招待你的。"母亲编了个理由，用很蹩脚的法文为安东尼解释着，安东尼一下变得很恐慌，像是自己真的犯了一个巨大的错误，他一直在给顾明道歉，解释他并不知道顾明早为他做了安排，并说他很愿意去他安排的酒店居住。

我想安东尼的心里一定很恐惧，自己一个人来到这里，一句中文都不会说，刚一下飞机我跟顾明在这儿轮流发脾气，我拉了他的手很小声地安慰他："没关系的，顾先生不是个爱计较的人。"

顾明的情绪似乎也缓和了，他露出些微笑来："今天先去酒店住吧，晚上安排了接风宴，离酒店也不远，我叫了谢影在中国的几个朋友，咱们一起吃个饭，表示一下我们对你的欢迎。"顾明把安东尼送到了酒店，接着他又送我和母亲回家，"阿姨，你回家先好好睡一觉，晚上我派车来接你们。"

母亲笑着说"好"。

"我刚才不该发脾气。"顾明的声音很柔和，我知道他是在跟我说话，我没回话，侧头看着窗外。

"可是你不该骗他。"顾明柔和的声音又再次传了过来。

"我骗他什么了？"我终于把目光收了回来。

"骗他说你要永远跟他在一起。"

"谁说我骗他了？"

"我说的。"

"你凭什么说啊？"

"因为你不可能永远和他在一起。"

“这又是为什么啊？”

“因为有我在。”

我的脸上忍不住挂了点不屑的笑，觉得这对话真是莫名其妙，怎么听着都像是挑衅，我环抱着双臂看着他：“请问你算老几啊？”

“独子，非要论排行的话算老大吧！”

“跟我这扯什么淡啊！”

“哎！说着说着就骂起来了。”老妈在一旁插了话，“小影，你能不能跟顾明好好说话，哪个女孩跟你似的啊？”

“阿姨，我们俩这就是好好说话呢。”顾明此刻笑得很开心，替我解释了一句，转头看着窗外不再挑衅了，只是笑容挂在脸上始终不曾退去。

晚上很早就有车来接我和母亲，招待的规格可以称得上奢华了，苑腾和丁磊已经到了。

“小顾呢？”母亲随口问了一句。

“有笔生意得处理一下，最后签字阶段了，他可能要晚点来，他让我们先来招呼一下。谢影，听说还有一位你在法国的朋友，男的女的？长得漂不漂亮？”

丁磊好奇地向我打听着，苑腾的脸上也是探询的表情。

我一时有些犯愣，看他们俩的样子又不像是装的，原来顾明没跟他们提过安东尼这个人。

“男的。”

“哦。”丁磊撇了撇嘴，像是有点失望。苑腾推了他一把：“十吗啊，你惦记泡洋妞啊？”

说话间门被打开了，服务员带着安东尼走了进来，他一眼看见了我，本来还有些紧张的面容立刻放松了，他走过来在我的嘴上亲吻了一下：“下午真是睡了个好觉，现在觉得精神百倍了。”

这个举动显得有些亲昵，苑腾和丁磊本来还挂笑的脸，笑容渐渐隐去了。

“这位是？”苑腾伸着手掌，指着安东尼。

“哦，我为你们介绍一下，这是安东尼，我的……那个……未婚夫。”

两个人本要站起来，听完我的介绍之后，又都踏踏实实地坐回到位子里，丁磊指了指圆桌对面的座位，招呼着安东尼：“坐、坐、坐，别站着，挺大岁数的了，别再给站坏了，咱们一起喝茶等等顾总啊。”

安东尼转头看我，想让我为他做翻译，我很温柔地告诉他，他们请他入座，因为顾明还有些事情，稍微晚几分钟。安东尼会意地坐在桌子旁，他在桌子下面紧拉着我的手，我想就算他再没见过世面，也能听得出别人的语气，看得明白别人的表情，我猜他又有些紧张了。

“来，快给大爷倒杯水？尊老敬老，中华民族的传统美德！”苑腾还带了点善意的笑，只是说的话不是那么动听，反正安东尼也听不懂，两人说这种怪话明摆着都是给我听的。

服务员给安东尼倒了水，苑腾坐在那儿，一直皱着眉头看着他，看得安东尼直发毛，他小声地问我，是不是他脸上有什么东西，为什么苑腾要一直看他。

“苑腾，你别那么死盯着人看。”

苑腾坐在那叹了口气：“谢影，哪儿冒出这么个人来啊？这位大爷真的是你的未婚夫吗？”

丁磊坐在那朝服务员招了下手，服务员靠过来他耳语了几句，服务员点头出去了。

“你要干吗？”我很谨慎地质问他。

“没事，国际友人提高点规格。”

“丁磊，你别没事整幺蛾子啊！”

“我幺蛾子有你多吗？”丁磊的声音喊得挺大，安东尼手紧握了一下，“我还是那句话，你要是我女人我一天照三顿饭打你，就没见过你这么气人的。”

丁磊还没说下文，包间的门又被打开了，顾明快步走了进来，他一进来就朝安东尼笑了一下，一直用法文向他道歉，安东尼紧绷的情绪在看见顾明之后终于放松了，一直在说“没关系”。

苑腾拉了顾明一下：“这位你知道吗？”

“知道啊，安东尼嘛。”

“不是，我是指他……”

“哦，米其林二星餐厅的甜点师。”

“我是说他的身份。”

“身份？那个……路易十六时期的贵族，后来没落了。”

“你丫有正经的没正经的？”苑腾侧头看着顾明。

“哦，你说那个，谢影的未婚夫，你是要说这个吧？”

“闹半天你丫知道啊？”

“知道啊，这丫头有事从来不瞒我，她的事我都知道。”

顾明示意服务员可以开始上菜了，没一会儿服务员摆了八瓶五十六度茅台在桌子中间，我指着那些酒看着顾明：“你这是什么意思？”

顾明转头看服务员：“我没要这个……”

“我要的。”丁磊在一旁插了话。

“你这是什么意思？”

“喝呗，来中国了能不喝酒吗？好东西，请安大爷尝一下呗。”

我“啪”的一掌拍在桌子上，站起来怒指着他们：“你们干什么啊？对我有意见是吧？好啊，终于三人穿一条裤子了？”

“别、别、别，小影别激动，你一激动，你看看你说这话多难听啊！”苑腾在一旁尽量安抚着。

“你们有意见冲我来，合起伙来欺负一老头算什么本事？”我突然意识到把自己未婚夫称为老头实在有些不合适，我盯着丁磊大声地喊道，“你想动我男人就先踩死我！”

我喊完之后包间内瞬间安静了，母亲在一边拉着我的手，安东尼拉着我另一边，嘴里不停地问：“怎么了？到底怎么了？”

“服务员，开酒！”顾明的声音很平静地传了出来，他的表情也显得很平静。

“顾先生，要开几瓶？”

“全开。”

顾明要求换了大玻璃杯，在桌的男士每人都倒满，我拉着安东尼想要离开，顾明举着杯子看着安东尼：“中国的待客之道，朋友来了有好酒，是真心交朋友的都会坐下来喝上几杯，欢迎你到中国来。”顾明说完话自己先把那杯酒喝了，样子就像在喝一杯白开水一样。苑腾伸手想拦他但是没拦住：“你丫悠着点啊。”

“别废话了。”丁磊捅了苑腾一下，两人也端起杯子，把酒都喝了。

安东尼皱着眉头举着杯子一点点地往嘴里抿，我看着他的表情实在痛苦，我伸手去拿他的杯子，不想让他那么勉强。

“16岁的时候，那天早上我妈晕倒在洗手间里，我发现的时候她都已经晕了半小时了，我把她送到医院，医生说她是脑溢血，需要抢救，随时可能会死。我当时心里害怕极了，我想我妈要是死了，那我就一个亲人都没有了，可是我心里还有一个人，那个人就是你，我想你会理解我在怕什么，在学校后面的那个小花园，我跟你说了我的恐惧，那是你第一次拥抱了我，因为我在你面前哭了。虽然那个时候我们还没谈恋爱，可是我很早就知道我这辈子不可能再喜欢别人了，因为老天不可能再给我安排另一个和我这么像的女人，什么都不用说就知道彼此在想什么。你当时给了我一个承诺你还记不记得，你说你永远都不会离开我，不管什么事情，所以我永远都不会是一个人，因为你永远都会在那儿。你说了我就信了，我当时的心里觉得好踏实。

“我们谈恋爱之后，在大学后面那条商业街摆地摊，那次是我们第一次在新地方摆摊，我刚把摊位摆好，你说你去买饭，我记得好像是我们一不小心把别人常摆的摊位占了，你回来的时候，我跟别人都快打起来了，那人还亮着刀，你当时也像刚才那样，冲过来差点把那人推一个跟头，你说‘想动我男人，先捅死我’。”

顾明的脸上挂着无奈的笑容，他又拿起杯子把他那杯酒喝了：“其实男人挺单纯的，所以有些话你别随便对他们说，你说了他们就信，特别是自己喜欢的女人，不因为别的只因为喜欢，有时候明知道那是骗人的话也逼着自己信，就因为他愿意被自己喜欢的女人骗！所以别老跟这位憨厚的大叔说什么永远在一起的话，他这么单纯会全信的！”

CHAPTER 26
帮忙

顾明说完这些话之后基本上我就无话可说了，不管他话里话外的意思是我骗了安东尼或者骗了他，总之我是个感情的骗子。而且我专挑单纯男人下手或者趁着男人们还处在单纯的时候下手，不为别的就因为好骗！

自从我在医院遇到了那位哲学大妈之后，我个人认为我的思想境界又上升了一个高度，不再禁锢在我狭隘的感情观里，尽可能地超脱出来，站在第三者的角度去审视关于我感情的问题，以目前形成的既定事实来说，我确实是个骗子，而顾明是对爱情不忠、玩弄女性的臭流氓，我们现在的状况是女骗子配臭流氓，细一想怎么觉得还是挺配的啊！

也许我们的命运总是有太多的相似之处，比如他十六岁那年他妈妈第一次脑溢血，他害怕他妈妈就那么离开他，在那个时期、那个环境下能走进他内心世界的大概只有他妈妈和我，而能走进我内心世界的只有姥姥和他。那次他妈妈被抢救了过来，只是基本丧失了劳动能力。十八岁我们准备考大学那年，我的姥姥突然去世了，也是脑溢血，不同的是我发现她的时候她已经离开了。

顾明的恐惧我真真实实地体会了一把，我没去跟他说我在害怕什么，不用说他都知道，那个时候他总是跟我说没关系还有我呢。顾明一直在帮我办理姥姥的身后事，姥姥的尸体在火葬场停放了三天，等着妈妈从美国赶回来。葬礼很简单，只有我们三个和几个老邻居，回家之后妈妈试探性地问了我要不要跟她去美国，说完这句话她接着又说，国内正如火如荼地搞着下岗再就业，她这样的人现在回来估计也找不到什么像样的工作，我要真跟她去美国，大学肯定是读不起的。她听姥姥说我的学习还不错，如果留在国内的话应该可以考个不错的大学，姥姥的存折上还留了几万块退休金，她去美国继续打工的话，每年也可以给我寄些生活费来，然后她问我有什么打算。

我想我妈一直是个特别现实的女性，她对现状分析得头头是道，不带半分感情色彩，她让我充分认识到我要跟着她去美国还不如自己留在中国呢，其实她想多了，那个时候的我从来没想过要离开。那些天，顾明也很担心，因为我出门的时候又看见他在家门口徘徊了，我想我得打消他的顾虑，我出门倒垃圾，他一直跟着我，我说："你老在我们家门口转悠干吗？"

"看书累了，出来随便转转。"

"我妈明天要回美国了。"

"是吗？"

"是啊，她要是走了，在中国可真的就只剩我一个人了。"

我说完这话的时候，顾明一直在看着我笑："没事，还有我呢！"然后他想了一下又紧接着说，"还有苑腾和丁磊，怎么能是你一个人呢。"

现在想想那时候的顾明可真单纯啊！

回来之后想事情总是会不由自主地越想越多，等我回过味的时候，身旁的安东尼为了真心地结交中国朋友，不知道喝了几杯酒下肚了。整个脸红红的，连鼻头都红了，老妈不知道什么时候出去了，说要去洗手间一直没回来。

安东尼笑着晃晃荡荡地站起来说："我想尿尿。"

顾明听见了，朝站在远处的服务员说："带他去一下洗手间。"

服务员扶着脚下拌蒜的安东尼往门外走，安东尼看着包间里的沙发直冲了过去，站在沙发边上就要解拉链，服务员一直跟他大喊："No,No,No."

安东尼知道这句是不行的意思，他半眯着眼睛看着服务员问："No?"

服务员点头指着沙发摆手，做了睡觉的姿势，安东尼看着他的样子，一头栽倒在沙发上秒睡了。服务员转头看着我们，顾明挥了下手："别管他，让他睡吧。"

丁磊坐在那儿说话声特别大，我知道他有些醉了，我们四个人里其实丁磊的酒量最差，可是每次都是他吵着要喝，几杯酒下肚，话就开始变多，还越说越大声，拦都拦不住。顾明的酒量很好，他是越喝多了话越少，让你分不清楚他到底醉了没有，其实我觉得苑腾的酒量和他不相上下，只是他属于闷骚型，别人一说让他喝他就一直说"不行，不行不行，我喝多了"，最后别人都躺着他还站着。

丁磊四处找服务员非让饭店给他们炒一大盘花生米，服务员表情为难。丁磊立刻急了，嚷嚷着："你们这么高级的饭店，连花生米都不会炒啊？"服务员应了他的要求，很快炒了满满一大盘，三人乐呵呵地坐在那边吃边喝边聊，完全当我是空气一样。

丁磊坐在那儿兴致勃勃地回忆着我们的中学时代，说中学的时候有个女生胸部发育得特别大，跑起步来一晃一晃的，那女生一跑八百米，在操场上的男生基本就什么都不干了，全在那盯着她晃动的胸部看。丁磊说完之后，三个人都坐在那儿闷闷地笑，像是达成了某种共识。

“还记不记得吴三那孙子，一到夏天就在那儿装劳动标兵，一下课就拿块湿抹布把过道墩擦得油光锃亮的，就为靠那点反光偷看女生内裤，后来我忘了是谁发现他的阴谋了，结果他一擦完，好些男生都在那歪着头看，你丫最厉害！”丁磊拍了拍顾明肩膀，“别人都在看颜色，你恨不得扫一眼连什么材质都能说出来，你真不愧是卖内裤出身的。”

“真够无聊的！”我从饭桌上站了起来，心想这是个属于男性的对话，似乎我再坐在这里有些不合时宜了，我想出去看看我妈为什么还不回来。

“你坐下！”丁磊突然拿手指着我，“就快说到你了，马上说到你！”

我看着丁磊觉得他表情像认真的，又缓缓地坐了回去。

“我知道我这个人很肤浅，在你们女人眼里大多数男人都肤浅，你们最常说的那句怎么说来着？哦，对，男人没一个好东西！要不然就说男人只会用下半身思考！我请问下半身能思考吗？下半身就没长脑细胞怎么思考？”丁磊的说话声音很大，他侧头看着苑腾寻求着共识。

“比喻，比喻，这是个比喻。”

“比喻得根本就不准确嘛！”

我忽然觉得这对话在向两性方面发展，面前的这三位男性是彻底站在一条线上了，还是他们从始至终就一直就在一条战线上啊。顾明坐在那儿，低垂着眼睑，环抱着双臂不说话，苑腾在一旁听着，时而搭上两句茬。

“谢影，我必须得让你知道，这三个人里我是第一个喜欢你的！”丁磊拿手推了下身旁的顾明，“是不是？你承认不承认？”

顾明微扬了嘴角，没有驳斥丁磊什么。丁磊又转头看苑腾：“我是不是第一个？”

“对、对、对，你第一，你第一。”

“我告诉你我为什么是第一，因为我……肤浅！”丁磊转过头来继续对我说教，“你是我见过最漂亮的女孩，我好像觉得到现在都没再见过比你漂亮的女孩了。我自从知道我有了性能力之后，我几乎每个春梦梦见的都是你。”

“哎哟喂，你丫喝多了吧你。”苑腾伸手捂住了丁磊的嘴。

丁磊一脸不高兴，推开了苑腾手：“我才喝多少啊，就多了？”

“都满嘴跑火车了还没多呢？”

“你丫可真虚伪，你心里想得绝不比我少。”

顾明转身看着墙角站着捂着嘴乐的服务员，挥了挥手，示意他们出去，服务员出去之后，他又恢复到原来安静倾听的状态里。

“你别在这儿胡扯了啊，一会儿顾明跟你急。”

“他才不会跟我急呢，我就是想想，我也没干什么，哦，我想都不能想了？再说了她跟二傻子似的，这么多年了，她知道我喜欢过她吗？她连她自己长得巨漂亮这事她都不知道，咱仨跟她说她是一丑八怪，她就以为自己是一个丑八怪，她都不知道女生为什么不爱理她，脾气差吧，偏长得特漂亮，那女生的心眼都跟针一样小，以为她在那儿装呢，谁能喜欢她啊？”

丁磊一说起话来估计谁捂他嘴都不管用：“不过我看她也不在乎，天天跟顾明蹲路边卖裤衩，她也不嫌丢脸。别的女孩谁干这事啊，城管来了每次跑得都披头散发的，她急了恨不得连城管都敢打。我当时就想，怎么就没这么个女孩喜欢我啊？不用像你这么漂亮也行，能像你这样不论我干什么她都愿意在一旁陪着我。我知道你不可能喜欢我，就算我肤浅我也不是傻子，你眼睛里只装一个人，我早就看出来了，苑腾要去跟你表白的时候，我一直跟丫说你别去你别去，你是自取其辱，谢影喜欢顾明，他们肯定会在一起的，他们在一起多好啊。你别去添乱，丫非不听非跟我说，万一呢，万一呢，万一个屁啊万一！”丁磊转头怒瞪苑腾，“你说你是不是自取其辱？”

“还……还……还行吧，万一呢！”苑腾的脸上有点尴尬。

“还万一呢，她只能跟他在一起，她要跟别人了，打我这儿就不乐意。”丁磊手舞足蹈地在那儿点来点去的。

“你们俩后来好了，我高兴、真的高兴，我看着你们俩，我就想这世界上一定也有一个女人是老天专门为我安排的，只是我现在还没碰到罢了，会碰到的，肯定很快就能碰到的。结果我还没等到我那个女人，你丫就卷包袱跑了，我当时心想，嘿，你这人做事可真绝了啊，你跑了顾明的天塌了，我对女人那点希望也他妈让你一块卷跑了。”

“行了，就到这儿吧。”顾明伸手拍了拍丁磊的肩膀。

“干吗就到这儿啊？我重点还没说呢。”丁磊甩开了顾明的手，拿手指着我，“我知道你要什么小心眼，你不是就嫌弃顾明结过婚吗？问题你也没多地道啊！”

“丁磊！”顾明的眉头深蹙，声音突然提得很高，听起来像是很愤怒。

“我这帮你呢，你丫怎么不识好歹啊？我一三十多岁的公司老总，面对着一个我喜欢了二十几年的一女的，在这掏心掏肺苦口婆心的，是为了劝她和我哥们能再好，我现在说出来都觉得自己脑袋是被驴踢了！谢影，我就明明白白告诉你，你要是为了气顾明非得嫁这位法国大爷，你真还不如嫁我呢，你简直是对我的侮辱，你那意思我还不如他呢呗？”丁磊指了指躺在沙发上打着呼噜的安东尼。

“给你两个选择，你要不嫁我，你要不嫁苑腾，你嫁我们俩谁都能把顾明气一肝颤。”

“不、不、不、不！”苑腾坐在一旁一直摆手。

“你丫不是万一吗，关键时刻怎么掉链子啊。”

“不是，我听你说的觉得特乱。”

“干吗非得把郭瑶睡了？”我转头看着顾明，打断了丁磊慷慨激昂的话语，丁磊坐在那儿眼睛转了转，想了一会儿他转头看着顾明，“你丫跟那郭瑶睡过？”

顾明坐在那面无表情，嘴巴紧闭在一起，沉默了一会儿，丁磊突然朝他大喊：“你丫赔我八千万！”

CHAPTER 27

一、二

“为了庆祝咱们四个人再相聚，咱们一起干一杯吧，谢影你也来一杯，咱们一起。”苑腾站起来显得特正式，表情看着特喜庆。

“行了！”顾明在一旁摆了下手，“她喝一杯酒唱四小时国歌，我可受不了。”

“哦，对！”苑腾像是想起了什么，“有一次喝了一杯然后唱了三小时《丢手绢》，我记得丁磊后来跟我说，他要是再跟谢影喝酒他就是我孙子。”苑腾拍了拍丁磊的肩膀，“多悬啊，差一点就成晚辈了！”苑腾说完话，对面坐的三个男人嘿嘿地笑出声来，“那咱仨为了庆祝咱们公司今年业绩又上一层楼干一杯吧！”苑腾举着杯子刚要喝，我站起身，语速很缓慢：“那没我什么事，我就先走了，你们仨慢喝啊！”

丁磊“啪”的一掌拍在桌子上，把在座的几个人吓了一跳，他拿手指着我：“你坐下！”忽然又转头看着苑腾喊起来，声音里都是谴责，“苑腾，不是我说你，你这人就是爱和稀泥，什么事你都和不管对错，这么大事和得过去吗？你站起来喝杯酒谢影就不问了？这事就过去了？我们不得让顾明解释解释，他那天喝醉了，把郭瑶当成谢影了？”

苑腾瞪大了眼睛看着丁磊，表情里都是怒意，丁磊眼珠子直转，示意让苑腾赶快坐下，苑腾的怒意明显未消，把杯子狠狠撂在桌子上，力气太大还洒出了半杯酒来，他转头朝门外喊着：“服务员再炒一大盘花生米。”

丁磊笑嘻嘻地看着顾明：“怎么样？哥们猜对了吧？就是这么回事吧！”

“是喝了但是没醉，而且我也不可能把哪个女的当成她。”

丁磊的表情明显定格，他反应几秒钟突然转身拿手指着我：“感动不感动？听出真感情来没有？你看看你多特殊啊，不比不知道，一比才知道！”

丁磊说完这话之后我直接就笑了，发自内心地没忍住，我满脸笑容看着他：“丁磊你有没有发现你这话听起来很怪？是不是女人注定就得为‘你是我所有女人里最爱的那一个’而感动啊？有一天你老婆拉着你说‘你是我所有男人里最爱的那一个’，你特感动吧？”

“真矫情！”丁磊一时没忍住，看着我大喊，他稍微缓和了下情绪，“你书真没白念，怪不得你是硕士呢。”他转头看着坐在一旁低头喝闷酒吃花生米的苑腾，“你丫就知道吃啊？你有点出息行不行啊？一桌子生猛海鲜你不吃，你死磕那花生米干吗啊？”

苑腾也不抬头，将一颗花生扔进嘴里，拿起杯子喝了一大口酒：“少理我。”

“嗨，其实这事也没那么重要，我就是纯属好奇随口问问，想不想说随意。”我侧头收拾我的包，示意我又准备要离开了。

“你等等啊，谢影。”丁磊伸手阻止了我，他侧身看向顾明，“要不我跟苑腾出去，你给谢影道个歉算完事得了，人家都摆高姿态了，你别绷着这劲了，我们俩一出去门一关，你该跪跪该磕磕，我们就当没这回事！”

顾明的脸显得很冷，狭长的丹凤眼微眯了起来：“郭瑶是她自己犯贱，她活该！我不为这事道歉！”

苑腾做了个深呼吸，没说话继续喝酒，看似注意力全都专注在那盘花生米上，丁磊的面目表情又开始陷入到定格状态里。“是惩恶扬善吧？为了纠正社会上的这些不正之风，让那些一天到晚削尖了脑袋想傍大款的女孩得到应有的惩罚？你给了她多少钱平的这事？”

顾明斜睨他，挑了下眼皮没有回答，丁磊猛拍顾明肩膀：“没给！一看这表情就知道没给，顾明你不愧是我丁磊的哥们。真的我必须向你道歉，哥们一开始误会你了，我误会你跟我一样肤浅，抵不住美色的诱惑呢，闹半天这事后面藏着这么大意义呢，你这是一个男人对社会应尽的责任和义务啊，这义不容辞啊，你明显是舍身为大家嘛！”

“你丫能闭会儿嘴吗？你是不是还嫌不够乱啊？我说你是满嘴跑火车你还不承认，出来的时候我就一个劲跟你说你别搅和他们的事，非自不量力地说什么你一劝谢影，她肯定被感动得哭，没准还得猛抽自己嘴巴，说自己不识大体白为女人了。你看她哭了吗？她一直坐那儿看你乐，你再说两句她就该冲来猛抽你嘴巴了，她不冲过来抽你，我也得抽你！还为了责任和义务？怎么想的啊？”苑腾喊完之后又猛喝了一大口酒。

丁磊坐在那儿拿着个酒瓶子，闭着一只眼睛往里看：“这酒是不是假的啊？把我脑子都喝坏了。”

“我为了能离婚！”顾明很平静地说了句话，然后极力地做了个深呼吸。

丁磊把眼睛从酒瓶子里挪了出来，他看着我说：“不闹了啊，谢影，这事倒是真的，顾明特早就提离婚了，好像是你刚中了彩票没多久是吧？”丁磊又侧过头去看顾明，“一开始为什么没离成来着？”

“她让我净身出户。”

“多净啊？”

“说我原来什么样恢复成什么样，她就同意离。”

“太狠了，好歹给你留个本钱啊，你也苦了那么多年，有点钱多不容易啊，也不是她中的彩票。”

顾明拍了拍丁磊的肩膀：“还是你了解我，钱跟我命似的，我可舍不得。”

“后来你丫弄公司把我们俩也弄进来各占三分之一，是不是为了防着安雅楠啊？”

“这话听着有点让人寒心。”

“我是好话，夸你机灵呢，我跟苑腾心里都有数，我们俩从心里感激你，要不然我们俩算什么啊？公司发展这么快，没本钱也纯属扯淡。”

“我是琢磨几十年兄弟了，万一哪天我真一毛不剩了，你们怎么也得救我吧？”

“那是肯定的，来走一个。”三个人仰着脖，喝着玻璃杯里的酒，顾明第一个喝完，他把杯子扣在了桌子上，眼睛直视着我：“我结扎了，这个也应该跟你说一声。”

顾明的话刚一说完，丁磊的一口酒就喷了出去，苑腾刚好喝到最后一口，好像也被顾明的这句话噎了个半死，一直在捶着自己的胸口。

“你丫是疯了吗？”丁磊声音提高了许多倍，“你结扎了你让谢影跟你你你你你守活寡啊？”丁磊的舌头开始打结。

苑腾在旁边推了他一把：“文盲吧？结扎，东西还在呢。”

丁磊的表情是恍然大悟：“哦，还在啊？那我就放心了。”他像是又想到了什么，看着苑腾，“那功能还在不在了？”

“我哪知道啊？我也没结扎过，你自己问他。”

“功能在不在了？”丁磊的表情像是虚心求学地看着顾明。

顾明斜眼回看他，不说话。

“啊！这表情那功能肯定还在呢。”丁磊长出了一口气，情绪又显得亢奋起来，“顾明，不是我说你，你这有点走极端了啊，你不能一朝被蛇咬十年怕井绳啊？你一下这么弄，现在谢影回来了，你们以前那挽救中国足球的宏图大志怎么弄啊？”

“我好像听说还能再放开。”苑腾在一旁插了句话。

“哦，还能再放开啊？”丁磊显得很激动，他盯着顾明的侧脸，“那中国足球还有希望？”

顾明的脸上挂了点微笑：“那要看她了，看她有没有信心跟我一起挽救中国足球。”

“谢影，祖国需要你的时候到了。”

顾明的眼里满是期许，他微扬着嘴角等待着我的回答。

我内心的压力很大，我想让自己看起来平和一些：“法国是世界杯冠军，我想……我还是应该向高起点看齐！”

顾明“腾”的一下从桌子旁站起来，他点了支烟站在桌旁猛吸了一口，瞬间抓灭了扔在桌子上：“谢影，我跟你说这么多全是多余。别以为你在国外读了个硕士回来，我就弄不了你了。还给我来个向高起点看齐，我跟没跟你说过，有无数人说过我背影看起来特像意大利人啊？我是结过婚了你能把我怎么着？你也别跟我穷掰什么男女平等，我从今天开始半句都不跟你解释，你在女人堆里排第几？你也别做你还有第二个男人的梦，你这辈子就这样了，想找别的男人你下辈子吧！”顾明说完，离开餐桌向门口走去。

丁磊看着顾明背影，推了苑腾一把：“看看咱哥们多霸气，对女人就得这样！”

顾明快走出包间门的时候，侧头看见躺在沙发上还在打呼噜的安东尼，他回身看着丁磊：“这位大爷你明天招呼一下，游览一下北京，别好不容易来趟中国，再说咱们招呼不周，好歹是礼仪之邦！”

“你情敌让我招呼干吗？我也不会法语。”

“不会法语，不会雇翻译啊？跟我这废什么话？你意淫我女人那么多年，我没抽你就不错了！”顾明说完开门出去了。

丁磊被顾明说得满脸不高兴，他转过头来看着我，刚要抱怨，还没开口我先喊起来：“霸气你大爷啊？什么叫对女人就得这样？拍桌子要混谁不会？嫌我战斗指数不够高，想把我激成满格是不是？”我站起来把我的大衣穿好，“没事跟我这叫什么板啊？我还真不吃这一套。”

我拿着包朝门口走，丁磊在身后问：“安大爷怎么办啊？”

“当然是你给送回饭店了。”

“你未婚夫怎么成我当然了？”

“废什么话啊，你意淫我那么多年，我多大损失啊，这么点事你都不干啊？”

“不是，嘿，你看这两人，他们闹气拿我当什么出气筒啊？”

“算算算了，北京市排名一二的三青子吗？你跟他们认真干吗啊？”苑腾在一旁安慰着丁磊。

丁磊看着我的背影喊：“我要是再管你们俩的事，我就是你们孙子！”

我很大力地关了门，转身离开了。

CHAPTER 28

决定

我出了包间四处寻找着母亲，发现她在一楼的一个角落里睡着了。我站在她身旁轻唤她，她很快把眼睛睁开，母亲揉了下眼睛，看着我：“你们聊完了？”

“嗯。”我看着她点点头，“天冷了别坐在这儿睡觉，会生病的。”

“刚回来，时差还没倒过来，下午又一直在跟你聊天，你们说的事情我也插不上嘴，出来四处转转，结果坐在那儿睡着了。”

我和母亲打车回了家，快进家门的时候发现小区外面的报亭还亮着灯，就在报亭前看了一会儿，买了本时尚杂志带回家中。

母亲到了家里，精神状态像是一下又恢复了，她打开行李箱开始收拾她的东西，我低头看了看，发现她带的东西可真不少：“带了这么多东西啊。”

“嗯，你电话里说，顾明要把我接回来安度晚年，收拾行李的时候我就把能带的东西就全都带上了。”

我没有继续母亲的话题，而是站在洗手间里一直看着镜子里的自己，母亲在屋子里四处转悠，忙着把她带回来的那些东西都放在合理的地方。

“你和顾明把事情都说清楚了吗？”

“什么事情？”我随口搭了句话，其实我的注意力全都在镜子中。

“你的病，还有……他结婚的事。”我从洗手间里探出个头来：“你怎么知道他结婚了？”

母亲立定了脚步看我：“丁磊的声音那么大，全饭店的人都知道了吧？”

我看着母亲笑了一下，又转回身来继续看自己：“妈，你说我长得漂亮吗？”过了好一会儿，母亲在洗手间外面侧头看进来：“嗯，漂亮。”她看着镜子中的我，叹了口气又转身继续忙她的事情了，“你没生病之前更漂亮，只是可惜从小也没人教你守规矩，本以为你爸爸学历高，知书达理的，肯定能把女儿教得像大家闺秀那样，有时候想想谢长明的心可真狠，他心里得多恨我啊，这么漂亮的女儿他见也不想见。”

“算了，都过去了。”我抑制不住地开心加兴奋，小跑着进厨房里，翻出根黄瓜来，切了一盘子黄瓜片，对着镜子把黄瓜都贴在脸上，躺在床上开始翻那本时尚杂志。

“你在干吗？”

“黄瓜面膜，保养皮肤，补充水分。”

“怎么突然想起保养来了？以前也没见你弄过。”

“以前不知道自己算漂亮女人呗。”

我又听见了母亲的叹气声：“我也不知道我到底算做了多大的错事。我不过就是想找个条件好点的男人，过两天好日子，而且到头来我也是和谢长明离婚了，老天干吗非得这么对你啊？”

“妈！胡说什么啊，生老病死人之常事。”

“女孩子最知道漂亮的年纪连件像样衣服都买不起，二十岁出头最漂亮的时候就生病了，唉！”母亲的声音里都是无奈，叹气的声音一下接一下的。我抓起了桌子上半根没切完的黄瓜边吃边翻着杂志：“听你说得我怎么觉得我这么可怜啊！”

“你不可怜吗？”母亲的声音很大，似乎对我此刻这种无所谓的态度很不理解。

“不啊！”我转过身看着她摇了摇头，“我二十二岁之前你都不知道我每天过得有多开心。”

“那现在呢？”

“现在也挺好的啊，这不活蹦乱跳貌似健康了吗？两处原发癌症还不死，谁有我厉害？医生都说我是个奇迹！”我坐起身来，把脸上的黄瓜片都摘了，随意抓了抓头发，侧着脸举着杂志问老妈，“妈，你看像不像，我有没有点国际范儿？”

“影，你听妈一句劝，你去跟顾明说，妈保证他绝不会嫌弃你！”

“我知道！”

“知道什么？”

“知道他不嫌弃我！”

“你知道为什么不说？”

老妈仍不死心地想要追问，我只好又躺了回去。我把杂志扔在床头，背转过身去，安静了好一阵：“我怕他说要娶我，他要说了我肯定得答应，我经不住这种诱惑，我想跟他结婚想了好多年了。”

“如果是这样的话，不是挺好的吗？”

“不好！我身体不好，当不了好妻子。”

“你三个月前去做最后一次检查，医生不是说你已经是正常人了吗？”

“医生说我可以尝试过正常人的生活，他说我可以找一个轻体力的工作，也可以尝试结婚，他说大概是我本身的基因问题，我属于易癌变的那类人，他不建议我生育，他说体内大量激素的改变都可能成为癌症的诱因，他说如果我坚持要生的话，我需要从现在开始就做祷告，当然还需要上帝能够听见。”

“这话究竟是什么意思？”

“意思就是说我可以工作结婚生孩子，但是我一生孩子可能就又生病了，但是究竟病不病他说了不算，上帝说了才算。”

“去跟他说，也许他不想要孩子呢。”

“他想要的，以前我们总是说要生一个足球队那么多的孩子。”

“去跟他说，是你的话他可能就改主意了。”

我“腾”的一下从床上坐了起来，歇斯底里地朝老妈喊起来：“你这个人怎么这样？你这跟让我逼着他吃耗子药有什么区别，非得让我跟他说你必须吃，你要不吃你就是不爱我。”

“可是他愿意啊！”

“他愿意我就要让他吃吗？端着毒药到他面前，心里明知道他肯定会吃，不为别的就因为是我给的，然后亲眼看着他吃下去，这样我就能踏实地跟自己说他还爱我，他心里还有我呢，这种狗屁逻辑对吗？”

“我不知道，我不懂你们，我也说不过你，但你这个比喻不对，你不是耗子药。”老妈转身继续收拾她的东西，我又很安静地躺了回去。

“那他结婚的事，你心里放下了？”老妈轻声地询问着。

“还想跟他在一起的时候放不下，总是希望所有的一切都还在原点，所有的事情能像最初那么美好，一点瑕疵都不带。后来才知道是我要求得太多了，其实我们都变了。”

“怎么变了？没变，你们明明都没变啊！”

“怎么没变？我记得我在法国，去大学校园报到那天，没走进教学楼的时候我撞了一男生，结果我自己摔了一跤，东西散了一地，那个男生低头帮我捡东西。他递给我东西的时候，脸都吓白了，手哆哆嗦嗦的，只帮我捡了一样，塞到我手里说了句对不起就跑走了。他要不那样，我还意识不到，原来我的样子挺吓人的。”

“你那个时候刚第一次手术完，还在化疗，体重不到七十斤，脸上一点血色都没有，跟纸一样白，当然吓人了，我说过不让你去了，可是你就是想去。总是说如果我好了呢？如果我还能回中国呢？”

“是啊，有时候人就是贪心，有一样了就总是想要第二样。”我背过身，有眼泪从眼角滴落，不太想让老妈看见我哭了，“妈！你知道吗，顾明跟我说，我是学校里最漂亮的女孩。其实他也挺帅的，我一直觉得他是最帅的，只是我从来都没告诉过他，就是不想让那家伙太得意了。”

眼睛看着窗外，天已经全黑了，玻璃上有我的倒影。看着那倒影我挤出个微笑来：“妈，你说男生对漂亮女孩不是都特温柔，应该百依百顺的吗？可是顾明这家伙从来都不让着我，他老跟我说‘谢影，我跟你交个心，你呀猛一看特丑，仔细一看比猛一看还丑’。我那时候就特别斗气地跟他说‘那你确实比我强，我一看你就是想吐，不分猛一看还是仔细一看’。现在想想还好他没看到我生病的样子，我希望他这辈子永远都别看到，要是有一天我再病了，我就找个谁都不认识我的地方安静地死掉就好了，我也不想他拉着我的手坐在病床边哭，想起这场景真是烦透了，我就想当他记忆里那个女孩，永远想起来永远都是那个样子。”

老妈坐在床边又开始唉声叹气了：“那安东尼怎么办？你又不能生孩子，你也没告诉他，你连你生过病你都没告诉他。”

“不会跟他结婚了，我想过了。安东尼老实巴交地到了这个年纪，还让个中国女人骗也有点太可怜了，就当是我请他来中国旅游一趟吧！原来我总是想要快点把谢长明的钱还给他，我当初哭着喊着发誓一定要还给他，还说会算利息给他，没想过到法国会看这么长时间的病，我以为我很快就会死呢。当时就是想活，什么都没想。每次医生找我谈病情，说那些会出现的危险情况，他问我出现了要不要治疗，我想都不想就说要治，以前总是能把活着回中国去当成坚持下去的目标，现在可以换个目标了，比如可以把谢长明的钱还清，免得他总是受他老婆的挤兑。”

老妈长出了口气：“你决定了？”

“嗯，决定了。”

老妈看着手里的东西，走回去又扔到了行李箱里：“早知道就不带这么多东西了，我以为这次回来就不会再走了，我把银行的钱都取出来了，在国外飘了这么多年，我早想回来了，省吃俭用地攒了这些钱，没大病没大灾的也够用了，没想到还是要回法国去。”

“要不然你留下，我自己回去？”

“你这么个情况我怎么让你自己回去，算了，不管我们俩谁先走吧，身边还是留个伴比较好，死在国外人家都不知道你是谁？”老妈说完又把她收拾的那些东西都装回箱子里。

CHAPTER 29

组织

丁磊这些天真是在尽心竭力地招待安东尼，招待得安东尼经常十二点了还没回到饭店，要不就是醉醺醺地打电话来，没说上五句话就能听见他打呼噜的声音，这些天我一次都没见过他。直到有一天安东尼半夜打来电话，话语间仍有醉意，说上没两句话就呜呜地哭起来，说他对不起我请我原谅他之类言语，我问了他半天，大概才听明白，丁磊晚上带他去了某种声乐场所，还叫了很多美艳的年轻女孩陪酒，安东尼说自己大概也许可能摸了一个女孩的屁股，好像还摸了很久。

安东尼说丁磊为他明天安排的行程是动物园，然后再杀去欢乐谷，说到这安东尼好像又哭了，我听出了他有些抱怨：“我真的不想去动物园和欢乐谷。”

“你不想去就告诉他你不想去。”

“我不好意思，你妈妈说，我对他们好，他们也会对我好的，可是我还没对他们好呢，他们就对我这么好，这么热情地招待我，每天吃饭喝酒都花很多很多钱，我真的说不出不想去。Chloe，我要睡觉了，明天还要早起。”

安东尼挂了电话，我就直接给丁磊打了过去，响了好久他才接起来，声音像是熟睡中刚被唤醒。

“丁磊这些天真是辛苦你了，特别累吧？”

“嗯……”丁磊“嗯”了好长时间，像是终于清醒了，“谢影啊？还行吧，你要是为了特地感谢我就不用了，这都是我应该做的。回头北京玩差不多了，你赶紧请这位大爷回老家就行了。其实你还是应该谢我，我觉得你跟顾明都应该谢我才对。我这岁数也大了，就忙公司的事了，不锻炼真是不行了，天天跑得这胳膊腿跟要散架似的。”

“你有没有觉得其实这有点是你自找的呢？你一天带他爬仨长城，你能不散架吗？”

“你这么说话我特别不爱听，你说那八达岭、慕田峪、居庸关都是名胜古迹，那去哪儿合适不去哪儿合适啊？人家好不容易来中国一趟，我不得带他都转转啊？”

“那你就非得一天去啊？安排到现在都没地可去了是吧？动物园、欢乐谷都出来了。”

“嘿，这安大爷要这么办事可真有点不地道了啊，我这绞尽脑汁地带他玩，他倒好，给我告黑状去了。”

“他没告黑状，他在我这儿夸你，夸得都哭了。丁磊你差不多点行了，他挺大岁数都快六十了，你再把他累病了。”

“我觉得他病不了，到了长城跑得比我都快，噌噌地就上去了，一到上头又蹦又跳的，一直拿中文喊‘我是好汉！我是好汉！’这精力明显过盛啊，我要不给他累得爬不起来，他一回去不得琢磨别的事啊？”

“你什么意思啊？你怕他琢磨什么事啊？”

“哦，弄好几箱行李奔中国来找他年轻貌美的未婚妻，天天好吃好喝好招待，我怕他误会以为这是伊甸园！”

我举着电话想了半天，大概琢磨出他话里的意思：“你是不是有点操心过头了？你以为谁都跟你似的呢？”

“我？我多正派一男人啊，我顶多就是活动活动嘴，撑死活动活动心眼，受教育这么多年其他的觉悟我还是有的。”

“那找年轻陪酒小姐是怎么回事啊？有给发小的未婚夫找陪酒小姐的吗？你这安的什么心啊？”

“这他都说啦？”丁磊在电话里嘿嘿地笑了两声，“这安大爷道行果然深啊。你说他一个五十六岁的法国大爷，我们语言又不通，我看着他喝酒我喝得下去吗？你都没看见，我喝得特别沉默，安大爷喝得特别high，又唱又跳的，他有没有跟你说他还摸……”

“行了，他打电话来都跟我哭了。”

“啊？！嘿，他可真有一手啊，先下手为强啊？我还没说什么呢，他自己先坦白从宽了！谢影，有时候我觉得你还是单纯，哥们这么干其实也是替你把把关，为你揭露某些男人的真面目，有些男的吧，看似老实巴交，实则一肚子花花肠子。顾明就不一样了，看似花花肠子实则……当然了实则也是花花肠子，但是这花花肠子里绝不包括女人。”

“他让你这么干的？”

“没有，我自己自由发挥的，不过我跟他说了我安排的旅游计划之后，他夸我安排得不错，这我就踏实多了！谨慎点好，省得你们最后说我没事就会添乱。”

“辛苦了，丁磊。”

“这么半天总算听见句人话。”

“不过别这么弄了，真的挺累的，安东尼是个老实男人，就算他不是也不重要了。没有伊甸园，从来就没有！以后也不会有！”

“怎么理解这句话？是抒发情感还是对社会和现实的控诉，要不就是说你和安大爷之间仍保持着纯洁的男女关系？”

“随你吧，你怎么高兴怎么理解好了，晚了睡觉了。”

不知道是丁磊听了我的劝还是他自己也实在太累了，接下来的几天里安东尼似乎得了些休闲的时间，总是给我打电话，想来我成长的社区看一看。我推拒了两次，其实也确实是有事情，我在抓紧时间办理我的护照，然后去申请法国签证，当然还在心里想着要怎么跟安东尼说我不打算嫁给他的事。第三次我终于同意了安东尼来参观我的家，安东尼来到中国之后可能见了太多新奇的东西，他来到我居住的小区表情也同样是新奇，只是不怎么兴奋罢了，有时候还能看见他微微噘一下嘴。房子很小，五十平方米，他四处看了看，在沙发上坐下来：“哦，亲爱的，你真的没有骗我，你说我来也许会住不下，看来真的没有我住的地方。”

我附和地微笑着。

“真是不可思议！没想到你会是从这里成长起来的。”

“这没有什么不可思议的？这个社区住很多人。”

“不，我是想说，没想到顾先生也是从这里成长起来的？你看起来很……很……而他看起来也很……很……”安东尼在那儿噘着嘴，手掌翻来翻去的，表情像极了憨豆先生，我想他在斟酌着用词。

“体面？”

“对，亲爱的你真是善解人意！”

“这里住的人都很体面。”

“真的吗？可是这周围的环境还真的是有些糟。”我想安东尼符合大多数欧洲人的直观思想，他不会去琢磨我话里有没有其他意思。

“每天都很努力生活的人，你觉得他们不够体面？”

“哦，亲爱的，你不会是在生我的气吧？我没有别的意思，我只是想说，顾先生在说你们的成长经历的时候，我感觉你们都像是富人家的孩子，好像每天都是欢乐。可是我在想你们住在这里应该有很多忧愁吧？至少我不是太……喜欢这里，但是我去过的其他地方我都很喜欢。”

“你喜欢一个地方是因为它给了你奇特又美妙的经历，你可能会在脑子里记很久，想起来的时候它还是美的，我也一样，地方不重要，和谁经历了什么才是重要的。”

安东尼耸了下肩膀，眼神有点迷茫。

“你和苏菲玛索一起掉进粪坑里，粪坑也是美的。”

安东尼想了想，笑着掐了我的面颊：“你真是个精灵，不过我讨厌粪坑，哦，亲爱的，你这样优雅的精灵不应该说出这个词，不过我懂你的意思了。”

“顾先生什么时候和你谈了我们以前的事情？”

安东尼一直在摇头，表情神神秘秘的：“这是个秘密！后天让你知道。”

丁磊打电话来问安东尼要不要去听京剧，我鼓励他去，他叫我一同前往，我想了个借口推掉了。

平静地过了两天，两天后的傍晚接到了安东尼的电话，他邀请我去他住的饭店：“什么事情？”心里是不太想去。

“来嘛！有很重要的事。”安东尼的语气像是在撒娇。

“电话里说。”

“哦，亲爱的，今天是我的生日，我想给你个惊喜！”

“今天是你的生日吗？”

“是啊，你这么说我都有点难过了，我可以给你看我的护照。我都知道你的生日是什么时候，租房子的时候我看过你的护照，我都记在脑子里了，可是你从来都不问我的生日。”我想我几乎没关心过安东尼生活上的任何细节，他告诉我什么那就是什么，印象里只知道他做的蛋糕很好吃。想了想还是答应了他的邀请。我琢磨安东尼来北京的时间也不短了，大概是应该把事情跟他说清楚的时候了，如果再待下去，估计丁磊也想不出可以带他去什么地方了，因为安东尼说丁磊今天带他去捏脚和拔了火罐。

我到了安东尼住的五星级饭店，很高级，他的房间是套间，虽不是总统套房，面积却足够大，好像比我的家还要大，屋内的灯光很柔和有些暖暖的黄色，房间里充满了淡淡的香气。他的床头点了熏香的蜡烛，屋内摆了一个长条餐桌，上面摆满了晶晶亮亮的餐具，酒架上放着红酒。我一进门安东尼就靠了上来拥抱，他在我额头吻了一下，然后牵着我来到餐桌旁，他打开了餐盘上的盖子，新鲜的牛排颜色诱人，安东尼时不时地看下我的表情，我配合着展现一丝惊喜给他，心里在想也不知道几成熟，我能不能消化得了。安东尼站在旁边把红酒打开，为我倒了满满一杯。

“我不太能喝酒！”我看着他表情有些为难。

“一点点，只喝一点点，今天是个特别的日子。”

我们俩在餐桌旁坐下来，安东尼笑得有些得意：“亲爱的，你不知道我今天有多幸运，这些都是我做的，还有我最拿手的蛋糕。”

“哇哦！”

安东尼对我的反应比较满意：“我跟饭店说要借他们的厨房用一下，我说我要和我的未婚妻共度一个浪漫的夜晚，不过他们不借给我，我没有办法只好请顾先生帮我，跟饭店疏通了一下，于是他们借了我一小块地方。可是你想不到吧，他们西餐厅的主厨也是个法国人，他也娶了个中国太太，我就这么无意中被发现了，他问我是不是甜点师，他说如果我愿意的话我可以来这里的西餐厅工作。太神奇了，我还没开始找工作，工作已经找到我了，中国真是个神奇的地方，我的新人生就要从今天开始了。来，我们一起祝我生日快乐！”

我举着杯子：“对不起安东尼，我不知道今天是你的生日，我连礼物都没来得及准备。”其实我心里想给他准备礼物，反正今天是要打算跟他说各回各家各找各妈的事，不知道他会不会伤心欲绝，反正失望肯定是有的了，如果连失望都没有，那真是太好了，我连安慰都省了。

“哦，礼物，你提醒我了亲爱的。”安东尼放下杯子，去柜子里拿了一个牛皮纸盒子递给了我。我打开看是条深蓝色的粗针围巾，四处翻了翻没标签，也不知道什么牌子。

“你买的？”

“不是，找地方织的，很快，我说我急需，两天就织好了。”

“怎么想起要送我围巾？”我把围巾拿出来，看了看挺宽大的，像是男士围的围巾，颜色也应该属于男性常用的颜色。我把围巾围在脖子上抬头看安东尼：“好看吗？”

不知道什么时候，安东尼把他的老花眼镜戴上了，手里拿了个小本站在我面前，他看着小本开始绘声绘色地讲起故事来：“在很久很久以前。”安东尼说着话还做了个手势，语气就像是迪士尼动画片配的画外音，深沉地说着，“Long long ago！”不过他说的是法语，“有一个美丽的小山村，里面住着很多幸福的人，在小村子里有一个美丽的少女和一个英俊的少年，他们很早就相爱了。他们曾经发誓，要相依相伴直到年华老去，只是他们不知道，在他们这个幸福美丽的小村外有很多黑暗的邪恶力量，可是村子里的人不惧怕黑暗，他们努力地和邪恶力量做着斗争，美丽女孩的外婆被黑暗的邪恶力量夺取了生命，女孩很难过，男孩发誓一定要好好保护她，永远守护在她身边，可是不久男孩的妈妈也被黑暗的邪恶力量抓走了，男孩想要努力地救回自己的母亲。那年夏天女孩开始织一条围巾，蓝色的，很宽，她希望自己能在冬天来临前织好，送给男孩给他鼓励，让他去好好地救他的妈妈，但女孩从来没织过围巾，她总是织了拆，拆了织，好像怎么都不满意。在女孩还在织围巾的时候，邪恶力量再次袭击了村庄，把美丽的女孩抓走了。可是女孩和男孩都是顽强和勇敢的人，他们不惧怕任何的黑暗和邪恶，只是女孩战胜了黑暗回到村子里的时候，她已经忘了她曾经答应过给男孩织一条围巾，这样每个冬天，男孩围着它就会觉得特别的温暖。”

“我真的忘了。”我的眼泪忍不住地掉下来，我把围巾摘下来捂着脸呜呜地哭，“我怎么就能忘了。”这些话是说给我自己的，安东尼一句都听不懂，因为我说的是中文。

他看着我哭，靠过来拍着我的背：“亲爱的，顾先生说这是你最喜欢的童话故事，你每次听都会很感动，我问他我用什么来打动你，他告诉我给你讲这个童话故事！我为了配合这个故事才送了你这条围巾，你的反应真是超乎我的想象，哦，看到你哭我的心都要碎了。”

我的眼泪止不住地流，我拿着那条围巾一会儿擦擦脸一会儿擦擦鼻子，完全是在当一条毛巾在使，任由安东尼牵着我坐到了床边，揽着我的肩膀在我耳畔轻吻着：“亲爱的，童话故事的结局都是正义战胜邪恶的，每个童话故事都是美好的，你真是多愁善感的小精灵，我最喜欢的故事是睡美人，以后我就是你的王子而你是我的公主，等着我来吻醒你。”安东尼靠过来想要吻我，我还拿围巾捂着自己的脸，他用力扒了两下没扒开，“亲爱的，我真高兴你喜欢我送你的礼物，其实我早就想好了，你今天不用送我礼物，你就是我最好的礼物。”安东尼的吻继续落在我的脖颈处，湿湿热热的很挑逗，他抬起手想要附在我胸前，我一把把他的手推开了：“你等会儿，你等我稳定下情绪。”

“哦，好的。”安东尼暂时不再摸我，但是他的脸还在我的脖颈处磨蹭，手上用了力气想要将我推到。我一只手使劲地扒着床边：“我不是叫你等会儿吗？你让我想想我要怎么说。”

“亲爱的，我们可以躺下来，边做边说！你都答应嫁给我这么久了，我们都没好好接过吻。”安东尼仍不死心，手上加大了推我力气。

我双手扒着床边，看着他，忍不住拿中文抱怨了一句：“不是，怎么老实巴交一秒钟变老流氓了？”

我刚喊完这句话，突然房间的门被打开了，感觉像是被踹开的，一下子冲进四五个人来，嘴里高喊着：“都原地蹲下，手抱头，不许动！”来的人喊声之高，气场之强颇具震慑力，吓得我差点直接从床上跪到地上，还好我蹲住了，我按着他的话，手抱头蹲在那儿。安东尼看着我，也学着我的样子，蹲在了地上，他的表情惊恐极了，嘴里一直在叨叨：“怎么了？到底怎么了？”其实我也很害怕，一直回他不知道，我的回答似乎让他更害怕了。

我蹲在地上，手里还握着那条围巾，脸上挂着泪水，鼻头和脸哭得红红的，我抬眼看着闯进来的几个人，两个警察、两个保安，还有一个像是饭店的经理，警察表情严肃地看着我，过了一会儿说：“不是自愿的吧？”

“啊？”我看着他点点头，又摇摇头，其实我不知道他问我的话是什么意思。

“没事，我们就是来解救你这种失足妇女的。”

“我失什么了？”我蹲在地上抬着眼睛看着他。

“看着不像没文化的啊？有人举报，这里有国际嫖娼组织成员。所以我们是来抓人的。”

“什……什么组织？”

“国际嫖娼组织！”

“我怎么从来没听说过有这种组织啊？嫖就嫖呗，还组织什么，那国际卖淫需要组织，那国际嫖娼也需要组织了？”

“你蹲好了你，你怎么那么多话啊？”警察对我的质疑很是不满，“那国际上要成立什么组织都跟你汇报啊？知不知道现在北京在清查非法居留的外籍人士，现在是看中国发展了，那些不着调的外国人都往中国跑。”警察看了看我们俩，指着安东尼，“我看你就像是那个组织的，起来跟我们走一趟。”

安东尼蹲在旁边都快哭了，他一直拉着我的胳膊，摇晃着问我到底怎么了？我拍了安东尼，安抚了他一下，抬头看着警察：“你们弄错了吧？他不是非法居留，他有护照。”

“那护照也不能证明他就是好人啊，你刚才不还在喊他是流氓吗？现在是有人报案了，有人报案我们就得处理，是不是真的，要带回去问才知道。是的话要不立刻遣送回国，要不罚钱要不就是判，那就不归我们管了。他要不是我们还是会把他放出来的。”

“不是，你们再好好问问是不是弄错了？”

“没错，这房间也对，这……”警察突然指了指安东尼，用英语问他，“你叫什么。”安东尼很快回答了。

“你看，名字也对，就是他没错。起来吧，别蹲着了，跟我们走一趟！”

CHAPTER 30

坚强

警察伸手示意安东尼站起来。安东尼看我，我朝他点头。安东尼扶着床边颤颤巍巍地站起来，我猜他的脚可能都软了。我的脑袋嗡嗡响像是有无数蜜蜂在乱飞，脸上表情显得稍微缓和了一些，我不想让安东尼的恐惧再加重了。

警察上来抓了安东尼的手腕，从腰间掏出个手铐来。我上去一把拉住了警察的胳膊："这个就不用了吧，他真的不是你们说的那个组织的，这样不好吧，让一个国际友人怎么看我们国家啊？"

"那他跑了怎么办啊？"

"他不会跑的，再说手铐也管不住腿啊！"

警察又把手铐别回腰间，看着安东尼："走吧。"

安东尼还在等我为他解释。他目不转睛地盯着我，我站在那儿想了一会儿转头看着他："安东尼，你得跟他们去一趟警察局。"

"为什么？"安东尼的声音很嘹亮，仍然全是恐惧。

"是这样的，因为……那个……其实……"我支吾了半天也说不出警察说的那个组织，"我们这里，没领结婚证的人在饭店里是不能住在一个房间的。警察会突击检查结婚证，就好像机场里的警察突击检查人们的行李护照一样。”

“什么！”安东尼的声音比刚才还大。

警察没等他继续和我交流，就靠过来推着他往门口走：“行了，回警察局再说吧。”

安东尼一边往门口走一边回头朝我大喊：“Chloe，你为什么不早告诉我！你跟他们说我真的不知道有这种规定，我不是故意的，你帮我通知法国大使，你让他救我！”

安东尼被带走了，留下一个警察询问我一些个人的情况后，收拾了笔记本要转身离开。

“你们不带我走吗？”我看着他的背影询问。

“你也想去警察局？”

我拼命地摇头，警察没说别的离开了房间。

我想在安东尼这个事情上，我的确藏了些自私的心理。警察说不带我走，我内心是庆幸的。我刚刚一直在担心从饭店被警察以这种罪名带出去是一件多么丢人的事，我甚至还在犹豫要不要拿衣服把脸挡上，幸好他们不带我走。

人的情绪陷入到太大的起伏里，就会忘记思考。我坐在床边，想着安东尼说要我通知大使馆救他，还有他临出门时看我的祈求的眼神，我想我得想办法帮他。冷静下来开始思索着前前后后发生的事，越想越觉得有些荒唐，想到后来竟觉得荒唐得可笑，似乎脑子里才刚刚意识到了什么，内心里控制不住地升起了某种怒意。我掏出手机来拨打顾明的电话，电话响了几次无人接听，到后来直接被人按断接着就是不在服务区，这种行为令我的怒火烧得更旺了。

我转而拨打了苑腾的手机，响了两次苑腾接起了电话，电话的另一端声音有些嘈杂，过了一会儿稍显安静了些。

“顾明是不是跟你在一起呢？”

“啊，是啊，我们仨都在一起呢。这眼看年底了，陪几个生意上来往的大Boss娱乐一下。”

“你们在哪儿？我现在过去！”

“你过来？你别过来，这儿乱着呢，不适合你，一屋子人你来了都没地方坐。”

“你就告诉我你们在哪儿就行了！”

“不、不、不，谢影你别来，你来了我怕你发脾气。这人吧真的多，各式各样的，你说你跟顾明那事还没弄利索呢，你一来了我怕你又蹿火。”

“你们不就是一屋子狗男女吗？”

“你看，这还没说两句呢，这话又开始膈应人了。什么叫狗男女？就是喝喝酒、唱唱歌、聊聊天。有的老板就好这口，就喜欢身边坐个小姑娘陪着他，我们这也是陪着他们这些人逢场作戏。”

“谁有工夫管你们这些，安东尼被警察抓走了！”可能是情绪过于激动，竟带着哽咽。

“啊？”苑腾的声音里都是吃惊，他像是也反应了一会儿，“谢影，你别急！你先别急啊，他怎么让警察给抓走了？他干什么事了？”

“警察说他是国际嫖娼组织的成员。”

“国……有这种组织吗？”

“我哪知道有没有？警察说报案的人说他是，所以得带回去问他到底是不是？”

“没事，没大事！咱们局子里有人，顾明头些年认识的一个警察哥们，现在职位也不低，他亲弟弟还在我们公司工作，关系特别铁，别提多铁了，我跟丁磊也认识。真的，你放心，这不算大事，打个招呼一句话的事，撑死交点保释金，我去跟顾明说一句啊。”苑腾停顿了片刻像是又想到了什么，“多句嘴啊，那个……安大爷他不是正嫖着的时候让抓的吧？不会是警察的什么特别扫黄行动吧？带着报纸电视台那种，要是的话你跟我们交个底，我们也好跟人递话。”

“嫖谁？嫖我算吗？算警察的特别行动吗？还是那个王八蛋专找他铁哥们为我安排的特别行动啊？”

苑腾在电话里安静，过了一会儿试探性的口气：“你……和……安东尼……在……”

“在聊天好吧！我们在聊天！”

苑腾像是松了一口气：“谢影，这事要真是顾明安排的，打我这儿就过不去，这玩得有点太过了。他可能太把老安当自己人了，以为他能开得起玩笑呢。他不能把谁都当成我跟丁磊是吧？我们一起长大不在乎，不是谁都……”

“你让他给我接电话！”我朝着电话喊出来，不想再听苑腾这些无聊的变相解释。

苑腾收了声，电话里的声音是音乐到更大声的音乐，然后又是苑腾的声音：“那个……那个……谢影，我们这儿挺忙的，屋里头喝多的好几个，但是我刚才问顾明了，他说了不是他抓的！”

“废话？我知道不是他抓的，是警察抓的，你们在哪儿？”

“谢影，我要告诉你了，你可别说是我说的啊。你来了以后稍微冷静一下跟顾明好好说，你们俩每次吵架都是越吵越急，大家岁数都大了办事有分寸了，没准是个误会呢。”苑腾告诉我Club的地址，离饭店很近，叫了出租车二十分钟就到了。

也许是因为周末，一进去人满为患，吵闹的音乐把我刚刚稍有些平静的情绪又变得烦躁起来，沿着拥挤的通道上楼找到了那个VIP房间。一开门恼人的音乐瞬间钻进耳中，耳朵开始嗡嗡作响，房间里的确人很多，一股燥热的气息扑面而来，一个中年男人配着两个年轻女孩正在大跳骑马舞。顾明坐在沙发的一处，左右胳膊上各挎着个艳丽女孩。顾明保持着微笑一直看着跳舞的中年男人，两个女孩又叫又笑，不停地重复着《江南STYLE》中最经典的那一句。顾明瞟了我一眼，没什么特殊反应，身体保持同样的姿势，表情也一样。苑腾也看见了我，于是我把门关上站在门口等他。

“来了？进去玩会儿吧？”苑腾走出VIP房间站在门口问我。

“我不是来玩的，安东尼都被抓一个多小时了，他电话也打不通，我哪儿有心情玩啊？你把他给我叫出来。”

苑腾转身回了房间，过了一会儿他又走了出来：“他说他现在走不开，你要不找一地等会儿他。”

“给脸不要脸啊！”我忍不住爆了一句粗口。苑腾眯了眼睛：“哎哟，我的妈啊，你小点声，这么大音乐都压不住你啊。”

苑腾开了个门缝，朝里面做了一阵表情，回过头来的时候表情都是为难：“要不你进去找个地方先坐会儿。”

我一把推开了苑腾，开门走了进去，站在顾明面前：“你出来一下，我有事跟你说。”

顾明微蹙眉：“什么？你大点声。”

“我有事跟你说！”

“啊？”顾明的样子像是仍没听清。我四下看了看，走过去把那首神曲直接切掉，顺手还拔掉了唱歌人的话筒。房间内一下安静了，接着就是一阵躁动，唱歌的男人醉醺醺地大喊着：“这怎么回事啊这是？”

我又站回到顾明面前：“现在能听清楚了吗？”

丁磊看见这形式“噌”的一下蹿出来：“那个……这位是顾总的太太，他们最近吵架怄气呢，不好意思啊，给个面子给个面子。”丁磊说完这句话，还挎着顾明胳膊的两个女孩立刻松开了手端正了身体看着我。

顾明坐在沙发上点了支香烟看着我笑："生日过得怎么样？还浪漫吧？"

"你承认是你搞的事了？"

顾明继续上扬他的嘴角："你猜！"

我刚要发火，苑腾立刻插话进来："顾明你这样特别不合适。咱把安大爷好吃好喝好招待送走就完了，让他记个中国人民的好。你这么弄那丁磊不是白辛苦了，没准会在老安心里造成阴影的。"

顾明吐了长长的一口烟看着苑腾："安东尼今天惦记着要办她，跟傻子似的还去呢！"

"哦，这样啊！"苑腾一边点头一边表示认同。

顾明转过头来瞪着我："我早跟你说过了，你这辈子就我这一个男人了，别的想都别想。我不是什么正人君子，你的思想品德也高尚不到哪儿去。咱们俩大渣子是绝配别再去坑别人了，我什么事都可以忍但是这件事我不忍！我说得够明白了吗？"

"把安东尼放出来！"

"我要说不呢？"

我抬手狠狠地扇了顾明一个耳光，声音很响很脆。我想我可能一不小心又下了重手，我的手被震得有点麻，顾明的面颊像是肿了起来。房间内到处都是倒吸气的声音，顾明身边的两个女孩瞬间闪到了三米开外。

顾明揉了下嘴角，一直在笑着点头："到底是岁数大了，下手都比以前轻多了。还有别的能耐吗？再使点出来？"我侧眼看见桌子上摆的洋酒瓶子，冲动的情绪再次占据了大脑，抬手刚抓住瓶口屋内就尖叫一片，苑腾和丁磊上来一人按住我一只手："你们还小啊？黑社会谈判啊？谢影，你别三青子劲一上来就不管不顾了。”

丁磊一直在旁边朝我挤眉弄眼：“你差不多行了啊，给顾明留点面子，这以后还怎么在生意场上混啊？”

我本认为我已经超脱出去了，此刻像是瞬间又被拉回感情的旋涡中，心里压抑不住地感受到了委屈：“顾明你记不记得，你在天安门金水桥上对着毛主席的画像发过什么誓？跟别人结婚上床的又不是我？凭什么你行我不行！”眼泪又开始不争气地流下来，我回来的这一个多月里快把我前三十年的眼泪都流光了。

“我没忘，我跟你说的每一句话我都没忘过，我们之间我经历的是全部，可是你只记你想记的那一部分。”顾明的声音也有些颤抖，“谢影，好多年过去了，你有没有一天尝试想一下，在你走的那天早上，我激动、兴奋得一夜没睡，因为那天我们说好了要结婚。我六点不到就从医院出来，回家的路上心里都在唱歌。我站在你们家门口一直敲你的房门，从天不亮一直敲到天大亮，我怕你自己在家出了什么事，从二楼爬进你们家里，所有的一切都好好的只是你不在。我当时想我可真傻，我肯定是说和你在民政局见。我去了民政局穿了我最好的衣服，我从来没觉得我自己帅过，可是那天我自己看着镜子里的自己都觉得自己帅。

“那天领结婚证的人很多，成双结对的。只有我，只有我是一个人，我从早上一直站到了晚上，民政局的人都下班了，你始终都没出现。我开始胡思乱想，我怕你出了什么事？怕你被车撞了，怕你被人绑架，可是我想我们那么穷谁绑架我们啊？我回家，在楼梯上坐了整整一宿，我去警察局报了案，可是警察也不爱理我。我跟人说你肯定是出了什么事，逼着警察去找你。那些日子的生活变成了每天打工、照顾妈妈和坐在你们家门口等你，你知不知道我在你们家门前睡了多少个晚上？结果有一天警察告诉我说，有你的出入境记录说你出国了。我当时想原来你不是出事了，你是出国了。后来我妈死了你也走了，我天天都不知道自己活着干吗。你在的时候那么强，我就想我得比你还要强，你走了我才发现其实我可能也没那么坚强，我不能脆弱一次吗？我是男人我也不是圣人，我是犯错了，我是没遵守对毛主席发的誓，可是凭什么你就觉得我变了，凭什么觉得我不纯粹了？”

CHAPTER 31

分析

包间内的氛围是极度安静，所有人都瞪大眼睛看着我们。我和顾明如同在这里上演了一幕双人话剧，剧情是一对男女愤怒地争论着在他们的感情世界里究竟谁做得对，谁又做错什么？

一位老板忍不住打了个酒嗝，他赶忙捂了嘴像是怕破坏了此刻的氛围影响剧情的走向。只是这突来的声音，让我们两个人意识到房间里还有很多其他的人。顾明的表情一下缓和了，眼里的晶莹也隐退了回去，顾明站起来说了句：“我先走了。”就拉开房门走掉了。

苑腾看着他的背影高喊着：“叫司机送你，你喝挺多的，别自己开车。”

打酒嗝的那位老板眨巴了两下眼睛看着我又转头看着苑腾：“完了？还没说明白怎么回事呢？顾总平时和她太太吵架都这么重口味啊？怎么跟看电视剧似的？”

我转身想要离开，苑腾赶忙开口：“等会儿吧，我再叫个司机来，送你回去。”

“来、来、来用我的司机，用我的司机。”那位醉醺醺的老板在一旁插了话，我说了句不用了，开了房门飞似的逃跑了。

我叫了出租车，坐上车一直不说话，司机问了我几遍要去哪儿，我说不知道。

“不知道怎么行啊，那我把你拉哪儿去啊？”

“随便吧。”

“随便也不行啊，这么晚了，我拉完这趟活就要回家了。您这一随便我得随便到什么时候啊？”

“去天安门吧。”脑子里突然闪现出天安门的影子，脱口说了出来，司机终于不抱怨了。司机把我放在了天安门旁边的长安街上，一下车就感觉到了冬天的寒意，我紧了紧大衣朝天安门走去。也许是周末的关系，虽然天很冷也有些晚了，仍然有游客在金水桥上拍照留念。年轻女孩的笑声仿佛被风吹响的风铃清脆又悦耳，摸着汉白玉的栏杆回想着十年前的我也曾在这里开心笑着。

十年前的那个十一，大学同学决定要来天安门看升旗。大家怕抢不到最好的位置，于是决定在广场上熬整个通宵。大家围坐在旗杆边有的打牌，有的聊天，有的打盹，顾明却拉着我站在金水桥上对着毛主席的画像宣誓。

起初我不敢，觉得很丢脸，虽然那时候金水桥上已经没有游客了，可是顾明的声音很大，我怕冲出个武警来把我们俩抓走。顾明当时看着我满脸不屑，丢出句评价是“真够㞞的”。也许是这句话刺激了我，把我的战斗力激发了出来，于是我也站在金水桥上比他还大声。

顾明请毛主席做证，说我们从那天开始要当好青年不再打架滋事了。我在旁边高喊补充着，除非有人先打我们，顾明夸我补充得到位。他说我们决定要好好学习好好劳动，我说以后要好好工作好好生活，顾明说我们要坚决贯彻国家的一夫一妻的制度一直到闭眼蹬腿的那天，我绞尽脑汁地想了半天说，永远不分开一直到全世界都实现共产主义！

我们俩到后来都笑得很大声。他拉着我往广场跑。顾明说我觉悟真高，全世界实现共产主义都出来了。他问我全世界能实现共产主义吗？我说谁知道呢？反正实现前我们都不分开呗。

我倚在栏杆上看着仍在照相的年轻人，仿佛看到了十年前的我自己，脑中的回想让我的脸上一直带着微笑。

“姐姐？”拿相机的男孩在旁边喊了我一句，把我从回忆里拉了出来，“您能帮我和我的同学们照张合影吗？”

“哦，好。”我拿过男孩的相机，指挥着那几个年轻人左站右站，帮他们照了几张照片，突然手机在兜里震动着，我掏出手机来是顾明的电话，我犹豫了一会儿接了起来。

“你干吗跟踪我？”顾明的语气听起来像是谴责。

“我跟踪你？”我觉得顾明的话实在令人费解。

“回头。”我转过身，在金水桥的拱顶上看见了顾明的身影，他缓缓地朝我这边走，我突然变得好紧张背转过身去扶着栏杆，努力平静着自己的情绪，转过身的时候发现顾明驻了足，他在拱顶上背靠着栏杆举着电话看着我。

“你不说你回家了吗？”

“我说我先走！”顾明长出了口气．“回家也睡不着，想起这儿了就想来看看，好久没来了。”

“我叫了出租车，司机说他只认识天安门。”

“嘿，你可真够能扯的。”

我想我也的确挺能扯的，只是不想承认我们又想到一起去了。我低着头举着电话，不说话。顾明也不说话，过了好久，他在电话里缓缓地说：“对不起！”

我抬头看他，有点不确定这个词是他说的，我们两个是都不道歉的人，似乎是从很早就形成的默契。

“为安东尼吗？”

“为所有的事，我做错了，求你原谅我。”顾明在电话里笑起来，看着他的表情像是自嘲的笑，“我这么久不来这里，主要是没脸见毛主席他老人家，我没兑现我的誓言。”

“是我先违背誓言的。”我背过身趴在栏杆上怕自己一激动又哭出来，“是我先离开的。”

“不，你跟我不一样。”

“怎么不一样？”

顾明没有回答我的问题，我们俩又都沉默了，过了一会儿他开口道：“谢影，想去普罗旺斯吗？”

“普罗旺斯？”我跟顾明说过如果结婚了我们最好能去法国度蜜月，然后去普罗旺斯看成片的熏衣草。顾明说我们攒够了飞机票就去，他要带一大包内裤去巴黎，然后我们俩摆地摊从巴黎一路摆到普罗旺斯去，没准回来的时候还能小发一笔。他说从中国批的内裤才多少钱啊，去法国赚欧元肯定赚翻了。我当时被逗得咯咯笑，觉得他特有经济头脑。我在法国待了这么多年却从来没去过普罗旺斯，因为我一到巴黎就病倒了。

“像我们当初说的那样，摆地摊一路摆到普罗旺斯去，敢不敢？你要同意，我明天就去批内裤。”

我又忍不住在电话里笑出了声：“神经病，你不嫌丢人啊！”

“这有什么可丢人的？反正都是外国人，也没人认识咱们。”

我还在咯咯地笑，顾明从身后轻轻地抱住了我：“影，我们结婚吧？”

我的笑容被顾明的拥抱定格在脸上。这拥抱让我觉得温暖，耳畔是他清晰的呼吸声。我想了半天不知要如何回答，这问题真难答，我对身后的这个家伙说的这句话几乎毫无招架和应变的能力，没法拒绝也没有拒绝的理由，甚至不敢去看他听到我说不之后失望又难过的表情。

顾明刚刚让我尝试回想我离开的那一天他会是什么样，我到现在都没敢去想过，如果我脑子里有那个情景，我一定会从飞机场跑回家去。我常常认为我们彼此了解到深入骨髓，是因为在面对许多考验的时候，我想如果我是他我会怎么样，我会是何种感受我要怎么做。

安东尼的电话救了我，他打来得好及时，所以我不必回答顾明的问题。安东尼的声音有些昏昏沉沉的，听起来像是情绪低落。

“你在哪儿？”我像是很焦急地询问，我想我真是个不合格的未婚妻，连装都装不像，在和顾明争吵之后就把安东尼被警察抓走的事给忘了，自己竟不由自主地跑来天安门回忆自己曾经的快乐时光。

“我在饭店，我已经睡了一小觉了。”

“你回去了？什么时候回去的？”

“有一会儿了。”

“警察他们难为你了吗？”

安东尼在电话里叹了口气：“Chloe，我有时候不知道要如何表达我对这里的感受，我想了半天只能用莫名其妙来形容。”

“你怎么了？他们把你怎么了？”

“他们没把我怎么样？我的英语那么不好，警察的英语也不好，我们只能靠一些单词说话。如果我没理解错的，大概一上车他们问我法国什么季节去最好，然后又问我有什么东西可以吃，然后他们问我饿不饿。我坐在车上特别害怕，只会点头。后来他们就请我吃了顿饭。吃的是火锅，味道很不错。但是我觉得我吃得太多了，现在我的胃很不舒服。我说我胃有点疼，后来他们就把我送回饭店了，还帮我买了胃药，然后说希望我以后能遵守中国的法律制度，然后他们就走了。我现在胃还是觉得很不舒服，所以我现在准备继续去睡觉。”

“安东尼回去了。”我看着顾明告诉安东尼此刻的状态，顾明对此时没什么异常反应，让人体会到他对这个事情毫不关心。

“太晚了，我也该回去了。”我快步地走着，顾明并没有追上来继续逼问我结婚的问题，他在我身后高喊着：“那我批多少内裤合适啊？还有你原来说要沿着公路睡，一路睡到普罗旺斯去，那我是不是还得再去买两个睡袋啊？”

我突然转头看着他：“我多大岁数了还睡路边？你对我就不能大方点，我就不能住个饭店什么的？”和顾明的这种说话模式似乎都成了我应激的条件反射，刚说完就后悔又没管住自己。

“行，住饭店，那我再大方点，飞机票我也包了。什么时候走啊？”

“你让我想想。”我高声回喊了一句，想快些走掉。

“你想屁啊你还？你以为你还年轻是怎么着啊？”

我驻足忍不住回头看他，我的表情肯定是不好看，顾明看着我反应了一会儿：“别误会，主要是我岁数大了，你不嫁我，我就得打一辈子光棍了，你忍心看我打一辈子光棍啊？”顾明刚说完，偶尔经过的三三两两的游客都忍不住捂着嘴乐起来。不过这些事情对于他来说好像也是毫无所谓，他只是站在那儿等着我回答。

“跟神经病去蜜月旅行，我不得好好考虑一下？”我终于找到个理由，说完之后叫了出租车回到了家里。

第二天上午，我接到了法国大使馆通知我去领签证的电话，内心觉得这签证来得好快啊，好像故意不让我犹豫似的。我坐在门口穿鞋，母亲在一旁看着我：“我昨天头有点痛，早睡了。”

“嗯。”

“你跟安东尼怎么样了？”

“没怎么样？”

“和他说清楚了？”

“还没，本来要说，结果出了点状况没说成。再找机会说吧。”

“安东尼说你的电话关机了。”

我从包里掏出手机来发现是没电了。“他还说什么了？”

“他说顾明一早给他打电话道歉来着，说如果他下次来中国，他会好好地招待他。”老妈看着我问题问得小心翼翼，“你跟顾明说清楚了吗？”

我继续摇头：“我去大使馆领签证。”

我回到家的时候已经下午两点多了。刚一进门就看见屋子里摆了三个大箱子，安东尼坐在沙发上看着电视一边看一边嘿嘿地笑，我看了眼电视是教做菜的节目，我想他大概也就能看懂这个了。

他看见我回来了很高兴，站起来拥抱了我吻了我的面颊。

“你怎么来了？”我对安东尼出现在我的家中有些奇怪。

“我想了想还是决定搬来和你住。”

安东尼说完这话，母亲从厨房露出头来看了我一眼：“我出去买点东西，一会儿回来。”

母亲离开了家，房子里只剩下我和安东尼两个人，安东尼蹲下来开始收拾他的行李箱。“Chloe，你帮我看看东西都放在哪里合适。”

我坐在沙发上看着他：“顾先生早上给你打电话了？”

“哦，宝贝，我本意不想说你的朋友不好，只是我有时候觉得他们有点怪异。顾先生一大早打电话来说警察的事都是他的错，他只是想跟我开个玩笑希望我不要介意。我不是开不起玩笑的人，可是那天我真的被吓到了，也许这是中国特有的幽默，我还需要慢慢习惯而已。”

“他确实有做得不对的地方。”

“亲爱的，别为了我破坏你们的友谊。我想了想有时候我可能听不太懂他们想表达的意思，还好有你在，我不想住在饭店了，我不想在跟你亲热的时候还总担心有警察来检查结婚证。顾先生跟我说如果我下次再来中国他会好好地招待我和我的家人，我想了半天觉得他可能不希望我继续再住在那里了。我住得是有些久了，顾先生是个慷慨的人，我不应该再叫他破费了。”

我站起来给自己倒了杯水，觉得自己有些燥热，不是因为我和安东尼这位五十六岁的大爷共处一室，我只是在想我要如何开始我的话题。我站在窗口一直向外看着，窗外的风景可真不怎么样。安东尼是那么讨厌这里，却非要搬来跟我一起住：“安东尼，你为什么会爱上我？”我的眼睛仍然看着窗外问了个问题，“我们的文化差异差得那么远，年龄也差得远，认识的时间很短。”

“哦，亲爱的我一直希望你能问我这个问题。”安东尼仍然蹲在行李旁，像是在组织语言，“一开始你妈妈来看房子的时候，我并不想租给她，我有点担心不同人种的宗教信仰和生活习惯问题。可是你的妈妈好像对房子很满意，我没有马上拒绝她，我担心我的房子租不出去，因为我的租金挺贵的，我的生活状态很拮据，我很需要钱。后来你妈妈带你一起来看房子，你一走进来，我看见的第一眼觉得你……很漂亮。”安东尼又开始做他那个噘嘴的怪表情，好像说到这个让他很不好意思，“我不太会看亚洲人的年龄，我觉得你应该是个十八九岁的小姑娘，你说话很礼貌，一直在笑充满了活力。由于Emma的病，我很多年都是在压抑中度过的，我刚刚从那段日子中恢复过来，然后你来了，就好像一下把我的屋子照亮了。我当时很想让你留下来，所以我给你降了租金。一开始我只把你当成一个有活力的小女孩，我想让你为我那死气沉沉的生活增加些色彩，后来我才知道了你的真实年龄。”

安东尼摆了个舒服的姿势坐在了沙发上，不再继续收拾他的行李：“我知道你的真实年龄之后，我开始把你当一个美丽的女人来欣赏。我发现你的生活很有规律，你每天早上七点起床然后化一个很简单的妆就去上班了，晚上回来得也很准时。偶尔有回来晚的时候，我会偷偷地站在窗口看你，心想会不会是哪个男人送你回来。没有，每次都是你一个人，而你回来晚都是工作耽误了一点点时间。你的生活习惯也很好，不抽烟不喝酒，吃的东西也很健康。有一次你买完东西回来，可能因为走路的原因，脸色很好看。我当时在想要是能跟你生个孩子，那孩子一定很漂亮！我跟Emma早就想要孩子，只是很久都怀不上，后来她生病了所以就更不可能有孩子了。Emma住院的时候一直跟我说娶个好女人然后生个健康的孩子。那天我突然想也许你是Emma为我安排的那个女人，我心里决定要追求你，我想办法找机会接近你。可是我总感觉你在躲着我，或者你认为我是对你的妈妈感兴趣，因为我一去你就出去了，总是把我和你妈留在一起。有一天我在餐厅后面的过道里休息，然后看着你在街对面经过，然后你在那个咖啡店坐下来，看你电脑上的东西。在不远的地方有个年轻又英俊的男人一直在盯着你看，我当时想他一定是想过去和你搭讪，果然他很快就坐到你那张桌子去了。我当时心里很紧张，那男人看起来是个很不错的人，我想你们至少会互留电话。可是你当时的表情变得慌张极了，笑得很勉强还有点害羞，我想你可能在尽量保持礼貌，然后你开始慌乱地收拾东西，还不小心碰洒了咖啡，你拿纸随意擦了擦，跟那个男人寒暄了几句，然后就走掉了。哦，我的天啊，我当时觉得你真可爱，你没看见那男人失落的表情。很早以前我就听人说过，东方女人很保守，有的女人几十岁了可能都没谈过恋爱，后来我在想也许你就是其中之一。你总是表现得安静、优雅、礼貌，看见我时总是保持甜美的微笑，我觉得你是个真正的淑女。”

“我谈过恋爱！”

“哦，好的，是上幼儿园的时候吗？”安东尼说完哈哈大笑着，我没笑，很平静地看他。他摆了摆手，“好吧，也许我没什么幽默感。”

“事实上，那天我真的很慌乱，我不太会和男人相处，我只会和一个男人相处，用我们特有的方式。”

安东尼的笑容渐渐收了起来：“你说的那个男人不会是我吧？”

“是顾先生。”

安东尼直视着我，过了一会儿他又微笑着说：“好的，没关系，都过去了。”

“我也不是一个淑女，不过我在尽量地装成一个淑女，我安静是因为我跟你没话好说，你说的话我也不想听。什么优雅礼貌总是保持微笑，开始是我想让你对我有个好印象，因为你的房子很漂亮租金又很低，是最理想的选择。后来我连租金都不想付了，所以我希望我妈能嫁给你，其实你们俩挺合适的，不过可惜你不喜欢她。后来我发现你对我挺有兴趣的，所以我就跟你约会，你向我求婚的时候我就答应了。”

安东尼直愣愣地看着我，过了好一会儿，他突然哈哈大笑起来，一边笑一边说：“哦，不，亲爱的，你真是很幽默，我居然差点上你的当，谁会为了把房租省了而答应嫁给房东？”安东尼捂着肚子像是笑岔气一样。我很平静地等着他安静下来，他笑的时候一直在看我，最后终于安静了，“真的是因为房租？不是因为爱我？”

我点头，点得很坚定。

“我太老了？我不够英俊？我也不富有？还是什么其他的原因？”

“如果有爱的话，你说的这些都不算什么，不爱的话……”我翻着眼皮想了想，“你说的这些还真的是原因，就因为你说的这些好了。”

安东尼“腾”地从沙发站起来，表情里充满了愤怒，他的声音像是在咆哮：“Chloe，你真叫我失望，中国女人都像你这样？”

“不是，只有我这样。”我做了个深呼吸，不想让我本来刻薄的潜质发挥得太透彻，我尽量想一些婉转又能让人接受的言语。这时候我竟然发现我可真不适合再去考虑结婚的问题，无论再遇到什么男人，我都得去费力编纂谎言，让一个我本来不爱的男人感受到来自于我的真爱。这简直是为我不可预知长短的后半生选择的一次痛苦的自我修行，我的前半生就已经像一场修行了，我可真是有某种自虐倾向。

这个世界上只有一个人值得我去费这种脑子小心翼翼地编谎话，维护住我想要替他维护的东西，再多的男人我真是招架不住。

“我只会和一个男人相处，可能你有很多缺点，不过这些在我看来和年轻男人被我发现了一根白头发，英俊男人的脸上有一个痦子，有钱男人不小心忘带了钱包一样让我难以接受，不爱的时候什么都可以是难以忍受的缺点。”我希望安东尼能理解我要表达什么。他站在那看了我好久：“你要和顾先生重新在一起了？”

现在换成了我盯着安东尼看，我的表情是思索，不知道过了多长时间，安东尼又坐回到沙发上：“你当初为什么要和他分开？”

“因为他太穷了。”

安东尼眉头深锁，他的呼吸都变重了，我想他大概在想用什么言语谴责我。

“我生不了孩子，安东尼，我有病，生孩子有可能会死，我可不想为你去冒这种险。”

“你病了？什么时候病的？这……是真话吗？”

我忍不住笑着点头：“真话，从现在开始我都会跟你说真话，你也可以说真话，什么都可以！”我站起来给安东尼倒了杯水，自己也倒了一杯，我又站到了窗口看着外面，“你说得没错，这不是一个令人喜欢的居住环境，生活在这里的人都很穷。我很早就生病了，大学一毕业我找了份正式工作，入职体检的时候查出来的。顾先生的妈妈病了，他的生活压力已经够重了，我本来想帮他，没想到自己成了另一个负担。我不想当他的负担，所以就走了，就是这样。”

安东尼很安静好像都不在屋里一样，我转过头的时候，他像个小孩似的趴在沙发背上看着我：“你什么都没说然后就走了？”

“没有。”

“为什么？”

“怕他伤心，怕他自不量力地想要照顾我。我打赌他还会自不量力地那么去做，然后看着我一天不如一天，然后在我面前强颜欢笑，自欺欺人地骗他自己说我会好起来的，然后为了这个理由把自己累得跟牲口一样，结果我还是死了，什么都没给他留下，只留下让他继续穷个十几年还不完的医药费。靠，要真是这样我肯定自杀死了了事。”后半句忍不住爆了粗口，用中文一时冲动脱口出来。

安东尼转身坐回到沙发里半天都不出声，我靠过去看他，他捂着脸小声地抽泣着。

“安东尼，你没事吧？”我刚问完，安东尼大声地呜呜地哭起来：“你就是Emma派来的，可是你为什么不爱我？”安东尼的哭声怎么都止不住，我也不知道要怎么安慰他，只能不停地拽纸巾给他，安东尼擦着眼泪，声音里全是颤抖，“那就是我曾经的生活，在病床边笑着看她，拽着Emma的手，告诉她她会好的。可是我一走出病房医生就会找我谈话，告诉我她的身体一天不如一天。后来她时常昏迷，医生总是问我同样的问题到底要不要救她，我恨那家医院，我恨那个医生，我恨我经历的一切。医生总是跟我说这次救过来，她也不会活太长时间，他逼着我选择让她死。Emma后来也知道了，她每次睁眼的第一句话就是看着我说，求你了安东尼让我死吧，能拉着你的手这样死去是我最大的幸福。她很早就生病了没什么劳动能力，法国医保报销很有限，我卖了家里的很多东西。最后是我让她死的。我同意的时候

Emma在笑，可是我有很深的罪恶感。那些年我每周都去教堂忏悔，我不知道正确答案，我让她死和不让她死都是我的罪恶。顾先生为什么这么幸运！”

安东尼坐在那哭了好久，我在他对面看着他，脑子里有一个景象：一个年轻女人躺在病床上拉着年轻男人的手在合眼的那一刻说，能这么死去是我一生最大的幸福。通常是爱情剧里凄美的高潮结局，我在法国治疗的时候偶尔会为自己幻想这个场景，刚想到的时候的确觉得幸福，再多想想就觉得这电视的女主角可真够孙子的，二十来岁什么都没干呢就准备要死，丢下句我真幸福之后一蹬腿一闭眼她幸福地去了，估计男的得为她这句话不痛快几十年。

大学的时候同宿舍的女生推荐我看《人鬼情未了》，那时候刚和顾明正式谈恋爱没多久，可是看到生死离别的时候却很有感触，伤心地哭了半天，然后逼着顾明一定要看。我陪着他坐在电脑旁看完了电影，我哭得用完了三包纸巾，他坐在那儿嗑了两包瓜子，我特别愤怒斥责他：“你是不是人啊？你就一点都不感动？”

“哪儿值得感动啊？一男的死了，非不好好死，非得变个厉鬼回来缠着他老婆，应该找个茅山道士收了他。”

“怎么是厉鬼啊？”

“都附乌比·戈德堡身上了还不吓人呢？而且我也特别讨厌那俩人抱一起和稀泥的桥段，一看就是一个黏黏糊糊不干脆的人。我要是死了就算我真变鬼，我也是回来拿板砖拍你，拍完了我就直接闪人。不是，应该是闪鬼。”

“干什么？想报仇啊？”

“把你拍失忆了，然后把我忘干净了，好开始新生活啊。”顾明从来就不是浪漫的人，说的话大多都不中听，不过静下心来想的时候我会觉得很甜蜜。我记得那次他说完这句话之后我愣愣地看着他，然后的感觉就是甜蜜，我特小声地嘀咕：“那要是我死了，我也来拿板砖拍你。”

我刚说完这句话，顾明抬手就扇了我一个小嘴巴，说疼不疼，说痒不痒的。不过我当时就蹿了，印象里他是第一次动手打我，我当时想我可不惯你这臭毛病。顾明抬胳膊抵挡着我的报复行动，嘴里还大骂着：“瞎跟我这扯什么淡，什么死不死的晦气不晦气？再说了你已经拿板砖拍过我了，我也没失忆，我还对你印象更深了，估计得记你丫一辈子。”

安东尼止住了哭泣。可能是流了太多的眼泪，他把我给他倒的水全都喝干了。他直视着我说：“我不会娶你的Chloe，即使你长得再漂亮再优雅再像淑女我也不会娶你，我不会娶一个有病的人当妻子，即使世界上只剩你一个女人，我宁可单身也不会娶你，这是我发自内心的真实感受！”我撇着嘴看着他点了点头，我想真话里百分之八十的话都是极其刺耳和令人难以接受的，尤其是后面那句假设简直起到了画龙点睛的作用。

“我原来就打算娶一个健康而且要比我小很多的女人，这样在没特殊原因的状况下我可以死在她前面，我不想再经历一遍送别爱人的事，我很脆弱我承受不了，请你原谅我。”

安大爷彻底逆袭了，把一场我甩他的戏码变成了他甩我的戏码。不过这些都是无所谓的，只要结果相同就是好事。我点头继续表示赞同：“安东尼你放心，即使世界上只剩你一个男的，我也不会动半分嫁给你的心思。”

“这很好！”安东尼像是松了一口气，“你也不要嫁给顾先生！”安东尼又想了一下，“我的意见是你最好谁都不要嫁，但是你可以有一些好的床伴，不然你总是一个人会很寂寞的。”安东尼角色转换得很快，感觉他从一个未婚夫立刻变成了一个闺密，“要不然我们一起回法国吧？做不了夫妻我们仍然可以是好朋友，我可以继续算你便宜的租金，但是你得帮我打扫房间，如果你回来得早的话你要负责做晚饭，每周彻底清洗一次厨房。”安东尼看着我在笑，“还好我没彻底爱上你Chloe，不然我不知道要难过多久？”

我站起来走到门口拉开门，伸了下手：“时间不早了，已经快下午五点了，你是不是该离开了。”

“我今天不能住在这里吗？这么多行李难道我还要再带回饭店去吗？”

“你知不知道我这个房子有多接近二环？你知道北京现在二环的地价值多少钱吗？你在我这儿住一晚，我巴黎一个月的房租都不用付了，你还要住吗？”

安东尼看着我又开始噘嘴，他收拾了他的箱子往门口走，刚一出门我立刻喊了他：“安东尼，我跟你说的事别跟顾先生说，不然会让事情变得很麻烦。我会回法国的，房租的事我们回法国再商量，你知不知道我住的那屋地毯都发霉了？还有我睡那个床一翻身就会咯吱咯吱地响，我估计它很快就会散架，万一我摔伤了你要赔我很多钱的。还有我跟你说过至少两次，我需要接入一根网线。”

“别人告诉我说家里插一个WiFi就可以。”

“可是你根本不上网，所以你从来不记得插。”

“好吧，我知道了。”安东尼拉着皮箱往楼下走，他转头看我，“订回法国的机票的时候帮我订一张。”

“你得先给我钱。”

安东尼的脸上又呈现出憨豆先生撇着嘴摇头晃脑不情愿的表情，他从外衣兜里掏出钱包来，数了几张欧元递给我：“多出的钱一定要还给我。”

“知道了，订好票联系你。”说完我就转身走进屋里把门关上了。

CHAPTER 32

舍不得

母亲进门的时候已经快晚上六点半了，我正在电脑上查找着去法国的打折机票。

“安东尼走了？”

“嗯。”我随口附和着。

“都说清楚了？”

“嗯。”

“他没生气？”

“生了一会儿，然后就好了。”

“我以为他要难过好久的，他看起来好像很喜欢你。”

“一共认识没几个月能多喜欢啊？外国人不都那样吗？我一跟他说我生不了孩子，立刻变得可清醒了。还给了我一堆建议，让我谁都别嫁但是最好能找一些英俊和身材好的床伴，以填补我孤独寂寞的感情生活，真能瞎操心，以为我跟他多熟呢？”

“你在干吗？”

“在买回法国的机票。”刚说完这句话我忍不住拍了桌子，“还告诉我多的钱找给他，哪儿需要找钱啊？没准还得给他贴钱呢，年纪大，倒是一点都不傻！”

“要走了？”

“嗯。”

“什么时候？”

“大后天。”

“这么快？”母亲的语气是吃惊，“你这孩子总是这样，一点缓和都不留。”

“留什么缓和的余地？”我侧头看着母亲。

“我是说……你……不准备去跟顾明告个别吗？”

我摇了摇头：“我跟他告不了别，我能力有限，控制不好情绪可能会有很多处理不了的状况。”

“这次是不是走了就再也不回来了？”

我转头看着母亲好久，又继续回过头去看着电脑轻轻地“嗯”了一声。

“那要是下这么大决心的话，不如去跟他说些什么吧？比如去跟他说你心里就是容不下他结过婚的事，所以接受不了他。给他个理由省得他心里还是放不下你。”

“这样好吗？”我有点质疑母亲这个建议，觉得自己都要走了干吗还非要给别人心里添堵，可是隐约又觉得好像是有些道理，既然此刻已经决定不再回来了。

当初的离开是抱着决绝的心而去，却总是忍不住幻想着有一天能康复如初地再站在他的面前，然后像个快乐的小鸟一样钻进他的臂弯里，告诉他我当初不是绝情地背离而去，我的心里一直一直都是他，谁都不曾靠近过。

“我是不太懂爱不爱的事情，总是觉得什么事还是有始有终的好。”母亲叹了口气，“我去做饭了。”

坐在沙发上想了好久，突然站起来冲到卧室里翻箱倒柜地找东西，柜子抽屉全都翻了个遍，又开始趴在地上看着床下，最后终于在客厅的沙发后面找到了我寻觅的那个袋子。

母亲从厨房里走出来："什么东西？"

我从袋子里拿出来曾经给顾明织了一半的围巾，上面全是灰，连蓝色都看不出来了，毛线好像也变糟了。叹了口气把袋子扔在茶几上，走到门口开始穿大衣："妈，我出去一趟。"

"饭要好了，你干什么去？"

"隔三条街好像有个替人织毛衣的小店，我去看看那儿有没有毛线卖。"

"几点了，出去买毛线？人家开门吗？"

"去看看也不远。"

"明天再去不行吗？"

"原来答应过要给顾明织条围巾，总也织不好，织一会儿扔一会儿的，后来知道生病了就把这个事给忘了，没想到这家伙一直还记着呢。你说的，有始有终的好，你要不说这个我又给忘了，脑子真是不好使了。没几天时间了，不知道能不能织起来！"

我开门要出去，母亲在身后追喊着："要真是开着门，你就让那店里帮你织一条好了。"

我从门外探着头看母亲："可是我当初跟他说我亲手织给他。"

"你就说是你织的不就行了。"

"那不成了骗他了吗？"

"你又不是第一次骗他。"

被母亲说得有些沮丧，我低着头离开了家。

我想也许是老天都想帮我完成心愿，那家小店居然还真开着门。买了我想要的深蓝色毛线，拎回家的时候，老妈又开始唉声叹气的：

“你们俩可是爱较劲，还特别爱跟自己较劲。你现在买线回来是不是又要熬夜干这事了？”

“不用熬夜，这东西很简单的。以前姥姥就给我织过围巾，一天就能织好。”

“你姥姥是手巧的人。”

没继续和母亲讨论这个问题，简单地吃了两口饭，钻进屋子里开始研究起那些毛线来。我想母亲说姥姥手巧大概还有后半句，就是我的手很笨，这个事情我自己很早就知道，不然当初也不会答应他的事始终都完不成。

两夜一天的时间，我没有熬夜。我断断续续地睡了几个小时，可是心里总是惦记着一件事，睡不踏实不经意就醒来了，醒来后就继续研究那些毛线。比我预计的时间要短，我对自己还比较满意，看着手里那条可以被称作围巾的成品，一下子松了一口气。总体来说我对这件手工艺满意，没漏针，没错针，一头和另一头的宽窄度我拿尺子量了量没差出十厘米。我内心也希望能像那些心灵手巧的女性一样，织一条像模像样的作品，然后让戴着它的人有种得意的神情足够他四处嘚瑟的。回想起来实在是我当初太自不量力了，干吗让自己承担一个如此艰巨的任务，用老妈的话说我真是爱跟自己较劲。这东西如果在当初送给顾明，他一定会我说糊弄他，现在不管他说什么，总之我答应他的事是完成了，脑子里努力地思索还答应过他什么事是我此刻力所能及的，想了很久要不就是一件都想不起来，要不就是一下想起很多件，只是想起来的这些好像都做不到了。

第二天起得很早，攥着围巾在屋子里四处溜达，想着要以什么方式把这条围巾送出去。我的脑细胞真的是太少了，光想这个问题一上午就过去了，可是我仍是没有妥善的方法。吃完午饭继续想，看了眼表下午过半了，终于给苑腾打了电话。

“苑腾你在哪儿呢？”

“外面。”

“自己吗？”

“嗯，生意上的事，我负责的。”

“有点事能见一面吗？”

“那等我谈完去你家找你？”

“算了，我去找你吧，你在哪儿？”

“也好，回头我可以请你吃饭，上次你撒泼那个咖啡店，记不记得？”

“好的，知道了。”

到达咖啡店的时候，苑腾还在跟人说事情。我不想打搅到他，找了个他看不到的位置坐下来，服务员拿来饮料单。我想上次是苑腾请客我都没认真看过这个东西，现在看着那个价目表手都有点抖，点了杯最便宜的饮料，闷着头吱溜吱溜地喝着。咖啡店里的人少得可怜，能目测到的有三桌客人，一桌像是也在谈工作上的事，另两桌都是老少配，总之一看就不是原配。

饮料喝到一半的时候，我就开始咬那个吸管，不知道苑腾还要说多长时间，我可不想再点一杯东西，不管是谁出钱。心里正想着事，看着苑腾陪着两个男人辗转走向门口，边走边说着告别的话。他的余光扫见了我，朝我笑了下，我看着他一直陪两个人走出门口握手告了别。

苑腾转身又走进了咖啡店：“你早来了？”他在我对面坐下来。

“没多会儿。”

“怎么没给我打电话说你到了，我能早点结束。”

“别了，怕影响你生意。”

“喝什么了？”苑腾朝服务员招手，服务员又把饮料单拿了过来。

“我这个就够了。”

“再来点别的吧。”苑腾又点了两杯饮料，笑嘻嘻地看着我，“什么事啊？这么着急？”

我继续低头咬那根吸管，犹豫了半天把一个袋子放在了桌子上：“嗯……这个。”

“什么啊？”苑腾打开袋子往里看了看，把那条围巾拿了出来，“这是什么啊？是围巾吧？”苑腾面有喜色，仔细打量了起来，“这不会是你织的吧？”

我还没来得及回答，苑腾又继续说着：“一看就像是你织的，送我的？这年头还有人围这种围巾吗？”苑腾把那围巾绕在了脖子上，“你不会还在迷恋什么《冬日恋歌》吧？那都多少年的电视剧了，现在围这个土不土啊？这东西跟我配吗？不过有一点你倒是明白了，原来老琢磨把顾明打扮成裴勇俊，他哪像裴勇俊啊，连眼镜都不戴，我努力努力可能性倒大点。不过谢影我得说句实话啊，你这活可够糙的啊，你看这前前后后又松又紧的，你这也就是送给我，你要送给顾明，丫肯定得让你返工，我就勉为其难把你这练手的活收了吧。”苑腾低头品评我那条围巾带着笑抬头看我。

我半张着嘴看着他不知道要如何接话。

他看了我几秒钟突然道：“我是不是又自作多情了，这不是送我的吧？”

苑腾把围巾摘下来，叠了叠放在了桌子上。

“你要是特别喜欢，等我有空了再给你织一条。”

“甭了，我不是特别喜欢，说实话这东西也不太能戴出去，真戴出去了人家要问我谁织的，那我说什么啊？我哥们的女朋友织的？”

“你……能帮我把这个带给顾明吗？”

“干吗要我帮你啊？你自己给他呗。”

我看着苑腾不说话。

“还因为安东尼的事跟他怄气呢？”

我仍然沉默。

“你不会是又准备要走了吧？”

我低头又开始喝那剩下的三分之一饮料。

“什么玩意啊？我才不管你这事呢。”苑腾忍不住喊了出来，远处的那儿桌客人头投来好奇的目光。

我皱着眉看他：“那怎么办？”

“什么怎么办？反正我不管，要不然我给叫个快递公司，你让快递给他送去。”

“本来想让你帮我给他带话的，实在不行也只能这样，那我给他写封信吧？”我抓那围巾想要把它塞回袋子里，苑腾手快“噌”的一下把围巾拿走了：“你还真要找快递啊？不是，你能告诉我你为什么要走吗？”

“不习惯了。”

“哪儿不习惯？”

“哪儿哪儿都不习惯！”

“比如？”

“比如？”我转着眼睛四处看了看，服务员刚好端上苑腾点的那两杯饮料，“比如，你们怎么那么喜欢来这种地方，这喝的什么东西？一杯咖啡好几百，倒嘴里还没流到嗓子眼就没了，这不就是宰冤大头的地吗？你们还觉得倍儿有情调倍高档，这就是差距你知道吗？差距！”

“行，我跟顾明说，回头我们谈生意全奔麦当劳，全天免费续。我当多大的事呢，还有什么不习惯的，我能解决的解决，不能解决的我告诉顾明，他准能给你解决了。”

“人太多了！”

“人多？问题你走的时候中国就是世界人口第一了啊！”

“就是不习惯了嘛！”

“不习惯这儿没事啊，中国有人少的地方啊，要不你们俩奔可可西里，那有无人区，就你们俩多好！”

“苑腾，你不愿意帮我就不帮呗，你跟我这扯什么淡啊！”

“是我扯淡还是你扯淡啊？你这叫什么理由啊？我帮你带这话我是欠抽是怎么着啊？”

我低着头沉默了一阵：“我放不下，他结婚的事。”用几乎只能自己听见的声音小声地嘀咕着。

“啊？”

“我说我心里放不下他和安雅楠结婚的事！”我很大声告诉了苑腾，苑腾看着我眨巴了两下眼睛，终于不再反驳了。

我们俩沉默地对视了一会儿。

“谢影！”很轻柔的声音，从较远的地方传了过来，我循声看去，在拐弯处，安雅楠笑盈盈地歪着身子看着我，“真的是你啊？”她带着微笑朝我走了过来，声音里都是喜悦，边走边说着话，“没想到在这儿碰到你了，刚跟生意上的人谈了点事情，正准备要走呢，听见有人喊我的名字。我以为自己听错了，结果一看还真是你！”安雅楠说着话已经走到了桌子旁。我想我的表情肯定是傻的，因为我从来没想过会碰到她，我也根本不想碰到她，任何时间地点我都不想。苑腾也有些发傻，他侧头看着安雅楠也没说出话来。

我们俩还在发愣的时候，安雅楠突然伸手扇了我一记耳光，我的耳朵顿时一阵鸣响，还没等我反应过来，桌子上的那杯饮料已经全泼在了我的脸上。苑腾像是终于反应了过来，他“噌”的一下蹿起来拉住了安雅楠："安雅楠，你疯了？"

安雅楠似乎并没有满足，苑腾拉着她离开了我的桌子，她想抓住什么扔过来，最后她抓住了那条围巾扔到了我的脸上。围巾落在了我面前的一摊咖啡上，我一拍桌子站了起来，才刚刚意识到我要还手，仔细想想这辈子好像还没被谁这么狠地抽过。

安雅楠有些歇斯底里，她一边指着我一边大骂着："我早就想抽你了，这么多年我才等到这一天，怎么能有你这么贱的女人啊？你还有脸回来，你还好意思回来？我告诉你我刚才那一巴掌是替顾明打的，我今天就把命交在这儿，我非打死你不可。你放手，苑腾，你放手。"安雅楠一直挣扎着，我高举着的手正准备打击报复的时候，听到她的喊话就那么戛然而止了，忽然觉得这种争斗实在没有意义，小声说了句算了，回去拿了那围巾去了洗手间。

我站在水池边开着水龙头在洗围巾上的咖啡渍，不知道会不会让形状本来就不好的围巾变得更加不好，低头看着那条围巾隐约觉得也许它注定就是送不出去的。抬头看着镜子里自己，脸上留下了红红的指印，可能这个地方是受了某种诅咒特别适合那些成功人士的大小老婆们打架斗殴，那我今天又是什么角色？我在洗手间里待了很久，无奈地攥着那条围巾走了出来，苑腾就在门外等我："你没事吧？"

"没事！"

"安雅楠呢？"

"走了！"

"你脸怎么样？"

"脸？脸好好的。"

"我送你回家吧。"

"不了，我想一个人转转，你不用管我了。"

"那围巾用我帮你给他吗？"

我低头看那围巾摇了摇头："算了，本来就织得不好，现在还脏了。"

走出了咖啡店觉得好冷，出门的时候天很阴，现在天暗下来觉得从里到外都阴冷阴冷的，看着那围巾抖了抖围在自己脖子上，虽然有一半是湿的但至少另一半是干的，就靠那干的一半取点暖吧。天气预报说今天有雪，闷了一天的雪此时也合时宜地翩翩而至，插着兜低着头沿路行走着，感觉雪落得越来越急了。下班时间，路上的车很多，各处的鸣笛声越来越响，显示着人们急切回家的心情，路上的行人也都如我一般低着头疾步行走，只不过我是越走越缓。侧头一面落地橱窗的美景吸引了我，抬头一看是一间婚纱店。橱窗里大概是他们的镇店之宝，美得让人吃惊，贴着橱窗外看着那婀娜的假人穿着华美的白色长裙，面前的玻璃被我鼻息吹得一团雾一团雾地升起，我像是终于找到了事做，开始研究那婚纱上镶嵌的珠子和那些美丽的蕾丝。我想这辈子我都不会有机会穿婚纱了。手机在兜里震动，拿出来一看是顾明的电话，站在那儿犹豫了好久，最后选择了把手机关掉。

也许是我在那面橱窗前站了太久，服务员开门站在门口问我："小姐，你要不要进来看？雪下这么大，你已经站那里很久了。"我笑着摇头，服务员撇了下嘴又转身回到店里。

我也不知道要去哪儿，只是觉得站在这里看着这婚纱似乎能让心情好一些，所以就站在这里继续看它。

"你什么时候回来的？"一个熟悉的声音从耳畔传来，我侧头看到安雅楠背靠在玻璃上，手上夹着支香烟。

真不知道她是哪里冒出来的，我转头四处看了看，只看见路边停着一辆看似十分豪华的跑车。

"我的车，R8。"

"哦。"我转过头看了她一眼，又继续欣赏那件婚纱，"你的样子可不适合抽烟，难看死了。”

“你管得着吗？”

我扬了扬嘴角，没继续说话。

“谢影，什么时候从美国回来的？怎么也不通知老朋友一声啊？我好设宴接待你一下啊。”

“不必了，朋友这个词说出来就有点假了。”

安雅楠笑得很刺耳：“谢影，是不是国外混不下去了？没办法只好回来了？你不是一直特别骄傲加自豪吗，你眼里放过谁啊？你看看你现在这穷酸样。是不是从哪儿打听到顾明发达了，觍着脸回来抱你前男友的腿来了吧？”安雅楠伸手捏了捏我衣服的领子，又拽了拽我的围巾，“你这围的是什么东西啊？我住那地方的保姆都不围这个。”

我转头瞪她：“安雅楠，我跟你没话，请你开着你的R8有多远滚多远！”

“哟，急了？谢影，你跟我说句心里话，你嫉妒不嫉妒我？你看看我穿的戴的，我拎的包，我的车，有机会你再去看看我的房子，你说你当初要是不走，这些不就都是你的吗？可惜啊，你没那么大造化！心里特后悔吧？你说你再坚持一年，一年顾明就起来了，多风光啊，当顾总太太。你记不记得我当初跟你说什么，我说你们俩迟早得分，你说什么来着？你说你死了就分，到头来怎么样？还不是不小心让我猜中了。”安雅楠的笑声像是个胜利者。

我仍然很专注地看着橱窗：“你们俩不也离婚了吗？”面无表情地说了句话。

“你浑蛋！”

我余光扫见安雅楠的手又举了起来：“你再敢碰我一下，我就打得你满地找牙！”不知道是不是因为这句话我说得颇具威慑力，安雅楠把她高举的手又收了回来，她把香烟扔在地上狠狠地踩了几脚：“谢影，我告诉你，你还真别这么得意。我离婚是因为顾明跟那个烂货秘书搞在一起了。我安雅楠是眼里揉不下沙子的人，要怪就怪我自己眼瞎，说白了男人都是臭狗屎，装得再痴情也一样，谁信谁是傻子。幸亏你走了，要不然现在跟他离婚的就是你。当然了也许你心胸比我宽，自己老公是公用钢笔也无所谓。我可不行，逮哪儿插哪儿的男人，我光想就觉得恶心。不过你们之间不是号称有真爱吗？我知道你也不在乎这些，反正你贱他也贱，一对贱人凑在一起正合适。”

安雅楠面向那橱窗看着那件婚纱：“给你个建议，这件太便宜了，让顾明给你买贵点的吧，反正他现在也有钱养十个八个女人不在话下，多你一个也不算多。”安雅楠还没转身，我猛地出手推了她的后脑勺，她的前额“咚”的一声撞在了橱窗的玻璃上，那整面玻璃好像都在抖。她转过身来满脸惊恐地看着我，我一手抓着她的脖领子另一只手掐住了她的脖子：“是不是我在咖啡店里不还手，让你误会我什么了？”

安雅楠眼睛瞪得很大，整个人陷入到无措的状态里，我想不管她现在的嘴变得多么贱，她也始终是个曾受过良好家庭教育的温和女性，不管我想尽力表现得多么大度能忍，我也始终改变不了一生气就爱动手的三青子的本色。

“你放手，你放开我，你再不放手我要报警了。”安雅楠一只手努力地拍打着我。

我看着她那张美丽又画着精致妆容的脸，无奈地叹了口气：“安雅楠，我当初要是不走，你连个屁都不是。”忍不住冒出了这句半斗气半真实的话语。没想到我刚一说完，她的眼里瞬间噙满了泪水，她的表情让我觉得她委屈极了，她的眼泪像是闸门被打开一样，越流越多：“当初是你先走的，谢影！是你先抛弃他的，我又做错什么了？我错什么了？我无非就是喜欢你男朋友而已，是你熬不住苦日子你逃跑了？他妈妈去世的那段日子是谁陪在他身边？是我！是我！我凭什么就该受这些？大学里谈恋爱的那么多，有几个最后在一起的，我才是跟他正式领结婚证的那个人，可是为什么从头到尾我都觉得我是个第三者？现在你回来了，你就那么勾勾手指，他就什么都不怨地又跟你在一起了，挑婚纱是吧？”安雅楠用力地捶着那面橱窗的玻璃，“你知不知道我也没穿过婚纱！”

我又一次感觉到向命运抗争的无力，无论我们站在这里怎么互戳肺管子，疼了半天的最后的结果也还是疼而已。

“不说了。”我努力摇头转身想要离开。

也许我的表现像一个伦理道德上的失败者，而安雅楠却毫不留情地乘胜追击，她在我背后高喊着：“谢影，从你走的那天，我就每天上三炷香拜神灵，你这样的女人什么都不配得到，就算你们在一起了也一样，我从现在就开始咒你不得好死。”

我回过身又快步地朝她走了回去表情里全是怒意：“你说什么？你有本事再说一遍。”

安雅楠的脸上又闪现出恐惧，她后退了两步半张着嘴看着我。

“什么叫不得好死？你给我解释解释什么叫不得好死？”也许我此刻的气势过于强盛，她看着我支支吾吾的：“解释什么？这有什么可解释的？”

“死就是死，什么叫好死？！什么叫坏死？！”

“我不知道怎么解释你自己去理解吧。”

“如果有一天我重病缠身孤独地客死异乡，叫不叫不得好死？叫不叫？”我的语气咄咄逼人，眼睛一直在瞪着她，她被我看得很不自在地点头。

“那恭喜你，你拜的神还真灵，你的诅咒应验了，那就是我将来的结果，我就是这个下场，你觉不觉得满意了？你的心里好受点没有？”

安雅楠看着我沉默了好久，不知道她是不是在思索我的问题，然后她又摇头又点头像是不知道要如何表达。

“还不满意？那没有婚礼！没有婚纱！没有复合！现在呢？平衡了没有？”

“你们没有重新在一起？”安雅楠问得很小心，仿佛这件事完全在她的意料之外。

“没有！”我更大声音地咆哮着。

“为什么？”

“因为我生病了，没准随时会死，所以我不想！我想知道我到底是多坏的女人？你凭什么这么狠地咒我？我到底做了多大的错事？就因为我病了，我不想给顾明找麻烦，自己躲到国外去等死，我就该被你这么诅咒？我什么都不配得到，我他妈在这儿绞尽脑汁地想也想不出我得到过什么，除了一个认为可以厮守一生的男人而已，没了，什么都没了，就剩下不得好死了。”这通常不是我的路数，把自己弄得惨兮兮的，让别人同情我，就算别人听了我的事变得痛哭流涕，最后顶多也就是伤感地拉着我的手说“你真可怜”。这几个字对于我来说起不到什么实际的意义，它最大的意义就是再次提醒我，我真可怜。人和人之间的差距就是如此，有人可爱、有人可恨、有人可恶，我的固有形容词大概也就是这个了，挣扎了半天也就是这个，那么就面对吧！

“我要回法国了，后天走！这次走了就不回来了。”

“法国？”安雅楠的声音极其微弱，“你爸妈不是在美国吗？你什么时候又跑到法国去了？”

“我早去法国了，在美国待了两个月我就去法国了，横竖都是不得好死，好歹也挑个稍微喜欢的地方不得好死去吧。”

安雅楠目光呆滞，眼泪从她的眼里一滴滴地落下来，过了一会儿她的脸上挂了点微笑："是吗？我先回家了。"她从我身边走过，不小心撞了我的肩膀，脚步略有些踉跄。还没走到她车子的时候，不知道是因为雪太滑还是她穿的鞋子太高，她一个不稳摔倒在地。我在后面看着她以为她很快就会站起来，她没站起来就那么坐在雪地里，一动不动像尊雕像一样。我靠过去看她，她还一直默默落泪，像个楚楚可怜的冰雪美人。

"哎，你坐在地上干吗？你起来吧。"

安雅楠没什么反应，瞪着眼睛看着远处，唯一不变的就是一直掉眼泪，样子像是失掉了灵魂。

"那你坐着吧，我回家了。"

"你早就劝过我不要介入你们之间，你说你们两个跟别人是不一样的，我当时觉得你真是自以为是。我那时候只是默默喜欢他，我并没觉得我做得有什么不对。后来你走了，跟很多人失败的初恋一样，我想总有一个人是熬不住的，不管是你先受不了顾明还是顾明先受不了你，我都会是他一转身看到的那个人。现在想想原来一直是我自以为是了，是我不自量力了，我该听你的劝，所以这结果就是我注定的吧？"安雅楠撑着地想要站起来，一下失去了重心又坐了回去，我伸手想去搀她，她推开了我的手，自己站了起来。

她看着我在笑，很柔和充满了善意，感觉到有些暖融融的："其实我知道一直就是你，从来就是你，没有别人，什么郭瑶秘书，不管是他用来应付我或者我拿来骗自己也好，总归是给了我离婚的理由。是啊，你在法国，你早就在法国了！原来你一直在法国治病，所以他才会去那么多次法国，拼命地学法语，不停地给法国的某家私立医院捐钱。顾明这个人什么时候变大善人了，没给中国的医院捐过钱，倒想起先给法国的医院捐钱了，原来他是为了给你看病。我倒宁愿相信他是为了做善事！现在想不面对都不行了，怪不得他提第一次离婚的时候，我说要他全部的钱，他很快就妥协了。他当时跟我说，钱跟他命一样重要，没钱他就没命了。说实话我当时还对他小失望了一下，我想他也不过是个穷怕了的男人，至少他还有舍不得的东西。原来他不是舍不得钱，他是舍不得你！”

CHAPTER 33

深谈

雪下得太大了，一时间只能看见炫舞的白色朦朦胧胧地让我眼睛都花掉了，我站在那里觉得自己是应该想些什么或者做些什么。也许我可以尝试一下捋清事情的脉络，脑子里装满了许许多多剪影的画面越堆越多，堆到后来我终于宕机了，眼前是朦胧的白，脑子里也渐渐变成了白色。

“谢影？！喂，喂！”安雅楠伸着手在我眼前一直晃，我的眼睛终于有了聚焦，从朦胧的白色中收了回来看见了她的脸。安雅楠此刻的笑容就如同大学里睡在我上铺的时候，让人体会到的是真诚和美好，她也如那时候一样靠过来挎住了我的胳膊，声音里是欢快的腔调：“谢影，你请我吃顿饭吧？上学的时候我请你吃过那么多好吃的，你怎么也该请我一次。”我被她挎着胳膊跟随着她沿着铺满雪的人行道走进了一家肯德基。

安雅楠说了要几号套餐，就找了个靠窗户的座位坐了下来。我犹豫了两秒钟按她的要求买了套餐，坐在了她的对面。其实我不太知道我现在应该做些什么，还好安雅楠给了我简单的指示，来填充我现在混乱的心情，打发掉这段迷茫的时间。

“雪下得真大啊。”安雅楠的眼睛一直看着窗外，我的眼睛一直看着她，从她在咖啡店里出现一直到现在我还没认真地看过她。

安雅楠剪了个利落的短发，修理得层层叠叠的，一看就是精心设计过的发型。其实她的妆应该是精致又清爽的，可能是刚刚的那些泪水让她脸上的妆略微有些花掉了。她的身形没变，岁月似乎也没在她脸上留下任何痕迹，只是气质里透出了很多自信。安雅楠的手上戴着枚硕大的钻石戒指，那石头怎么看也得有三克拉。她穿着短款的白色貂皮外套，漂亮的法式美甲让她的手显得白嫩又纤长，拎的包是限量版的Birkin。突然理解为什么安雅楠刚刚让我好好看看她穿的戴的用的，我想这的确是值得人嫉妒的。

“法国下雪吗？”她的声音挺轻柔的。

“下吧？”我也转头看着窗外。

安雅楠听见我的回答咯咯地笑起来：“去了那么多年，连下不下雪都这么不确定？你在法国到底在干吗？”

“我……在法国……”

“哦，对，你说你在法国看病。”安雅楠没等我说完就把话接了过去，她长叹了口气，然后低着头在她的包里翻了翻拿出支女士香烟来点上抽了起来，“我抽根烟你没事吧？”

我还没有回答她，一个在大堂里四处巡视的年轻服务员带着笑靠了过来：“女士我们这里不让抽烟，麻烦您把烟熄掉！”

“我就抽，你管得着吗？”安雅楠朝那个小姑娘喊了起来，肯德基里的许多客人都忍不住转头看她，那个小女孩又愤怒又委屈，眼泪在眼睛里直打转。

“对不起、对不起，她喝多了，我让她熄掉，你先忙别的吧。”女孩委屈地离开了桌子。我看着安雅楠：“把烟熄了。”

安雅楠看着女孩远去的背影，嘴里嘀咕抱怨着：“真是的。”她把烟按熄在餐盘里。

“谢影，我刚刚有没有点你的气势？”

“我不抽烟！”

“抽烟是跟顾明学的，他心烦的时候总抽烟。后来发现这么一吞一吐的好像真能把忧愁吐走似的。”安雅楠打开饮料的盖子大口地喝起来，她放下杯子，嘴里嚼着冰，说话的声音听起来模模糊糊的，不仔细听都不知道她在说什么，“我跟顾明离婚的时候他给了我两亿，我买了个大房子然后天天什么都不干，就在家待着。那段时间总是胡思乱想，想着有一天顾明突然出现在我家门口求我跟他复婚。大概有半年吧，我每天都在自己设计的场景里，想他说要复婚我要说什么话。有一天家里吃的都让我吃光了，我懒得出去买就叫了个外卖。我们那个小区的保安不让那个送餐的进，没办法我只好自己出去取了，结果那送餐的看见我问我是不是保姆。他主要好奇我能挣多少钱，他说你主人够抠的，连饭都不管还要自己订啊？我回去照了照镜子发现，我样子还真像个保姆。我当时想，我还不到三十，有上亿的资产，我怎么就混成个保姆样了。后来我就想我得干点什么，不为别的，就为有点事做别胡思乱想。后来我就开了家主题餐厅，高端定位，当时想赔了就赔了，照着一亿赔，赔光了留一亿混吃等死就行了。结果餐厅开起来了，生意还挺好。我本来打算开第四家分店的，下午我去那个地段看店铺，跟那个商家去咖啡店说租地点的事情，刚好碰到你了。”

安雅楠拿出汉堡来，狼吞虎咽地吃起来：“我跟你说，我都一星期没好好吃饭了。我在减肥，我下星期约了访谈，专访我的，我为了上电视脸能显得瘦点。刚才跟你那么一闹我差点晕过去，饿死我了。”

“能吃的时候还是好好吃吧。”

安雅楠翻她的包，拿出她的手机来，她随手刷了两下递给了我：“你看这是杂志对我的采访。”

手机上是她的访谈录，照片拍得挺漂亮，特像一个知性的女强人。文章大概也是如此，说她从一个被抛弃的怨妇变成了一个成功的商人，是新女性的代表，在她的身上看到了女性自强不息的身影。

“挺好的。”我笑着点了点头，把手机递还给她。

“不知道我这算不算消费顾明。反正原来没什么人注意到他，因为我总是被采访，好像也有些人关注他了，不过都说他是陈世美。”安雅楠边吃边呵呵地笑起来。

“我谈恋爱了，我男朋友长得可帅了。”安雅楠又翻了张照片，将手机递给我。

我看着那张照片愣了一会儿，然后又把手机还给了她：“挺好。”

“你看你那表情，你不会以为我故意找跟顾明长得像的人吧？那我就是喜欢单眼皮的男的，单眼皮的男的长得都差不多。谢影你说句良心话，他是不是比顾明帅多了？”

我点头说：“是。”忍不住做了个深呼吸把头别向窗外。

“关键他年轻，比我小五岁呢。他啊别提多爱我了，爱得死去活来的。你看这戒指就是他送我的，怎么样不错吧？三克拉，六百多万。”

“你说你跟顾明爱来爱去这么多年，他送过你什么像样的东西没有？”

“没有。”我很敷衍地回答了她的问题，忽然又觉得这么回答好像对顾明有点不公平，“啊，送过我一件毛衣，二十岁生日时候送的，纯毛的大红色。我生日是夏天，结果他送我毛衣，不过他说是因为反季大优惠，打两折。我当时觉得他特会过！一直夸他来着。”

“真够没劲的！”安雅楠的表情有些不悦，她把那个戒指摘下来扔进了她的包里。她抬头看了我一眼，“我不是说你，我是说我自己。我也不知道我是怎么了，一见到你就老想这样，总觉得我们还在打赌似的不想丢面子。那戒指不是他送的，是我自己买给自己的，他送不起。他是我其中一个饭店的大堂经理，外形我挺喜欢，不过他总是说爱我倒是真的。女人嘛，还是喜欢听这些，不管他是爱我的人也好，还是爱我的钱也好，反正他是爱我，那我就满意了。跟顾明生活的那些日子，这话我连问都不敢问他，说什么我觉得我都得难受。”

“你没想过要跟他结婚。”

“结婚？没有！”安雅楠拼命地摇头，“结一次知道是怎么回事就够了，不过我挺想跟他生个孩子。”安雅楠轻叹了口气，“我跟顾明的孩子没保住，这怪我，想起来我心里就难受。”安雅楠说到这眼里又泛起了泪光，她转头看着窗外，“要是能生下来就好了，我托人去照了是个男孩，肯定能跟他爸长得一样帅。”

我不知道安雅楠是不是故意的，不过她又很准确地刺痛了我。一想起顾明和她还有过那么亲密的牵绊，心里就不停地翻涌，眼里觉得热热的，希望眼泪别那么轻易地掉下来。

安雅楠把目光从窗外收了回来，大概看出了我异常：“我不是故意要跟你说这个，我其实是想说我们是怎么结婚的。”她端着杯子又喝了很多饮料，“你走了之后顾明到处找你。我看他天天就干三件事，打工、照顾他妈妈然后就是四处找你。咱们的同学他全问了。他问到我的时候，我当时就想他终于转身了。有时候女人一爱了就变得特别喜欢幻想，大概是爱情小说看多了吧？我当时的脑子里天天盘旋的就是，我要用我的爱为他抚平感情上的伤痛，让他在我温暖的怀抱里好好疗伤。

“他干的那三件事几乎把他的生活都占满了，有时候他连饭也顾不上吃，所以我有的时候会去医院给他送饭，顺道问问有没有你的消息。每次他都是又失望又伤心的表情，我的心里别提多高兴了。顾明老是觉得你出事了，一天到晚胡思乱想觉得你被人绑架了。我当时心想，你穷了吧唧的谁绑架你。有一次同病房那个家属看张报纸，上面写警察从哪儿个地方解救出一些被拐卖的妇女，顾明就跑去给那个地方的警察局打电话问有没有一个叫谢影的人。你说他傻不傻？你这么厉害谁能拐卖你啊？你不拐卖别人就是好事了。”

安雅楠说到这儿哈哈地笑起来。我很平静地看着她，她大概觉得笑得有些无趣，很快把笑容收了起来：“我那天跟他说，你爸妈都在美国，你会不会去美国找你爸妈去了？我刚说完他就跟我急了。他说不可能！我说这有什么不可能的？他说你要想走早走了，干吗非要那天走？我当时心里也挺生气的，我觉得顾明这人喜欢一个人也挺糊涂的，宁愿相信你被拐卖了也不相信你出国找你爸妈去了。我就特想让他明白哪个才是合理的。我说以前你们也没这么落魄啊？你欠医院这么多医药费，得什么时候才能还完啊？你现在连个正式工作都没有，你妈妈这身体也没什么盼头，谢影也不是傻子，你们这种日子得过到什么时候啊？谢影她爸不是博士吗？还是美国的博士，她爸妈知道自己女儿跟你在这过得这么苦，肯定不乐意。谁不心疼自己女儿啊？是，没准谢影不是自愿离开的。那她爸爸让她去美国也是为女儿考虑啊，可能谢影承受不了家里的压力所以才走的。你这么激动干吗？谢影，你评评理，你说我这么分析对不对？是不是比他想得合理多了？当时那个情况本来就是这样的啊。”

我带着微笑点了点头，把目光别向窗外，不想对她的话做任何评价。

“结果他让我走，说我以后不用再去医院了。他说他跟我没话，他也不想听我说话。我当时心里觉得，他根本就是反驳不过我，他肯定心里觉得我说得有道理，就是逃避不想承认罢了。结果就是那么凑巧，你走了之后他去警察局报案了，可是警察总是敷衍他，他没事就跑去问人家。那次我刚跟他分析完没多久，他又跑去警察局问有没有你的消息，结果警察说有你的出入境记录，你去美国了。我猜顾明当时听见的时候肯定挺生气的，他大概不愿意被我说中了吧？他又跟警察说不可能，让警察再查。人家警察谁吃他这套啊，结果他一急就把接待他的那个警察给打了。他打警察倒是不重，就是嘴角裂了流了点鼻血，警察是吃素的啊？你打他一拳，人家不得打你十拳一百拳啊？然后还把他给拘起来了。

“我去他们家找他的时候碰上苑腾和丁磊了，两人急得跟热锅上的蚂蚁似的，凑钱想保他出来。问题那时候那警察也是在气头上，不是你想保就能保的事。我们去问，警察说没准得判。我们去看守所看过他一次，反正被揍得鼻青脸肿据说还断了两根肋骨。不过他也没什么痛苦表情，也不说话。苑腾和丁磊一直安慰他说没事，没事，肯定能有办法让他出来。他还是那么个死气沉沉的脸，他站起来回看守所的时候就跟他那俩哥们说了一句，有空去看看他妈。苑腾和丁磊光安慰他有什么用啊？家里一个是卖报纸的、一个是卖茶叶的，我看他们也想不出什么办法。

“实在没辙我就回去求我爸了。我爸也不是什么大官，就是个政府部门的小处长，但是好歹能找到人递上两句话。我跟我爸说我有个大学同学把警察打了被关起来了，想让他帮忙把他捞出来，我都不敢跟他说我喜欢这个同学。我刚一说我爸就跟我急了，说我堕落了，都跟这种流氓混到一起了。我就特耐心跟他解释，我说我这同学不是流氓，他就是被一个女人欺骗了感情，我们这都是二十出头的年纪，一激动当然容易冲动了，他特别特别孝顺，他妈妈还在医院躺着呢，您要不救他，他妈妈就该没人管了。我爸觉得我是出于好心乐于助人的思想，所以就答应帮忙试试。顾明被关了两个月，后来估计那警察的气也过去了，我的人也有效果了，来来回回打点花了好几万，我也凑了一点，那时候刚工作，钱都被爸妈管着，主要是苑腾和丁磊凑的。”

安雅楠说着我离开后的事情，我的眼睛看着窗外，眼泪一直一直地流。她递给我一张餐巾纸，我很真诚地说了句“谢谢”。我也不知道是为这张餐巾纸说谢谢，还是因为她为顾明做的事说谢谢，总之就是很想看着她说谢谢！

“顾明也没因为这件事对我有特别的好感，他就是有一天买了点水果去我们家对我爸表示了感谢。我爸对他印象也不是太好，他刚一走我爸就跟我说，让我以后离他远点，说顾明看着绝非善类。我觉得我爸肯定是因为顾明没像其他年轻人似的跟他谄媚拍他马屁，他就是个小领导，但是他特喜欢别人拿他当大领导看。他还跟我说让我小心别因为这件事被他缠上，他说现在顾明知道了他的真实身份，没准会想尽办法跟我好，为了摆脱社会底层的命运。我当时觉得我爸特可笑，他也不是国家主席还来个真实身份，他不就是个小处长吗？还是个搞后勤的！我当时没忍住就说，他这人特聪明，想法可多了，爸你信不信他将来肯定能成大事，时间早晚的问题。我爸就跟发现我什么邪恶苗头似的朝我大喊大叫，说要是让我发现再跟他有联系，就打死我。

“后来那十几天我也确实没联系他，偶尔会问问苑腾或者丁磊他的情况，主要是我爸查岗查得特紧。没两天苑腾跟我说他妈妈去世了。后来我没忍住，下了班还是偷偷地跑他们家去了。他那天挺憔悴的，胳膊上缠着黑纱，也没什么表情，基本上你走了之后他就没表情了。我就是瞎关心他呗，问他吃不吃喝不喝，他也不说话，我安慰他说伯母去世了让他别太难过，他还是不说话。我们俩就那么坐着也没什么话说，后来我就问了句有谢影的消息了吗？他终于抬眼看我了，他说他昨天又爬楼进你们家了，然后四处翻，最后找到个电话，是你妈妈在美国餐馆的电话，他今天去电信局给你妈妈那个中餐馆打了个国际长途，餐馆的人说你妈妈和你一起去欧洲旅游了，什么时候回来不知道！他说完就哭了，是那种崩溃的大哭，把我吓傻了。我想他大概终于相信你抛弃他了吧？他哭也停不下来，我就挺想安慰他的，我就抱着他说你没谢影你还有我呢，然后那天我们就发生关系了。”

安雅楠长长地出了口气："那件事发生了，他就后悔了，他那表情我看得出来，刚刚完事他还趴在我身上喘气呢，盯着我看了会儿，'噌'就从床上起来，然后就那么回头看了我一眼，慌慌张张地穿上衣服就跑了，连家都不要了。你都不知道我那天躺在床上哭了多久，我心想我跟他肯定是不行了，我都已经做到这份上了他连点感动都没有。我琢磨这男的跟不认识的女的一夜情完事了还得抱着温存一会儿吧？哪有一句话不说穿上衣服就跑的，突然就想起我爸说他不是善类了。

"我想也许我爸说得是对的，一直到我离开他都没回来，我也不知道他什么时候回去的。一个月以后我发现我怀孕了，我为这事纠结了好久，我本来想谁都不说去打了，可是我又觉得这孩子来得没准是老天的安排。我知道顾明那种态度是因为他心里还在琢磨你的事，我想你走了不回来了，他终归还是要找个女的结婚生孩子的，找谁也都不是你，那找别人还不如找我呢，而且我都有他的孩子了，想了想我就又去找他了。我跟他说我怀孕了，他就坐在他们家里抬着眼皮看着我。大概看了我得有四十分钟，他跟我说，想去趟美国！

"他说完那句话的时候，我觉得他真是疯了。我当时觉得自己快被气死了，我朝他喊，我说你去美国干吗？他说他想去找谢影，他想去把她带回来。我说你穷得跟个乞丐似的，你以为你跟个哈巴狗似的求她，她就跟着你回来了？结果他跟我说：'你不懂，她肯定有事，她肯定是出什么事了。我昨天晚上梦见她了，她说她难受，她想见我，她想让我带她回家。我现在是没钱，我要有钱我马上去美国接她回来。谢影这丫头离不开我，还老爱出状况，每次都得我帮她解决，她还老不服气。'

"我记得顾明家里放了一个圆桌，我当时一生气把那桌子就都给掀了。那是我第一次拿脏话骂人，我当时指着他鼻子说他是个臭傻×，我说谢影跟她妈妈正高兴地全世界旅游呢，你他妈自己还在这儿自作多情地想着谢影多放不下你。全世界就没有比你再傻×的男的了。我说顾明，我就跟你赌这口气，咱们看看到底是你傻×还是我傻×。”

安雅楠低头翻她的包又掏出了根烟，她的手有点抖，她吐了口烟好像让她的精神放松了。可能也怕服务员过来继续劝她不要抽烟，她抽得很收敛，手垂在桌子下面，吸烟的时候才拿上来。她的脸上挂着自嘲的笑：“看来事实证明，还是我傻×了。”接着她嘿嘿地笑出了声，“我没打那孩子，现在想想顾明没疯是我疯了，我当时想我跟他说我怀孕了，他非跟我说他想去找你，那言外之意就是他不想要这个孩子呗。我想我就不让他这么顺心，跟我上了床把我肚子搞大了，想让我当没这事一样，他做梦！三个多月要去建产妇档案的时候，我又去找他了。我一见他我就说，顾明跟我去妇产医院，他也没说什么就跟我去了，我猜他大概以为我要他陪我去做人流吧。

“我有一个远房表姐在妇产医院B超室，我跟她说我跟我男朋友准备结婚，可是我爸妈不同意，现在有孩子了估计我爸妈能同意了，你能不能让我男朋友进来看看我做B超。我表姐也不知道我们俩是怎么回事就同意了，她看见顾明的时候还挺热情的。那时候宝宝都已经成型了，她一直在给顾明指那个屏幕告诉他哪儿是四肢，哪个位置是头，还有宝宝的臀部。后来她还把声音打开了，孩子的心脏声听着跟小火车似的。我表姐还一个劲夸：‘听，你们宝宝的心跳多有力啊，没准是个特壮实的小伙子，不过现在太小暂时还不清楚男女。’我当时听见就哭了，我看顾明的时候他眼睛里也有眼泪，他看着那屏幕一直在做深呼吸。后来检查完了，我跟他说，我说不管你要不要这个孩子我都会把他生下来，因为他都有心跳了，我不可能把他杀死，我没那么心狠。顾明看着我点了点头，他说：‘结婚吧。’”

CHAPTER 34

雪夜

“你喜欢他什么？”听了安雅楠说了这么长时间的话，这个问题是第一个闪现在我脑中的。这突来的问题却把安雅楠弄愣了，她看了我很久：“我也想过很多次这个问题，我想到过很多很多个答案，多到后来我都不确定我是不是因为这些而非要跟他在一起了。”

安雅楠突然拍了桌子：“可是谢影，我必须得告诉你，不管我和顾明现在的情况是什么样，我当初跟他在一起不是为了钱。我跟他在一起的时候他也没钱，至少顾明得承认，我安雅楠也不是爱慕虚荣的女人，他必须承认。”安雅楠拍桌子的声音越来越大，周围吃饭的人又开始转头看她。

“你小点声。”

安雅楠四下看了看终于把声音压了下来，她一手撑着额头用很小的声音：“可惜最终还是用钱找到了心理平衡。我想因为爱情，我一直希望我是因为爱情开始，哪怕是被爱情伤了而结束，就算是因为爱情开始、因为不爱了结束也可以啊。可是现在周围的人不这么看我，他们都觉得我是因为钱。我还得跟人解释我当初跟顾明好的时候，他穷得跟乞丐似的，说多了别人又开始说他是陈世美。丁磊为这事还给我打过电话，说让我们好聚好散得了。怎么好聚好散啊，本来就不是好聚开始的。

“顾明跟我一起去我们家，跟我爸说我们要结婚因为我怀孕了。我爸打了他一顿，打得挺狠的，把我气得差点流产，本来一开始就有点流产的征兆。我当时特激动地说我爱他，我除了他谁都不嫁。我觉得我说这话的时候挺让人感动的，反正我妈在边上一直哭，想想那时候我怎么就跟着了魔一样？看他哪儿都觉得喜欢，大概觉得他是个有趣的男的吧。我想我骨子里肯定不是什么淑女，我其实挺想像你那样什么都不在乎，可是脑袋上的光环太重了，我想又不敢！你没发现我有时候在故意学你吗？特别想学，怎么也学不像。你就是你，我就是我，谁都别想取代谁，这事我也是这两年才想明白的。这怪我爸妈，他们总告诉我有目标要努力，只要经过努力就一定能实现愿望的。我离婚的头两年我一直还想不通，我觉得我对他挺好的，他怎么能这样对我。后来我去找心理咨询师了，他说我有中度偏执，他说不能将人定位固定目标，因为人是有思想意识的。我没输，谢影，我安雅楠是个好女人，我只是选错了对象而已，可是我爱一个人的时候也是全身心的不比你差，你承认不承认？”

“我不会逼他去做他不想做的事，不会看他难过的时候幸灾乐祸想着自己机会来了，不会用孩子的心跳声去给他施加压力，让他必须承担杀死自己孩子的压力！”

安雅楠“腾”地从位置上站起来，她看着我大喊着：“你好！你伟大！你比我爱他！我卑鄙！我下流！我为了得到不择手段，我无耻行了吧！”安雅楠把她手里的那半截烟扔在了餐盘里，拿了她的包离开了餐厅。

餐厅里的其他人又都转过头来看我，我站起身紧了紧大衣走了出去，外面很冷。也许是在肯德基里待的时间长了，我觉得手和脚都挺暖的。雪下得很厚路有点滑，我走路都是小心翼翼的。没走两步看见安雅楠蹲在墙角抽烟，样子实在不敢恭维，不知道她是在学我或者她就想如此这般。她看见我出来了，扔了烟朝我走了过来："你到底得的什么病？"

"癌症！"

"治好了？"

"短期内可能死不了。"

"你是真的走的时候就生病了？还是……还是……你！"

"我什么？亏心事做太多了，遭天谴了，到国外以后生病了？"我狠狠地白了她一眼，"后者，痛快了？有区别吗？"我绕过她想去路边打车。

安雅楠紧追了我两步："雪这么大，你打不着车的，我送你回去。"她拉了我的胳膊，样子很执拗。我看了看路上的车都开得极其缓慢，好像的确很不好打车。

"在我心里有点区别。"安雅楠搀着我在人行道上缓慢地走着，"我不喜欢你，谢影！直到现在我也毫不掩饰我特别不喜欢你这种人。上大学的时候我假装跟你做朋友，你明知道我惦记顾明还假装跟我好，就为了让我能给你拿吃的。我是为了顾明才继续每周给你带东西的。你太自私，只在乎你爱的那个人，别人谁都不管。说话伤不伤人办事妥不妥当，你根本不考虑。我就想，有一天顾明被我抢走了，我对你一点都不内疚。跟顾明结了婚，我才发现你们俩是一样的。他打过我一次，你知道吗？"

我侧头看她，这话的确让我吃惊，我没想过顾明会动手打女人。

"他推了我一把，我撞桌子上了，人倒在地上手都擦破了。我就坐地上哭，想等他给我道歉。他看都没看我就摔门走了，然后三天没回家。"

“你孩子是这么流产的？”

“不是！”安雅楠看着我笑，“我怀孕的时候，是我跟顾明最好的时候，他从来没对我那么好过。我跟他结婚，我爸妈也不同意，我们俩就领了结婚证，然后我就搬到他家去住了。我爸妈根本不理我，什么婚礼、什么婚纱全都没有。我当时想，反正他们就我这么一个女儿，等我把外孙子给他们生出来，他们怎么都得疼外孙子，我跟顾明好好过日子不就行了吗？我本来想找苑腾、丁磊他们一起吃个饭的，本来也是个喜事。不过跟他们俩说的时候，他们俩也看着我们犯傻。后来苑腾说那一起吃个饭吧，顾明说不去，他说我胎不稳不能太累了。我猜就那段时期他大概还愿意说两句谎话顾及一下我的感受吧。

“顾明找了个稳定的工作，在一个公司当采购，本来是个总出差的活，他跟公司的人说他老婆怀孕了，他近期不能离开家得照顾我。那段时期他每天八点半上班，五点半下班，洗衣服做饭打扫卫生他全包了，一个月挣两千多块钱。他怕我上班对孩子不好，就让我请假在家休息。他每天都给我带两个水果回来，有时候是苹果，有时候是橙子，有时候是梨，反正每天都能吃到水果，每天都有牛奶有鸡蛋。他中午从公司骑自行车回来给我做饭，一荤一素。

“说实话我爸好歹是政府部门的小头头，还是搞后勤的，什么好东西我没吃过，可是那段时期吃他做的饭就是特别香，其实也没什么特别的，就是排骨啊，鱼啊什么的。顾明从来不舍得吃肉，我夹给他他都给我夹回来，他说让我多吃点因为我是两个人。我吃饱的时候他收盘子底，那时候我以为他爱我了，我真的那么以为了。现在想想你们俩真是一样的人。我以前看他对你挺好，我就想有一天如果他爱我，他也会对我这么好。我猜喜欢你的男人是不是也希望有一天你对他们也能像对顾明那么好啊。

“我觉得顾明很有责任感，我是指家庭责任感不包括女人，也不准确，不包括他不爱的女人！一个男人对爱的人好得要命，又对家有担当就够了，足够了！那个时候我提什么要求他基本都同意，我晚上必须得让他搂着我睡觉，不靠在他怀里我睡不着，睡觉前我要他给我们的宝宝念书，我差一点就问他爱不爱我了，现在想想还好没问。我问他要当爸爸了幸福吗？他就一直点头不说话。

“我怀孕六个多月的时候，有一天晚上宝宝动得特别厉害，然后我就醒了，结果发现顾明不在我旁边，我在屋子里哪儿都找不到他，后来我开门出去发现他坐在你们家门口那儿抽烟呢。从那天开始我的美梦就破了，可是我每天还是装得很幸福。顾明也每天做他该做的事，只是我发现他晚上常常起来，也没什么别的事，就是在你们家门口抽会儿烟，要不就是坐在那儿发呆。

“我为这事上怀孕论坛上发过帖子，我说我怀孕六个月了，可是老公心里还老是想着他的初恋，我该怎么办？基本上她们都说顾明是贱人，说什么的都有，有人说让我把孩子打了离婚，有的说都六个月了打下孩子来没准都是活的，让我为了孩子跟老公好好谈谈，有人说就算离也得把他扒个精光，天下没这么便宜的事情。后来我想我们俩的事变得越来越偏执大概就从那天开始的吧。

“有一天晚上他又起来了，我没忍住坐起来朝他发脾气，我问他干什么去，他不说话，我说我还没睡着呢，你得回来搂着我睡觉，然后他就回来搂着我了。我靠在他怀里哭了，我跟他说我们都是要当父母的人了，是不是要考虑下自己的行为啊？我说我也没嫌你穷我还愿意给你生孩子，你干什么总去谢影家门口坐着，你对得起我吗？顾明说他没对不起我什么，他就是一闭眼总想起你们俩小时候的事，在你们家门口坐一会儿他就能暂时不想了。”

我坐在安雅楠的R8里，她的车开得很慢，路堵得一塌糊涂，她一直暴躁地按着喇叭：“这有点天气状况，路就立刻变成停车场了？顾明在法国给你买房子没有？法国堵不堵？”

“我……不知道他去法国找过我。”

“啊？不知道？”安雅楠发出了这句质疑之后就开始笑，笑得很大声，“你们俩怎么这么怪啊？难道不是应该他跑到法国在病床边拉着你的手，然后你扑在他怀里病恹恹地说，顾明我没抛弃你，我一直爱你，我是因为得了绝症才离开你的。然后顾明哭着跟你说，我知道，我也一直爱你，我早就知道你不会抛弃我，谢影无论你变成什么样，我都爱你，我要陪在你身边一直到你生病的尽头。电视剧都是这么演的，我每次看这种场景都哭，见证真爱的时刻啊。”

“多余！”

“什么多余？”

“什么都多余！这些话全都多余，他要这么说我就抽他，我光听你说我就想吐，这些话是说给你这种看戏的人听的。知道对方需要什么去做就行了，难道做之前一定要通知对方我要开始做感动你的事了，你要准备好感动啊？我们不跟对方一遍遍强调我为你做过什么，那不是真正需要记住的事情。”

“你在说谁？”安雅楠的态度变得有些不好。

我转头看她：“说你，你不用多想，就是在说你。安雅楠如果有一天你要跟我比谁为顾明做的事多，那一定是你赢，因为我为他做过什么我都不记得了。”

“谢影，你这个人招人讨厌还有一点就是有时候你特别自以为是，你那么了解他，你就没想过他会去法国找你，他早就知道你病了？”

安雅楠的这个问题让我一时语塞，我早就应该想到其实很多次他真的就在那里。那些年里只要我一住进医院大多数时候糊涂，清醒的时候少。清醒的时候总是在逃避顾明在那个时刻会是什么样，就像顾明说的一闭眼总是想起我们小时候的事情，于是就会觉得特别快乐。想起顾明在那个Club里说，我们之间他经历的是全部，而我只记住我想记的东西。我当时并没体会他话里的意思，现在才想到原来他经历的真是全部。

我曾经庆幸，自己瘦得皮包骨头的时候没让顾明看见我那个惨兮兮的样子。如果他站在我床边哭，那我要怎么样？伸着枯枝般手拉着他说：别为我难过？这种话想起来就多余，我一辈子都不会说！

从我生病之后我就拒绝换位思考了，我拒绝体会顾明感受，如果是他躺在那里拉着我的手说别为我难过，那我会说什么？我一定会说："我怎么能不难过，怎么能不难过，你原来那么帅现在跟鬼一样了，什么叫不要为你难过。"他说这话的时候我就会更难过，然后他看着我难过就会更难过，于是我们就一个比一个难过，每天这么难过下去直到生命的尽头。

"我没想过他，我能想事情的时间很少，每次清醒的时候只会想以前的事，从不多想别的，顶多会想居然又活过来了，不知道下次有没有这么幸运了。"

我听见安雅楠沉沉的呼吸声，接着又是她暴躁按喇叭的声音："我想过要离婚的，我不是故意要折磨他。那段时期我就像是个精神病人，知道顾明心里总是想着你，我也不好受。可是那时候我拿孩子威胁他结了婚，结果六个月了去把孩子打了，还给自己弄个离异的结果叫怎么回事啊，本来我就把我爸妈气得够呛。结果又被他们说中了，他们也是要脸面的人，我刚嫁给顾明那一阵本来就让他丢脸了，他们的同事还有邻居还有家里的亲戚，人家都跟他们说养的那么好的姑娘真是可惜了。

"刚结婚的时候，我还想过有一天他肯定能真爱我，我本来就挺可爱的。后来我自己感觉越来越不好的时候，我就想装着幸福让大家看。我妈有一次来我们家看我，我怀孕六个半月的时候。她一来就挑家里这不好那不好的，说房子那么小将来她来照顾小孩住都没地住，还说顾明挣得少没前途什么的。我妈当时问我顾明对我好不好，要是他对我不好咱可不受这委屈。她一那么问，我一下就急了，我就轰她走，一直往外推她，到门口她那么一甩胳膊说她自己走，结果我就被闪到撞门框上了，撞得太使劲了，孩子就没了。

“孩子没了我伤心了好久，顾明也没说别的，还像我怀孕的时候那么照顾我。我觉得我们俩的牵绊没了，当时居然挺怕他提离婚的，说不好什么心态，就是怕他提离婚。我养身体那一个月他没提，后来我就去单位上班了。医生说半年以后再要孩子，我当时就想要是能再跟他有个孩子就好了。我没等半年，我在网上查了有人流产之后四个月就又怀孕了，还生了个健康的宝宝。

“顾明不让我碰他，他自己搬被子睡沙发去了。我问他什么意思，他说他有病直不起来，结果半夜让我听见他在卫生间里自慰，我当时都快被他气炸了。第二天我趁他睡熟了就到沙发上钻他被子里去了，他明明就是好的，他偏说他有病。那天晚上，我们俩大吵了一架。他觉得我有精神病，我还觉得他有精神病呢。他说他怕他提离婚我非要赌气就是不离，他一直等我说，既然我不说那只有他说了。他让我找个喜欢我的人结婚，他说我明明知道他不喜欢我，还非得要这样跟他较劲。

“我当时觉得是他在较劲，我说谢影明明是离你而去，你偏自己天天想着她是有苦衷才这样的，你要这样过一辈子吗？谢影一辈子不回来你一辈子不碰别的女人，你要替谢影守身啊？顾明说这事跟谢影无关，他说他是因为烦我才这样的。他说他一想起我拿孩子威胁他，他就从心里烦我。我当时跟他说那孩子哪儿来的？天上掉下来的？顾明说这是他这辈子犯的最大的一个错，他说他知道我流产的时候先是高兴然后是松了一口气。我当时骂他是浑蛋，是畜生。他说他就是，我骂得没错。我说他猪狗不如还有心里盼着自己孩子死的？他说这个孩子生出来就会是另一个他，顾明说他从来就不是安分守己的男人，他不会有太多的耐心去干他不愿意干的事情。他说如果有一天他因为烦我，烦这个家而变得天天都不回来，这个孩子没准也会像他似的天天趴在窗户上看哪个才是他爸爸。他担心他儿子不会像他这么幸运，老天不会再安排一个谢影给这个孩子！”

CHAPTER 35

折磨

“现在想想我们那天晚上的争论根本就不会有结果。我就是认为我们之间的问题是你，可是他的意思是我们之间的事情和你无关，我们之间的事情是我们之间的事情，他要跟我离婚是因为烦我。可是现在事实证明，到头来还是为你，对吧，那证明我一开始没想错啊！”安雅楠侧头征询我的意见。

“你最近去看心理医生了吗？”

“你少拿话讽刺我，我听得出来。我一点精神问题都没有，比我出手狠的女的有的是，我故意恶心他几年算什么啊？就算我接受的是传统女性淑女式的教育，那我也不是活菩萨滥好人啊。我心里也不痛快着呢！后来顾明变有钱了，我不管他钱从哪儿来的，就算我问，我估计他也不会说，再说了我没那么多心思管那些。不过这件事对于我的婚姻意义变得不一样了。原来有些人说我命不好的，可是再见到我的时候又开始夸我命好了，说我有眼光会看人，找男人专找潜力股。他们当然也不知道是怎么回事，他们只看结果。我的婚姻一下又让我爸妈变得有面子了，他们又开始劝我好好过日子别瞎折腾。我本来就是想好好过日子的，是顾明不想跟我好好过，他不好好过大家都别好好过。

“我猜他那时候去找过你了。他刚有钱没多久就出差了，一走就是三个月，一回来就又开始跟谈离婚的事。我当时就问他是不是去找你去了，我们还没细谈我妈就来了，顾明自己出去了，结果那次我没忍住就告诉我妈我们早就开始闹离婚了。我说顾明可能去找他以前那个女朋友去了，看他的样子好像找到了。我妈当时特生气，跟我说天下没这么便宜的事，顾明穷的时候她走了，现在顾明有钱了去找她，她当然愿意跟他好了。我妈说离也行让顾明彻底净身出户，他要不同意就闹法院闹电视台。她说电视上天天都是为这些调解的节目，把那女的拉出来让大家看看小三都长什么样子？

“那天顾明回来的时候我猜他喝酒了，没醉但是浑身的酒气。都十一点了，我都睡着了，他把我从床上拎起来，就直接让我开条件，他说我说什么他都同意。我刚说一条让他净身出户，他就说不行。我觉得他特可笑。我当时诓他，我说顾明你是不是找到谢影了，我说要是因为你找到谢影了准备破镜重圆我就识相点跟你离。他没说话，没说话就是默认了呗，我一下就火了，然后我就一直骂你们俩，把我能想到的脏话全骂了。我说他注定就得被你吃定一辈子，我掏心掏肺地对他，不嫌他穷顶着压力嫁给他，还愿意给他生孩子，闹半天不值谢影几句迷汤话，我说谢影是不是把自己弄得特为难当初不得不走的？他又默认了。我说谢影能不能干点让我想不到的事啊？我说他就是个傻子，几千年了女人骗男人最好的方法就是装可怜呗，想不到到了今天还是好使。

“顾明跟我说你病了，病得很重，我跟他说你怎么不死啊？病得很重也得缠着人啊？我说你要是告诉我谢影死了，我倒觉得她干了点让我出乎意料的事，以后我每逢初一十五、清明谷雨的都去她坟上给她上三炷香，夸她死得好。我说完这话顾明就把我打了，他一使劲推我我就摔出去了，真的手都磕破了。顾明说他自己是个浑蛋，他说他自己怎么傻到用谢影的事去博同情来弥补他自己犯的错误！其实这事不怪我，谢影！上学的时候，你壮得跟小牛似的，能跑能跳能吃能喝的，跑个八百米女生谁跑得过你啊？我怎么会知道你真病了，而且你走之前都还好好的。顾明离家出走了，后来我知道他在外面买房子了，然后我就去法院起诉离婚了，我把你们俩都告了。”

“我们俩？”

“当然是你们俩了，他都把我打了，我不得扎他几刀啊？我妈还帮我联系媒体了，我本来还要把你照片贴网上的，我还没干这事，顾明先服软了，他要跟我庭外和解。我妈叫了家里一堆亲戚一起说他，让他认错他也认了。那时候他新弄的公司运作得还不错，他们都说顾明有潜力，人长得也精神。他们说这么年轻能当富一代打着灯笼都不好找，说让我能不离就不离。他说得离，我说你让谢影来跪下求我，说她错了不该勾搭我老公我就离，他说我不可理喻。”

“你放我下来吧。”我伸手指了指路边。

“还没到呢。”

“我怕我控制不住对你怎么样。”

“你说你要打我啊？”安雅楠侧头眨巴了两下眼睛，“我皈依佛门了，谢影。上个月，本来为了生意上的事，找了个清修的佛教大师。结果生意上的事解决了，我觉得他挺灵的，我就又去找他了。他说我得失心太重，要学会拿得起放得下。他好像一下说到我心里去了，我就又跟他聊了聊，反正现在我在看这方面的书。他说我本来是与佛无缘的人，不过佛祖心胸开阔任何潜心向佛的人，佛祖都会接纳。他的意思就是说，我这样的人不适合出家，就算出家了在佛教界不会有太大修为。我也不想有太大修为，我也没想过要当个多出名的尼姑什么的，反正就是为了心里好受点呗。我觉得跟他聊天比跟心理医师强，心理医师老想让我吃药。

“大师说让我要学会面对和接受。我才看了一个月的书，我的修为还很浅，所以见到你，我还是生气还是不甘心，慢慢来吧。本来刚刚那么多话我可说可不说的，对我有什么好处？我都跟他离婚了，他说他一辈子都不想再见到我，就跟我多想再见到他似的！不过你都病了，而且大师说了我得学会拿起放下，所以我想至少把事情说清楚吧。我跟顾明结婚这事你自己去判断，不管你跟他和不和好，那都是你的事。说到底老天是公平的，比如你长得漂亮吧可是性格不好不招人待见，结果还生病了，可是又有份挺靠谱的感情。我吧纯粹没事自己折磨自己，本来挺好的非把自己弄得惨兮兮的，不过折磨来折磨去把自己折磨成个富婆了，可是变成富婆之后就不知道还能不能找到真爱了。我在想我现在对待男女的心态，没准是将来花点钱包几个顺眼点的小伙子玩玩得了。

“拿你威胁他特别好使，比拿孩子好使。他后来生意越做越好了，我让他给我买房子他就买了，我说我一个月得花两百万，他也没说什么。我在外面特别给他面子，他说什么是什么。我特关心他老给他打电话让他少喝酒注意身体，有时候我知道他带女人应酬我从来不问，别人都说我识大体。他倒好，表里如一，见到我和不见都是不待见。好多人同情我，挺好，反正我是正义他是邪恶。我自己知道我跟他带的女人在他眼里没什么区别。用顾明的话说，我们就都是女人。我问过他，那谢影是什么？他说谢影是另一个他自己。

“我觉得我跟那些女人还是有区别的，就是我知道他怕什么。那几年我靠折磨他度日，他要敢说不，我就说我雇私家侦探去查他把谢影这贱人藏哪儿了，然后他就不跟我说话了，不过我提的要求他就都办。虽然他不在家里住，我也知道他老去法国，一去就几个月。他每次从法国回来我就去他公司找他，给他的员工买好多吃的。我每次都问他是不是把你藏法国去了，他说不是，他说是跟法国人做生意。他又开始说他没找到过你，他也不知道你在哪儿，这借口找得多可笑啊！其实我没我表现的那么想知道你在哪儿，我其实还挺怕你的，我想你心里应该知道我怕你吧？

“我当时就是想，我不跟他离婚，你们俩就结不了婚。他无非就是怕最后让你成全国人民眼里傍大款的小三呗。我知道你是一急了就什么都不在乎的人，我不想把你惹急，你要真急了我就什么都不是了。我没那么傻。

“我有个表妹结婚一年生了男孩八斤多，她打电话来跟我报喜，说我也应该生个孩子，可好玩了。她说姐夫长得帅，我长得也好看，生下的孩子得多好看啊，让我趁年轻抓紧时间要。那天我被她说得伤心极了，喝了好多酒，打了个车就去他买的破房子那儿去了。他也不在家，夜里一点多才回来，我就坐在门口等他。顾明看见我问我干吗来了，我说我错了让他原谅我，我跟他好好过日子，我想给他生个孩子。我记得他当时看着我在笑，他说他这辈子从来没这么恨过一个人，他说他最恨他爸的时候都没这么恨过。我说我爱他才这样的，他说我狗屁，他说：‘你爱我就是无休止地折磨我，然后站在那儿看心里特痛快是吗？他说要不是因为她还在，我真恨不得杀了你，有一天她要不在了，我就掐死你再让政府崩了我。’然后他就把我关门外了，我敲门跟他喊要去法院告你们俩。我说你嘴里那她是谢影，就是她是不是。然后我就在他那楼道里喊，我说你们俩可真行，通奸不说还要把我这原配杀了？你们得有多狠的心啊？三更半夜的有几户人出来看我们，后来他终于把门开了，他也在那儿喊。他说，他说一万遍了跟谢影无关。我当时记得特清楚，他跟我说：‘全天下哪个女人都能给我生孩子，就是你不能。因为我孩子不能有像你这么恶心的妈，明白了吧？’”

安雅楠长出了一口气："现在说起来我可能是有点过分，但是那是因为我喝醉了，那就是我们当时的原话。这段我不爱讲但是大师说了我得学会放下。其实那天我就知道我们根本不可能了，关键是我怎么折磨他，我都不觉得快乐，因为他说我恶心。还没一个月他那个死不要脸的秘书跑我们家来了，说她怀孕了。我当时想顾明动作可真快，刚说完哪个女人都能给他生，这就有女人找上门了。我问那个郭瑶是想让我们离婚吗？她说顾总不承认这孩子是他的。我就给顾明打了个电话说你最好能回家一趟，我说有个你睡过的女人到家里要钱来了。那天他回来了，那郭瑶在那儿哭我也跟着哭，我哭是因为顾明跟我说：'我早说过跟她无关，你可以去法院告我们了，我们能结束了吗？'我想我可能是被他逼急了，后来我想他这么做也一样背叛你了，我的心里稍微平衡了点。我问他那她的孩子怎么办？顾明说是谁的让她找谁去，他说他结扎了就不能有孩子。我问他什么时候，他说很早。我问他为什么，他说怕有一天被女人算计，为了睡女人方便可以了吗？我跟他说可以了。"

安雅楠从包里掏出了一根烟，我转头看了看才发现原来早就在我们家的楼下了。她一口接一口抽烟，我在那儿想了想，把我的围巾摘下来围她脖子上："送你了！"

"什么玩意，我才不要呢！"安雅楠嫌恶地把围巾摘下来扔在了一旁。

"我自己织的，本来要送给顾明的。"

安雅楠听见顾明这两个字，把那围巾捡起来对着光看了看："织得可真够烂的，干吗你不送他了？"

"不送了。"

"为什么不送了？"

"织得太烂了。"

“再练练织个好的呗，不过这东西他能戴吗？”

“不织了，没那个本事，顾明就不喜欢围巾，一直是我自己喜欢。真要为了给他留个念想也得是送他喜欢的东西啊。”我要开门下车，安雅楠看着我喊：“你这破围巾怎么办？”

“你不要就扔了吧。”

“你们俩会再好吗？”

我弯腰低头看她：“和你无关。”我像是又突然想到了什么，又再次低头看她，“安雅楠以后我们要是在路上碰见，就装作不认识，你别叫我，我也肯定不会叫你。”

“什么意思？”

“意思就是我特恨你！”

“就因为我跟顾明结过婚？”

“因为你折磨他，你对他精神虐待。还有下周你上电视的时候，别消费他，你要再把自己设计成一个特苦×的浴火凤凰，我就明天上网说女企业家大把花钱嫖男人。”

“你放屁！我什么时候嫖了？”

“你刚才自己说的，你要花钱找年轻小伙子玩玩。”

“我是说没准以后。”

“那我就说女企业家打算大把花钱嫖男人。”

“你浑蛋你，我还好心好意地把事都告诉你。”

“我本来就是浑蛋，你一直都知道。谢谢你送我回来。北京交通这样你还非嘚瑟开一个跑车，傻吧你。回家了啊，拜拜！”

CHAPTER 36

归宿

我进家的时候老妈正在厨房里收拾。我看了眼时间已经快十点了，跟老妈打了声招呼，她应了一声，过了一会儿她在厨房里喊：“顾明刚才来过。”

“哦，那他人呢？”

“出去找你了，你手机关机了，雪下太大怕你出事情。你要是没什么事给他回个电话说你回来了，别让他担心了。”

“嗯。”我伸头向厨房里张望，老妈正在用报纸铺那些橱柜。

“你干吗呢？”

“铺上报纸，怕柜子发霉，这一走不知道什么时候才能回来了。”

我轻轻地“哦”了一声想要回卧室，忽然又转头回来看着老妈的背影。

“妈，你以前见过顾明吧？”

“见过啊，你小时候，还有你姥姥去世的时候。以前跟你姥姥通信，她在信里偶尔也提。”

“我是说在法国的时候？”

老妈手里的动作停了一会儿，她没看我：“没有！”

“哦。”我转身回了卧室，想要给顾明打电话，一抬头看着老妈站在卧室门口看我。

“有事吗？”

老妈欲言又止。

“谢长明问过我的病没有？”

“我给他打过一次电话，他说让我以后别给他打电话，他会给我打的。”

“那他打了吗？”

“你爸他……有难处！”

“哦，我知道了。”给顾明打电话发现他关机了，抬头的时候发现老妈还站在那里。

“想说什么？”

“你都知道啦？”

“什么事？”

“那你想问我什么？”

“就是想问，医药费也不是谢长明出的。我天天说要还他钱，你也不吱声。”

“我夹在中间也很难做。”

“谁的中间？”

“你和顾明啊。我让你跟他说你是因为病才决定不跟他在一起的，你不说。你怕他跟你说没关系，你病了他也要你。我跟顾明说，让他跟你说他知道你生病了而且是他帮你出钱看的病，你就会原谅他，不会在意他结婚的事了。他说这是两个事情，爱人之间一个人生病了另一个人帮她看病这是最正常的事，干吗要把这事弄得好像多伟大一样。他说如果是他生病了你也得想办法帮他看啊，难道还要一边看病一边跟他说放心我不嫌弃你，这太可笑了，他说你们之间从不说这么可笑的话。我跟他说了你确实是因为病的事情，顾明说不是，他说你是因为膈应他结过婚了。本来你回来的时候都好好的，刚刚提到你们俩准备结婚的事，你也没反对。他天天都在想怎么跟你说那个叫安雅楠的事，还没想好，你就先知道了。”

“那你也不跟我说，在法国你见过他多少次，你一次都不提。”

“顾明不让我跟你说，他说你们的事你们自己解决，多少次我不记得，你一住院我就给他打电话，他第二天就来。反正你住多少次院他就来过多少次。哦，你硕士毕业典礼他也来过，站在挺远的地方在那儿傻乐。后来你跟你同学们去照相了，我让他过去跟你合影，我看他挺想去的。他在那儿犹豫半天说算了，不想把事弄得那么局促，让你变得特慌张。他可能不想让你知道你读书的钱也是他出的吧。”

“你怎么不跟我说啊？”忍不住带着埋怨的语气，我又开始掉眼泪了。

“我就是随口提了一句，我说谢影觉着自己能好，她想去读书。她怕她有一天好了可是什么本事都没有，什么都不能干。顾明说让你去读，你想干的事就让你去干。可是读了不到三月你就又感染住院了。”老妈站在边上叹了口气，“我一直跟你说我不懂你们，你是我女儿我心里当然希望你好，有个小伙子真心喜欢你是好事。可是我又觉得你说得也有道理，我也觉得顾明挺好的小伙子，过得挺不容易的。我有时候还觉得那个叫安雅楠的女孩简直就是我年轻时候的复制。我觉得谢长明现在这种寄人篱下干点什么都小心翼翼的状况，有很大一部分原因是我造成的。你爸他年轻的时候真的不是现在这个样子。我也是希望顾明能过几天好日子，那你的状况也确实不适合嫁给他啊。我不知道帮着你们谁好，我就想我干脆就别掺和你们的事了，让你们自己解决吧。反正我说什么你们也都不会听的，心里都有主意着呢。”

老妈说完似乎想继续回厨房收拾："你最后一次体检的时候，你跟我说医生说你没事了，我就告诉他医生说你没事了。他本来要来法国接你回去的，我说你找了个工作三个月试用期，你天天都在叨叨要成正式工。顾明说那就先让你干一段工作试试，结果还没到三个月你们就回中国来了。你说你们要跟五个公司谈事情，谁知道怎么把他的公司排第一个了。他是知道你们打算最近去一次中国才跟你那个法国公司联系的，结果第一天你就被辞了。"

"他知道我到中国了，他能憋得住吗？不第一个见他，估计他也得给折腾成第一个。"

"嗯，是这么个道理。我没跟他提安东尼，他不知道有这么个人，我觉得你是瞎胡闹，我不说出来给他添堵。再说了顾明眼巴巴地盼着你好，就为了让你嫁给安东尼那个老头啊？咱们刚搬新地方没多久，你们才认识多久啊？还有……还有……我跟顾明说你不能生孩子的事了。"

"他说什么了？"

"他说……他真是缺心眼，居然还在饭店里问你愿不愿意跟他生足球队。这事怪你，你体检回来就说你好了可以过正常人生活了。我也不知道医生还跟你说了那些话。所以他也不知道，不过他现在知道了。"

我给顾明打电话，他的手机还是关机。躺在床上看着那个显示屏，总觉得他应该打电话来。过了一会儿一个陌生的号码在闪，刚一接通就听见顾明在电话里喊："姑奶奶，你手机是用来拍人脑袋的吗？带手机还关机是什么意思啊？"

"你手机是用来点烟的？你也关机啊！"

"我手机没电了，给你打电话打的。"

"你不是好几百万的车吗？那么高级连个充电的地方都没有

啊？”

“我车也没油了，早扔好几公里以外了。大雪天我怕你被拍花子的给拍走，走了半天才找到个公用电话。”

“那怎么办啊？”

“没事，我一会儿打电话给司机。”

“你这是什么老板啊？大雪天几点了打电话给司机？”

“那我打电话给苑腾？”

“哎！”我抱着电话忍不住笑起来，“他要知道了会不会骂咱们祖宗八代啊？”

“会吧？”

“那怎么办啊？”

“对骂呗！”顾明简单地回答了一句。

我又嘿嘿地笑起来。

“我都让你把话题给扯远了，我问你到家没有？”

“嗯，躺在床上呢。”

“苑腾说你有东西要送给我。”

“没有啊！”

“不是，你再好好想想，他真的说有。”

“不可能。他老糊涂了，真的没有！”

“谢影，你要想送，你就送，多寒碜我都忍了。”

“什么意思啊？”

“这是苑腾的话，他说你准备要送我一个寒碜到让人无法忍受的东西。”

“这孙子，不记得他围脖子上说自己像裴勇俊的时候啦？”

“嘿，还是有吧？”

“扔了。”

“干吗扔了？”

“无法忍受呗，我自己看着都受不了干吗逼着你忍啊？”

我稍微稳定了下自己的情绪：“顾明！”

“嗯。”

“你觉得我变了吗？好好说，发自内心地说实话，不扯淡！”

“说实话啊？”

“嗯。”

“变了！”

“哪儿变了？”

“能说不好的地方吗？”

“当然了，知道哪儿不好才能改啊！”

“变自私了！”

“是吗？”我的语气有点质疑。

“嗯，从你走了之后你就变自私了。”

“比如？”

“比如，你不再像以前那样，想你如果是我会怎么样了。你要是还像以前那样，你就知道我心里最希望的是什么，最想做的是什么。”

“可是你想做的事情是我不想让你做的。”

“所以说你变自私了，只管你自己想什么不管我想什么了。”

我握着电话一直在沉默，过了好久：“顾明！”

“嗯？”

“我……生病了，病得挺重的。”

顾明平静地轻轻哦了一声，我们两个都很安静，我似乎在等待着他跟我说些什么，可是等了半天顾明什么也没说。

“说点什么。”

“想听什么？”

“关于我刚刚跟你说的事。”

“谢影。”

“嗯。”

“我老了！”顾明的语气挺平和。

“什么老了？”

“就是老了，岁数大的意思。”

“三十出头就叫岁数大啊？你意思我也岁数大呗。”

“你从法国回来都没好好看过我吧？你没发现我左边的眼角都长皱纹了？”

“哪有皱纹，我没看见。”

“真的有，谢影，帮我想想办法吧。我看你反正是没皱纹，可是我有。我这整宿地睡不好觉，这皱纹要再长几个，估计咱俩一起出门人家就得说咱俩是老夫少妻了，过不了几年你准得嫌弃我。”

我忍不住地呵呵笑：“谁嫌弃你啊？有皱纹就有皱纹呗，谁一辈子没皱纹啊？”

“就是这样，你说的那件事我就是想说这个，心里就是这种感觉。如果我事先不知道，我会说‘哦，那我们想办法好好治病’。可是其实……我知道，那我只能说‘哦’。”

“这两个事能一样吗？”

“其实是一样的，都是不愿意发生，可是发生了又必须面对的事情。谁规定一个人长皱纹两个人就可以在一起，一个人生病了两个人就要分开啊？再说了分不分开是两个人的事，一个人说了不算！”

“顾明。”

“嗯？”

“我可能救不了中国足球了，我也许生不了孩子！”

“真巧，刚好……我也生不了。”顾明说完呵呵地笑了一阵，“是不是觉得我们俩总是那么配？”

“谢影。”

“嗯？”

“苑腾说……你们……碰到安雅楠了？苑腾说……她打……你了？”

“出门的时候我又碰到她了，然后我又打了她一顿。打架我从来不吃亏的，你了解我啊。”

“是，你从来不吃亏。”

“谢影。”

“嗯？”

“我……还跟原来一样，可能这样说有点牵强，可是我自己觉得我是一样的，我没变过，你……别嫌弃我。”

“谁说你跟原来一样？你的左眼角都有皱纹了。顾明。”

“嗯？”

“医生有没有让你选择让我生还是让我死？”

“我法语不好，听不懂他们说什么。”

“在法国的时候，你是不是说过要带我回家？就是我躺在那儿你拉着我的手，我觉得那是真的，那就是真的吧？”

“法国又不是你的家，我在中国，你离我那么远，我想你的时候，想跟你说话的时候怎么办？我肯定是要把你带回来，想你的时候就能去看看你，跟你说会儿话。”

“顾明，我真不想让你经历这些，真的不想，就算你说我自私我还是不想。我不想看见你因为我哭，是我承受不了这些，我怕死，怕极了，我不想和你分开。我害怕面对那种别离，就是那种做什么都没有用必须得分开的别离，那种拉着你的手明明就是不想放可是又不得不放开的感觉一点都不幸福，一点都不！我怎么这么倒霉，老天干吗老给我出这么难答的题，别人的日子都好好的，干吗偏偏我每走一步都得向命运挑战，真烦死了！”我的眼泪止不住地流，越说越觉得委屈。

我听见顾明在电话里长长地出了口气：“老天也知道他这份答卷有点难，所以他派了两个人来答，我不怕，我答了，我觉得我给的是正确答案，结果我满意。我都不怕你怕什么，你不是一直都比我强吗？”

我握着电话抽泣了半天，还没开口听见顾明打了个喷嚏。

“我站公用电话亭给你打电话，我还没叫司机呢，不是，是还没叫苑腾呢。我俩人都不叫了，我打车回家了，再跟你扯下去我都快冻成雕像了，现在是一天到晚不是家、办公室就是应酬，要不就是坐车里面，我这穿得跟随时准备接受采访似的。还是丁磊那小子贼，车里还老备着军大衣，不知道一天到晚跑野地里干吗去。我明天去找你。”

“你别来找我！”

“干吗？”

“我要睡觉。”

“睡一天啊？”

“跟我妈出去。”

“随便你吧！”

挂了电话进厨房的时候，看见老妈还在收拾柜子：“妈，别收拾了。”

“怎么了？”

“柜子长毛和报纸长毛不是一样的吗？反正都是柜子里头长毛，以后勤擦着点吧。睡觉吧，明天跟我去逛街。”

“逛街干什么？”

“逛街当然是买东西了。”

第二天我起得很早，还把老妈拽了起来。我跟她一起去理发店做了头发，又去美甲店做了指甲。我们俩足足逛了一天，衣服鞋子化妆品买了一大堆，一回家我就开始跟老妈搭配起衣服来。老妈基本没什么意见，我穿什么她都说好，后来干脆不问她了。好歹我还有个奢侈品管理的硕士头衔，捕捉时尚的触觉我好歹还有一些，最后算是基本满意了。正准备收拾的时候，顾明打来了电话。

“回家了？”

“逛得怎么样？”

“挺有收获，买了不少东西。”

“谢影，有什么想跟我说的？”

“没有啊。”

“没有？那好吧，没有就没有吧，那我跟你坦诚点吧，我明天准备给你个惊喜。”

“这样啊，那我也给你个惊喜吧。”

“什么惊喜？”

“说了还叫惊喜啊？”

“卖什么关子？你那点小破事我还不知道？”

“装什么先知啊？就跟你是如来佛我是孙悟空似的。”

“不说算了，我还不爱听呢。”

“不爱听挂了吧。”说完我就把电话挂了，顾明也没再打过来。

阳光刚照进窗户的时候，我已经起来了，穿上我精心搭配的衣服，很认真地对着镜子化了个精致的妆容，拎着一个小包走出了家门。屋外的空气格外新鲜，几乎是一路哼着歌离开的家。八年前的那个早上我也起得很早，也拎了一个小包，只是那时候的心情是在逃，那天我跟一个男人有一个约定，可惜我爽约了。八年后的今天我打算去履行这个约定，心里想着答应他的事总算又完成了一件。

到达西城民政局的时候，他们才刚刚开始办公。想着顾明的家离这里很近，走路顶多也就十分钟，估计他还在睡觉，不知道要跟他说这个事情，他会是何种反应，心里多了种期待。掏出手机来刚要打电话，顾明到先打来了。

“喂！”抑制不住激动的心情，甜甜地“喂”了一声。

“你有没有点时间观念？几点了，你们家表停了啊？”顾明的态度不好，像是还有点生气。

“你打错了吧？你是要给我打电话吗？”

“没错，就是你！”

“我招你惹你啦？莫名其妙的大早上劈头盖脸地训我干吗啊？”

“大姐，几点的飞机啊？你不过关啊？还几个小时啊？法航等你一人啊？”

“什么飞机啊？过什么关啊？”

“装蒜是不是？”

“有病！”

“还装！你不是今天回法国吗？”

“谁要回法国？”

“行了，我早知道了，安东尼都来了二十分钟了。”

“你跟他在一起呢？”

“谁跟他在一起呢？我在VIP呢，你给他买飞机票的时候是安东尼自己忍不住跟我这儿嘚瑟，说你决定跟他一起回法国。”

我琢磨安东尼这大爷的嘴也实在是靠不住。

“谢影，我给你安排了特牛×一个活动，浪漫法国之旅，全程英俊潇洒帅哥陪同，提供各种服务。只要你说得出来的我都提供，从精神到肉体！全程头等舱，住宿五星级，顺带内裤一大箱，法国全境陪同练摊，以实现你儿时当国际倒爷的梦想？怎么样，牛不牛？T3航站楼，21号登机口来不来？”

“你这叫什么啊？你听我的，西城区民政局婚姻登记处大门口，一靓丽型气质美女陪同你领政府认证，加盖公章，贴有双人合照，住饭店警察不抓，一式两份的正版结婚证书，以实现你八年前和这位美女的约定，西城区西直门南小街20号来不来？”

顾明在电话里愣了几秒钟，突然大叫：“还是你这牛，等我，马上到……”

后记

这一年的春天我怀孕了。有时候我也觉得我想要得太多。和顾明结婚之后我常常想，要是能有一个我们的孩子那该多好啊。我告诉顾明这个想法的时候，他一时难以接受，其实我自己也很挣扎。也许我又一次把他放在必须选择生死的难题前。

我每天都在压抑着想当妈妈的冲动。也许是我压抑得不够好，虽然我不说，顾明也知道我渴望什么。那天晚上我拉着顾明的手竟然没忍住又问了他："顾明，我想当妈妈特别想，过了三十五我就是高龄产妇了。"

令我没想到的是，顾明那天竟然答应了。

奇迹总是在身边发生，更让我没想到的是顾明结扎了许多年，而我又经历了那许多疾病之后，我们只尝试了两个月，我竟然真的怀孕了。我看着那双条的显示，激动得热泪盈眶。我开心地拿给他看的时候，顾明看着那双条愣了好久，却始终没笑出来。那一刻我忽然在想，我是不是又做错了？我想也许我让他当了这世界上最纠结的父亲。

那天晚上顾明失眠了，半夜我醒来他不在旁边。我走到客厅的时候，发现他正坐在阳台抽烟，我靠过去轻轻地抱住了他："不是都戒烟好久了吗？”

顾明把眼掐灭，在我额头吻了一下：“这回真戒了。”他把嘴里那最后一口烟吐出来看着我说，“我有点后悔了，能反悔吗？”

我紧紧地抱着他，不知道要说什么话才能安慰他。

“我有点没想到。”

“没想到什么？”

“没想到你真的会怀孕，其实我……有点怕，我能不怕吗？”

我想我的人生是一场挑战，大多数时候是命运在挑战我的承受力，而我一次一次地涉险过关，很大一部分原因是我有一个坚强又坚定的支持者。这一次像是我先向命运发起了挑战，而此刻的他似乎有些动摇了。

我抱着顾明，抱了好久。我们坐在窗前一直看着那黑漆漆又空荡荡的操场。我的内心也很挣扎，我只是觉得就算没有孩子人生也会经历各种难以预料的意外，谁又会知道明天要发生什么呢？不论是我或是他。这个孩子是在我无比期盼中到来的，我能感受到他在我体内的孕育，我都替这个小家伙感到幸福。

“顾明，你想要一个属于我们自己的孩子吗？”我很小的声音问他。

“想，可是我不想用你换。”

“谁说你在用我换？我赌我赢，下注吗？”

我想因为我来到这个世界上的时候就是一个筹码，所以我的人生似乎注定像是一场赌局。没有勇气的人怎么能赢？

顾明转过身来抱着我，过了很久他说：“有时候你真任性，睡觉吧。”

这是一个初春的午后，阳光暖洋洋的，照得人有些刺眼。我和顾明手牵着手，站在昌平墓园内欣赏着自己的墓碑。这是一个礼物，是顾明送给我三十四岁的生日礼物。这是我这辈子收到的最好的一件礼物，这是顾明坚强又坚定的支持，他让我觉得我向命运发起的挑战还没开局我已经赢了。

我们的墓地位置很好，迎面阳光下面是排排绿柳，墓碑上的字刚劲有力，忍不住伸手摸着它，上面刻着：妻谢影，夫顾明，长眠于此永世不离！我仿佛看到了自己最好的归宿，无论我们将要面对和经历些什么，无论我们谁会是先离开喧嚣尘世的人，我们都不用再怕别离，因为最终我们都会归宿到这里，化为一捧泥土滋润一片土地。

恋恋不舍地离开了墓园，在回家的路上我又重新审视了我的人生，我忽然意识到它虽然看起来充满风风雨雨，坎坷波折，在我和顾明相依相伴搀扶前行的时候，回头望去它居然是如此精彩又绚烂无瑕！转身继续前进，嗅着这春天泥土的芬芳，不管一个新生命的到来会不会让一个旧生命离去，我都朝我的完美人生又接近了一步……

谢谢你们在这里读了这个故事，这个故事属于我和这个叫顾明的男人。这是我从法国回来的第一千一百九十五天，是我和顾明结婚的第一千一百三十五天，是我怀孕后的第五十六天。这一天的一切都很好。我是谢影，我……还开心地活着……

激发个人成长

多年以来，千千万万有经验的读者，都会定期查看熊猫君家的最新书目，挑选满足自己成长需求的新书。

读客图书以“激发个人成长”为使命，在以下三个方面为您精选优质图书：

1、精神成长

熊猫君家精彩绝伦的小说文库和人文类图书，帮助你成为永远充满梦想、勇气和爱的人！

2、知识结构成长

熊猫君家的历史类、社科类图书，帮助你了解从宇宙诞生、文明演变直至今日世界之形成的方方面面。

3、工作技能成长

熊猫君家的经管类、家教类图书，指引你更好地工作、更有效率地生活，减少人生中的烦恼。

每一本读客图书都轻松好读，精彩绝伦，充满无穷阅读乐趣！

图书在版编目（CIP）数据

重拾倦爱 / 莫菲勒著 . -- 南京 : 江苏凤凰文艺出版社 , 2018.4

ISBN 978-7-5594-0372-8

Ⅰ . ①重… Ⅱ . ①莫… Ⅲ . ①长篇小说－中国－当代 Ⅳ . ① I247.5

中国版本图书馆 CIP 数据核字（2017）第 317661 号

书　　名 重拾倦爱

著　　者 莫菲勒

责任编辑 丁小卉　姚丽

特邀编辑 潘轶君　黄迪音　黄靖文

责任监制 刘　巍　江伟明

策　　划 读客图书

版　　权 读客图书

封面设计 读客图书　021-33608311

出版发行 江苏凤凰文艺出版社

出版社地址 南京市中央路 165 号，邮编：210009

出版社网址 http://www.jswenyi.com

印　　刷 北京中科印刷有限公司

开　　本 880mm × 1230mm　1/32

印　　张 9.25

字　　数 251 千

版　　次 2018 年 4 月第 1 版　2018 年 4 月第 1 次印刷

标准书号 ISBN 978-7-5594-0372-8

定　　价 39.90 元

如有印刷、装订质量问题，请致电 010-87681002（免费更换，邮寄到付）